Maike Voß

So sieht es also aus, wenn ein Glühwürmchen stirbt

Maike Voß

SO SIEHT ES ALSO AUS WENN EIN GLÜHWÜRMCHEN STIRBT

ROMAN

bold

Ausführliche Informationen über unsere Autoren und Bücher
www.readbold.de

FSC
www.fsc.org
MIX
Papier aus verantwortungsvollen Quellen
FSC® C083411

Originalausgabe

Umschlaggestaltung: Focus + Echo/Dina Fluck
unter Verwendung eines Fotos von plainpicture/brabanski
Gesetzt aus der Novel Pro und der Futura
Layout & Satz: Gaby Michel, Hamburg
Druck und Bindung: CPI books GmbH, Leck
Gedruckt auf säurefreiem, chlorfrei gebleichtem Papier
Printed in Germany · ISBN 978-3-423-79043-7

Für Sigrid Williams

KAPITEL 1

SIE

Es ist Ende Februar. Langsam, oder besser endlich, wird es kalt, darauf habe ich schon seit November gewartet. Aber ich friere nicht, habe meinen Mantel zugeknöpft und meinen Schal um den Hals geschlungen, eine Hand in der Manteltasche, die andere in seiner. Seine Finger sind mit meinen verschlungen, ganz so, als wären sie es jeden Abend. Es ist spät und die Straßenlaternen leuchten.

»Hat es dir gefallen?«, fragt er, seine Stimme eine ganz leichte Spur rau, sodass man es nur hört, wenn man darauf achtet, und sein Atem riecht nach Rauch von den gelegentlichen Zigaretten.

»Ja, es war wirklich ... toll«, sage ich.

Nicht die beste Wortkombination, keine Antwort auf die ich stolz sein kann, aber er nimmt es mir nicht übel.

Er liebt mich, so einfach ist das. Deswegen übersieht er auch, dass ich nicht mehr alleine bin, sondern mich der Alkohol begleitet, der sich schon lange mit meinem Blut vermischt hat. Daher achte ich im Moment eher auf meine Füße als auf meine Artikulation.

Ich glaube nicht, dass er es überhaupt mitbekommen hat, wie ich mir an der Bar des Docks ein Glas Wein – oder waren es zwei? – genehmigt habe, als er sich nach dem Konzert entschuldigte, um das Männerklo aufzusuchen. Der Barkeeper – Tunnel, Tattoos, so ein richtiger Barkeeper eben – hat nicht einmal 'ne Augenbraue hochgezogen, als ich die Gläser hinunterstürzte und dann wortlos einen 20-Euro-Schein auf den Tresen legte. Hier in Hamburg ist das nicht ungewöhnlich. Hier nicht. Zeit ist Geld, jedes nette Wort Verschwendung, oder es wird fälschlicherweise als Flirt bezeichnet. Ganz nach dem Motto: Warum sollte ich nett zu dir sein, wenn ich nicht mit dir ins Bett will? Es geht nur darum, oder nicht? Aber gleichzeitig lesen wir Bücher von Nicholas Sparks und wollen das, was *die da* haben.

»Obwohl ich mich kaum auf die Band konzentrieren konnte«, sagt er und ich komme aus meinen Gedanken heraus und sehe wieder meine Füße.

»Wieso? Wir standen doch ganz vorne.« Ich merke, wie der Druck seiner Finger ein bisschen stärker wird, und obwohl ich weiß, was er damit bewirken will, muss ich lächeln.

Es müssten nur noch ein paar Minuten bis zu ihm sein, genau weiß ich es aber nicht. Obwohl ich in Hamburg geboren und aufgewachsen bin, habe ich keinen Orientierungssinn und schaffe es eher mit Beschreibungen von Häusern, Bäumen und Brücken, den Weg zu finden, statt anhand von Straßennamen. Wir sind mit der U2 bis zur Station Rauhes Haus gefahren und jetzt Richtung Tierheim unterwegs. Gerade gehen wir über irgendeine Brücke auf die andere Seite eines Flusses, dessen Namen ich nicht kenne. Weit kann es nicht mehr sein.

Er bleibt stehen. Es ist romantisch, mitten auf der Brücke, allein, der ausnahmsweise klare Himmel mit den leuchtenden Sternen über uns, und er steht vor mir und schaut mich an. Er will mir mit seinem Blick sagen, um was es ihm geht, dass er mich liebt und dass ich es ihm doch endlich glauben soll. Dass ich ihm vertrauen kann.

Ich liebe, was er in mir auslöst, dass er mich für ein paar Minuten vergessen lässt, wer ich bin, wo ich bin und dass morgen ein neuer Tag anbricht, und das bedeutet, dass der heutige enden wird. Er lenkt mich davon ab, dass ich eigentlich gar nicht hier sein will.

Romantisch wie er ist, streicht er mir eine Haarsträhne hinter das Ohr und lässt seine Hand auf meiner Wange liegen. Die andere legt er ebenfalls auf mein Gesicht. Ich kann nicht anders, als ihn anzusehen.

Schon im Docks, als wir der Musik von Kodaline lauschten und dazu tanzten, hat er mich immer wieder berührt, scheinbar zufällig, doch ich weiß, dass das nicht stimmt, dafür streifte seine Hand meinen Hintern eindeutig zu oft. Aber es stört mich nicht. Warum beschweren sich Frauen, wenn ihre Typen ihnen erklären, dass sie geliebt werden, weil sie hübsch sind? Wäre es ihnen umgekehrt lieber? Noch öfter flüsterte er mir etwas zu: *Du machst es mir echt schwer. Du siehst toll aus. Ich liebe dein Lächeln.* Und auch ich konnte mich mit der Zeit immer weniger auf die Lieder konzentrieren.

Deswegen bin ich auch mit ihm hier und stehe auf dieser Brücke, stelle mich auf meine Zehenspitzen, wie in diesen kitschig-romantischen, auf weheartit.com oder tumblr.com verbreiteten Vorstellungen, und küsse ihn. Ich schließe meine Augen. Ich lasse mich an ihn heranziehen, damit er mich noch intensiver küssen kann, und genieße diese Nähe. Wenig später gibt er mich wieder frei und sieht mich an: *Du bist es!* lese ich in seinem Blick und in mir flammt ein leiser Anflug von Hoffnung auf.

Vielleicht liegt es am Wein, vielleicht an ihm, möglicherweise ist beides daran schuld – oder sollte ich besser sagen, möglicherweise habe ich es beidem zu verdanken? –, dass ich es zulasse, dass er meine Hand nimmt und mich mit sich zieht, weg von der Brücke und der Romantik, zurück in die Realität.

Wir gehen in Richtung der Hauseingänge, die sich kurz hinter der Brücke aneinanderreihen. Am zweiten bleiben wir stehen und gehen die paar Stufen zur Tür hinauf, er schließt auf und wir stehen im menschenleeren Treppenhaus – kein Wunder um ein Uhr nachts. Es ist eines dieser Gebäude, bei dem sich Wohnung auf Wohnung stapelt und sich jeder dieser Stapel an den nächsten lehnt. Von außen sah es schön aus, eine alte Backsteinfassade, aber von innen sehe ich davon nichts mehr. Hier ist nur das kühle Treppenhaus, dessen Licht anscheinend nicht funktioniert, denn es ist immer noch aus, als wir die Stufen bis in den dritten Stock hochgestiegen sind und vor seiner Tür haltmachen. Die Tür zu der Wohnung, die ich nach dem letzten Mal nicht wieder betreten wollte. Und doch trete ich über die Schwelle.

Er lässt meine Hand los, ich ziehe meine Jacke aus und löse endlich den Zopf, sodass meine Haare über meine Bluse fallen. Sie sind durcheinander, leicht gewellt, und obwohl ich weiß, dass ich es nicht tun sollte, fahre ich mit meinen Fingern durch sie hindurch. Er hat sich seine Jacke ebenfalls ausgezogen und hängt sie neben meine an die Garderobe. Dabei beobachtet er mich, wie ich meine Hand aus dem unordentlichen Haar löse. Ich sehe ihn an und weiß, wie es ihm geht. Mir geht es genauso. Immer wieder fühle ich es, wenn ich ihn ansehe und den langsam aufkommenden Wunsch in mir bemerke, dass er mich wieder küsst. Und das tut er dann auch. Ich habe meine Hand kaum sinken lassen, da ist er schon bei mir.

»Wie kann Haar nur so sexy sein?«, murmelt er zwischen den Küssen und ich will nur, dass er aufhört zu reden.

Ich habe mich selbst davor gewarnt. Immer wieder habe ich mir eingetrichtert, mich nicht in ihn zu verlieben, diesem naiven Gefühl nicht nachzugeben, und nicht nur einmal musste ich die Grenze zwischen uns neu ziehen, damit auch er nicht auf falsche Gedanken kam. Ich will es nicht kaputt machen. Ich lüge nicht, ich habe diese verfluchten Schmetterlinge im Bauch und sie flattern mir in diesem Moment in den Kopf und in meinen ganzen Körper.

»Halt die Klappe«, keuche ich.

Ich habe mich nicht einmal umgeschaut, aber er dirigiert mich in eine bestimmte Richtung. Er stößt eine Tür auf – keine Ahnung, ob auf der linken oder rechten Seite des Flurs, denn er küsst mich immer noch. Seine Finger sind mittlerweile schon damit beschäftigt, meine Bluse zu öffnen, und ich kann ebenfalls nicht mehr an mich halten und fahre mit den Händen unter seinen Pullover. Es war so verflucht kalt draußen und es ärgert mich, dass er ein Hemd darunter trägt und ich seine Haut erst ein paar Sekunden später spüren kann. Ich bekomme eine wohlige Gänsehaut, als er mir die Bluse von den Schultern streift. Mir fällt ein, dass auch ich ein Top drunter trage, und ich hasse die frostigen Temperaturen noch mehr. Doch alles andere wäre Fiktion.

Seine Lippen lösen sich von meinen, und er sagt es: »Ich liebe dich!«

Als hätten diese Worte mich geweckt und wie Dornröschen zurück in die Wirklichkeit geholt, obwohl ich eigentlich weiterschlafen will. Aber in diesem Moment hat er mich, als würde er mich besitzen. Alle guten Vorsätze sind auf einmal verschwunden und ich komme nicht umhin, seine Worte in mich aufzusaugen und ihnen einen glühenden Funken Glauben zu schenken.

»Ich weiß«, antworte ich außer Atem und ein liebevolles Lächeln zeichnet sich auf seinem Gesicht ab.

Er bildet sich ein, dass er mich ändern kann, dass er derjenige ist, der mich rettet. Ich will, dass er es ist, weil ich ihn liebe. Und dann presst er wieder seinen Mund auf meinen und ich lasse mich von ihm weiter in das Zimmer drängen.

Er zieht sich Pullover und Hemd in einem Zug aus und ich tue das Gleiche mit meinem Top. Wenn ihn mein Haar eben schon beeindruckte, kann er sich ein »Wow« nun nicht verkneifen, als ich so in BH und Jeans vor ihm stehe, mir die Schuhe abstreife und sie achtlos zur Seite kicke. Doch ich will nicht, dass er redet. Das eine Wort ist schon zu viel.

Ich sehe nichts mehr, habe meine Augen geschlossen und lasse mich von ihm verführen, werde süchtig nach seinen Berührungen und verliere immer mehr die Kontrolle. Wie der Rest der Kleidung unsere Körper verlässt, bekomme ich gar nicht mit. Wir liegen im Bett, das plötzlich da ist und das ich vorher nicht einmal bemerkt habe, und er sagt zum hundertsten Mal, dass er mich liebt, und sieht mich zum tausendsten Mal mit diesem liebevollen Blick an, als würde er verstehen, was in diesem Moment in mir vorgeht.

»Zeig es mir«, fordere ich ihn auf. *Liebe mich.*

Ich weiß, was Liebe ist, in meinen wundervollsten Interpretationen, aber auch in ihrer hässlichsten Definition: nur Drücken und Stoßen, aufs Körperliche reduziert, wo kein Platz für ehrliche Gefühle ist, die ich trotzdem darin sehen will.

Doch er ist anders. Oder?

Worauf wartet er also noch?

Ich liebe ihn, er liebt mich ... aber wir werden aufhören, verliebt zu sein. Es schießt mir durch den Kopf, als die schmerzhafteste Wahrheit, die ich kenne.

Das Rosa wird zu Grau werden und er zu einem Gesicht von vielen. Jeden Einzelnen habe ich geliebt, jeder Einzelne hat mir die Welt zu Füßen gelegt und jeder von ihnen hat mich verrückt gemacht, genau wie er es tut. Und trotzdem sind sie gegangen. Mehr erwarte ich nicht mehr: das Kennenlernen, die Dates, die Verliebtheit, den Sex. Also gebe ich mich der Illusion hin, gebe mich *ihm* hin, dessen Hände meinen Körper erkunden, der sich mit mir dreht und der glaubt, dass das der Anfang von etwas ist. Aber das kann ich nicht mehr, obwohl es mir auch wehtun wird, wenn ich gehe. Ich kann es nicht mehr ertragen, sie einen nach dem anderen verschwinden und mein Herz aufs Neue zerbrechen zu sehen. Man kann ein gebrochenes Herz nicht noch mal brechen? Doch. Tausendmal und nie gewöhnst du dich daran.

Ich liebe es, ihn zu spüren, merke, wie seine Hände meinen Rücken entlanggleiten und er meinen Lippen immer mehr verfällt. Ich will nichts mehr, als mit ihm zusammen sein. So lange wie möglich, so nah wie möglich und so intensiv wie möglich.

»Ich liebe dich«, sage ich zu ihm und es ist keine Lüge.

Sonst würde es nicht so wehtun, es laut auszusprechen.

KAPITEL 2

ER

Es regnete, als ich zum ersten Mal mit ihr sprach. Sie saß auf der Bank an der Bushaltestelle in Boberg und wartete auf den nächsten Bus Richtung Billstedt. Es war spät und ich fragte mich, was sie um diese Zeit hier noch zu suchen hatte.

Ich war ihr in der Schule schon das ein oder andere Mal begegnet. Wir gingen beide aufs Gymnasium Lohbrügge und sie war eigentlich immer alleine. Ich kannte sie nur vom Sehen her, wusste nicht einmal ihren Namen, obwohl ich das sollte. Wir hatten genau einen Kurs zusammen, Biologie, und es wäre gelogen zu behaupten, sie sei mir nicht aufgefallen. Man konnte sie nicht übersehen, auch wenn das zu dem Zeitpunkt kein Kompliment war. Sie war, wie soll ich sagen, recht speziell und wirkte irgendwie traurig. Sie sagte nie etwas, hörte nur zu, schrieb mit, packte am Ende der Stunde ihre Sachen zusammen und verschwand, ohne ein Wort mit jemandem gewechselt zu haben. Und als ich sie da an der Haltestelle sah, fragte ich mich zum ersten Mal, wieso. Außerhalb des Schulgebäudes wirkte sie weniger bedrückt, fast schon normal, und obwohl ich die Kreuzung überqueren musste, blieb ich stehen, überlegte einen Moment und beschloss, mich einfach zu ihr zu stellen.

Ich gehörte zu dem Kreis an der Schule, den eigentlich

jeder kannte und mochte. Es gefiel mir, keine Frage, aber ich tat nichts, außer nett zu sein und meine Klausuren so gut es ging hinzubekommen. Das reichte, um in eine Schublade gesteckt zu werden, aber ich machte ja in dem Augenblick nichts anderes, ansonsten hätte ich mit Sicherheit schon vorher ein Wort mit ihr gewechselt oder zumindest ihren Namen gekannt.

»Hey«, sagte ich.

Sie reagierte nicht.

»Hallo?«, versuchte ich es erneut und sah, dass sich ihre Lippen bewegten.

Sie schloss für ein paar Sekunden ihre Augen und bewegte ihren Mund erst wieder, als sie sich öffneten und erneut in die Nacht starrten. Ich kam mir etwas unbeholfen vor, also setzte ich mich neben sie. Plötzlich zuckte sie zusammen, riss sich ihre Kopfhörer aus den Ohren und sah mich erschrocken an. Sie war so in die Musik versunken gewesen, dass sie mich nicht bemerkt hatte. Kaum hatte sie mich erkannt, schien es ihr sogar peinlich zu sein, so reagiert zu haben.

»Sorry«, murmelte sie, wandte sich von mir ab und warf einen Blick auf die Anzeige. In vier Minuten sollte der 12er kommen.

»Wie heißt du?«, fragte ich.

»Viola«, sagte sie knapp und ihr Blick huschte kurz zu mir herüber.

Ihre Augen waren rot. Hatte sie geweint?

»Ich bin …«

»Leon, ich weiß«, fiel sie mir verärgert ins Wort.

»Tut mir leid«, rutschte es mir heraus und erstaunt wandte sie sich mir zu.

»Was?«, fragte sie.

»Na ja, dass ich deinen Namen nicht kenne. Wir sind auf derselben Schule und …«

»Also weißt du, wer ich bin, aber nicht, wie ich heiße. Wundert mich nicht«, unterbrach sie mich.

Ich wusste erst nicht, was ich darauf erwidern sollte. Sie war unfreundlich, geradezu gemein, und ich hatte nun so eine Ahnung, warum sie immer für sich war und mit niemandem sprach. Wahrscheinlich hatte einfach keiner das Bedürfnis, mit ihr zu reden, wenn sie allen so gegenübertrat wie mir. Aber damit wollte ich mich nicht zufriedengeben.

»Du hast noch nie mit mir geredet«, stellte ich fest.

»Was sollte ich auch zu dir sagen? Außerdem mag ich Annika nicht«, erklärte sie und ich war etwas überrascht, dass sie den Namen meiner Freundin kannte.

»Ihr kennt euch also?«, versuchte ich das Gespräch weiterzuführen und warf abermals einen Blick auf die Anzeige: zwei Minuten.

»Warum interessiert dich das?«, stellte sie mir die Gegenfrage.

Ich nahm mir Zeit, um zu antworten, und sah sie mir zum ersten Mal richtig an. Sie schaute nach links, die Richtung, aus der der Bus kommen würde, weshalb ich nur ihr Profil betrachten konnte. Blasse Haut, geschwungene Wangen, eine gerade Nase, braune, gerötete Augen, volle Lippen und alles gerahmt von ihrem unordentlichen, braunen Haar.

Sie strich sich eine Strähne hinters Ohr.

Kleine Hände, gepflegt und kein Schmuck an den Fingern. Aber ich folgte der Hand nicht, als sie sie sinken ließ, sondern blieb mit dem Blick an ihrem Haar hängen. Es war etwas nass, vermutlich vom Regen, aber von einer verspielten Schönheit. Sie war hübsch, sehr hübsch, und ich merkte erst ein paar Sekunden zu spät, dass sie mich geradeheraus anstarrte. Die Strähne hatte ihre Hand nicht verlassen und schlang sich um ihre dünnen Finger.

Ich glaube, das ist das, was ich als Erstes nennen würde, wenn man mich dazu aufforderte, sie zu beschreiben. Ihr Haar. Und gleich danach ihre zierlichen Finger. Vermutlich würde jeder andere sagen, sie habe braunes Haar, ganz einfach, ganz schlicht, und das stimmt, aber da ist etwas, nicht nur ihr Haar betreffend, das sie besonders macht. Und was auch immer es ist, denn ich habe es bis heute noch nicht herausgefunden, war auch dafür verantwortlich, dass ich sie damals angesprochen habe. Einfach so, obwohl ich sie fast jeden Tag in der Schule sah und es bis dahin nicht getan hatte, ich eigentlich aus dem Regen ins Warme wollte, auf dem Weg zu meinem besten Freund, und auch nicht auf der Suche nach einer neuen Bekanntschaft war, die mir seitdem mit liebenswerter Bosheit auf meine Fragen antwortet.

Annika ist Geschichte, weil sie nicht das hat, was Viola hat, dieses Geheimnis, das ich gar nicht erfahren will, weil es mir so gefällt. Sie gefällt mir. Ich bin so verliebt in Viola, dass mein Herz allein bei dem Gedanken an sie zu bersten droht.

»Warum interessiert dich das?«, wiederholte sie ihre Frage.

Hinter ihr konnte ich die hellen Scheinwerfer des sich nähernden Busses sehen und stand auf. Sie blickte sich um und bemerkt ihn ebenfalls.

»Wir sehen uns dann«, verabschiedete ich mich von ihr.

Sie ging nach vorne, drehte sich, bevor sie einstieg, noch

einmal um und sah mich mit einem nicht zu definierenden Blick an. Braune Augen, deren Klarheit mir aus keinem anderen Gesicht je wieder so im Gedächtnis blieb, seit jenem Abend. Dann war sie hinter den mit Reklame bedruckten Fenstern verschwunden, der Bus schloss seine Türen und fuhr ab.

»Warum interessiert dich das?« Die Frage, die sie damals stellte, ist nach wie vor in meinem Kopf.

Jetzt liege ich neben ihr und die Zimmertür ist geschlossen, zum ersten Mal seit vier Jahren, und jagt mir keine Angst mehr ein. Viola hat mir den Rücken zugewandt, ihren nackten, makellosen Rücken, der sich nur ganz leicht regt, während sie ein- und ausatmet. Das damals an der Bushaltestelle war – wie soll ich es am treffendsten ausdrücken? – eine glückliche Fügung? Schicksal? Ich weiß es nicht. Diese Begriffe erscheinen mir viel zu vage, nicht richtig, und ich will es auch gar nicht betiteln. Es ist zu besonders, um dem irgendeinen Namen aufzuzwingen.

Ich stütze mich leicht auf und streiche ihr Haar nach hinten, um ihr Gesicht sehen zu können. Und ich erinnere mich noch lebhafter daran, wie ich sie damals kennenlernte, *richtig* kennenlernte, und nicht nur ihre Gestalt durch die Gänge der Schule huschen sah, deren Name mir unbekannt war. Ich meine sie, Viola, deren Haar ich berühre und die mich verrückt macht, und ich schließe meine Augen, um all das, was heute passiert ist, unauslöschlich in mich aufzusaugen. Um das Lied zu hören, das ich nicht abschalten kann, das auf replay gestellt ist und meinen Kopf erfüllt und von dem ich nicht genug bekomme.

Sie ist diejenige, der ich Momente schenken will wie den auf der Brücke. Ich will sie auf einer Brücke küssen, mit Wasser unter uns, ohne nasse Füße zu bekommen, und dem Himmel über unseren Köpfen, als könnten wir ihn berühren, wenn wir nur die Hand danach ausstreckten.

Durch Zufall hatten wir die Band von heute bei einem unserer Streifzüge durch die Vinylabteilung bei Saturn entdeckt. Im Anschluss waren wir bei ihr zu Hause, die Platte lag auf dem Spieler und die Musik schallte durch die ganze Wohnung. Wir hatten keine Zeile gekannt und trotzdem hatte sie mitgesungen. Irgendwann saßen wir in der Küche auf dem Boden, eine willkommene Abkühlung im Sommer, und aßen Eiscreme.

»Was machst du da unten?«, hatte ich sie gefragt, nachdem sie sich das Ben & Jerry's aus dem Tiefkühlfach und zwei Löffel aus der Schublade gegriffen hatte und sich einfach auf den gefliesten Boden setzte.

»Es ist so heiß«, hatte sie schlicht geantwortet, mir in die Augen gesehen, einen der Löffel gereicht und sich dann schnell abgewandt, als ich mich neben sie sinken ließ.

Ein kleines Stück Himmel auf Erden, so überwältigend in seiner Einfachheit, begleitet von der Musik des Plattenspielers.

Kodaline war toll, auch auf dem Konzert. Das Publikum war gespannt und euphorisch und wir hatten uns Plätze ganz vorne in der Menge gesichert. Doch am schönsten war es, wenn ich hin und wieder einen Blick auf sie warf und sah, dass sie die Augen geschlossen und eine Hand auf die Brust gelegt hatte und die Texte mitsang, diesmal richtig. Sie genoss es. Immer wieder berührte ich sie, streifte ihre Hand, flüsterte ihr etwas zu, sodass meine Lippen ihr Ohr berührten, und wollte sie umarmen. Letzteres passte dann doch nicht und so zog ich meinen Arm viel zu oft zurück und streifte dabei immer wieder ihren Hintern, was mir mehr als peinlich war. Was sollte sie von mir denken? Dass ich nur hier war, damit ich sie später ins Bett bekam? Nein, so war es nicht, und nun ist es doch passiert und ich liege mit ihr in meinem Schlafzimmer.

Vielleicht müsste ich ein schlechtes Gewissen haben, doch um ehrlich zu sein, würde ich die vergangenen Stunden um nichts in der Welt wieder hergeben. Wie sie mich ansah, als sie in meiner Wohnung war und ihr Haar öffnete, wovor ich mich insgeheim gefürchtet hatte. Diese braunen, unordentlichen Wellen, die über ihre Bluse fielen. Ich musste den Blick erwidern, gejagt von allem, was ich und was sie hoffentlich – offensichtlich? – wollte. Und als sie mit ihren Fingern noch versuchte, für etwas Ordnung zu sorgen, und die Hand anschließend sinken ließ, so ähnlich wie damals, als ich zum ersten Mal mit ihr sprach, da war es, als würde ich wieder über dem Wasser schweben und kurz davorstehen, den Himmel zu berühren. Und dann berührte ich ihn, küsste sie und verlor den Verstand vor Glück, als diesmal ich mit meinen Händen ihr Haar durchkämmte und in ihr versank.

»Wie kann Haar nur so sexy sein?«, flüsterte ich, sie musste das hören. Ich küsste sie wieder und die Dinge nahmen ihren Lauf. Mein Kopf war erfüllt von ihr und ich wollte sie nicht nur küssen. Ich wollte alles mit ihr.

Ich liebe sie für alles, was sie ausmacht, das Innere wie das Äußere, und irgendwo da drin ist das Geheimnis, das mich an ihr fasziniert und das ich nie herausbekommen werde.

Es hat mich total erwischt und ich weiß nicht, wie das möglich ist. Wie kann ein Mensch so viel empfinden und trotz alledem nicht platzen? Ich kenne sie nun seit eineinhalb Jahren und habe dieses Brodeln immer unter Kontrolle halten können, aber in den letzten Wochen hatte es angefangen zu sprudeln und war schließlich in der Sekunde übergekocht, als sie meinen Kuss erwiderte und ich mir sicherer als je zuvor war, dass sie mich will. Ebenso, wie ich sie.

Also zog ich sie mit mir, stieß die Tür zum Schlafzimmer auf und ließ sie nicht los, knöpfte ihre Bluse auf und bemerkte, wie sich ihre Hände unter meine Kleidung schoben. Ihre blassen Hände mit den zarten, weißen Fingern auf meiner Haut, so weich und vertraut, als gehörten sie dorthin. Ein »Wow« konnte ich mir nicht verkneifen, als sie so vor mir stand, in Jeans und BH, und ich ihren Körper bewundern konnte. Ich musste mich zusammenreißen, nicht so zu starren, und blickte ihr stattdessen in die Augen, verstand, dass sie wirklich mit mir zusammen hier war, allein, liebte sie dafür, dass sie mir diese Nähe schenkte, und wollte sie noch mehr als je zuvor.

»Ich liebe dich«, gestand ich ihr und war kein bisschen aufgeregt dabei.

»Zeig es mir«, sagte sie und ich zeigte ihr wie sehr.

Ich rücke noch näher zu ihr, lege einen Arm um sie und ziehe sie enger an mich.

»Ich liebe dich«, flüstere ich ihr ins Ohr und weiß, dass sie es hört.

Ich überlege, ob ich sie einfach küssen soll und ob wir da weitermachen können, wo wir aufgehört haben. Ich brauche sie so sehr, will ihren Körper an meinen gepresst spüren und ihren Rücken mit meinen Händen wieder und wieder erkunden, in ihr mich durchdrehen lassendes Haar greifen und ihr die ganze Zeit über sagen, wie sehr ich sie liebe. Ich frage mich, wie ich vorher jemals glauben konnte, verliebt zu sein.

Sie dreht sich zu mir um – sie hat also nicht geschlafen, wie ich es vermutet habe –, sieht mich an und ich lächle zurück. Egal, welche Entscheidungen ich in meinem Leben gefällt habe, wie viele sich dann im Endeffekt als Fehler entpuppten und wie sehr ich es einst bereute: Jetzt bereue ich nichts mehr und vermisse keine Erinnerung, die ich verpasst habe. Im Endeffekt führte mich alles genau hierher, zu ihr, und nur deswegen lege ich jetzt meine Hand an ihre Wange, streichle sie und kann nicht lange widerstehen. Ich küsse sie und ziehe sie, soweit das überhaupt möglich ist, noch enger an mich, ihr Körper so dicht an meinem, mein Herz so nah an ihrem. Wieder macht sie mich verrückt, als sie ein Bein um meine Hüfte schlingt und wir unser Spiel im Dunkeln fortführen. Von mir aus muss es nie wieder hell werden. Mit ihr fühle ich mich unbesiegbar und habe keine Angst vor den schrecklichen Bildern, die die Dunkelheit mit sich bringt. Jetzt nicht mehr.

Ich fahre mit den Händen über ihre nackte Haut und merke, wie es uns beide überkommt. Wir geben der Versuchung nach und folgen den explosionsartigen Schlägen unserer Herzen. Ich glaube fast, ihres tatsächlich zu hören, je tiefer sie mich zieht.

KAPITEL 3

SIE

Ich – liebe – dich. Drei Worte. Und ich habe diese Worte ausgesprochen, als ich gestern bei ihm war. Ich weiß, dass sie stimmen und vor allem, dass ich sie nicht hätte sagen sollen. Damit habe ich diese Panik in mir entfesselt, die Kontrolle abgegeben und mich in die Vorstellung fallen lassen, dass ich bereit dafür bin. Deswegen stehe ich wieder an der U-Bahn-Haltestelle Rauhes Haus. Es ist früh und er weiß vermutlich noch nicht, dass ich weg bin. Es ist kurz nach sechs Uhr morgens, der Himmel ist dunkel und nicht mehr so klar wie noch vor ein paar Stunden. Jedenfalls war dies so, als ich noch draußen war, umgeben von der kalten Luft und in Begleitung meines schlechten Gewissens, das sich um meine Schultern gelegt hat und versucht, mich mit seiner tonnenschweren Last zu erdrücken. *Ich liebe dich.* Wie konnte ich nur so dumm sein?

Irgendwann würde er feststellen, dass ich nicht die bin, die er haben will, und ich wäre zu diesem Zeitpunkt schon über beide Ohren in ihn verliebt, mit Herzklopfen und rosaroter Brille und einem immerwährenden Lächeln im Gesicht, dass mir die Wangen schmerzen. Ich weiß, ich kann dieser Mensch nicht sein, ich *war* es vor einer Ewigkeit mal, aber das ist vorbei, das ist mir jetzt noch mal um ein Vielfaches deutlicher bewusst. Schade eigentlich, dass es sie nicht mehr gibt, ich würde sie zu gern fragen, warum sie sich damals auf diese von Hollywood-Romanzen verherrlichte Bilderbuchliebe gestürzt hat und diese mit aller Macht in ihre Welt zerren wollte, nur damit man ihr im Endeffekt das Herz herausreißt. Und jetzt habe ich diese drei kleinen, verfluchten Worte gesagt und fühle mich furchtbar.

In neun Minuten kommt die nächste Bahn, also setze ich mich auf eine der Bänke aus Metall, die sich selbst durch die Jeans kalt anfühlt, und frage mich, ob er wach ist und sich wundert, wo ich bin.

Vor einer halben Stunde wachte ich auf und sah auf die Uhr. Dann zu ihm. Und wieder zur Uhr. Es war eine Versuchung, einfach liegen zu bleiben, den Morgen abzuwarten, zu sehen, ob er mir Frühstück ans Bett bringen, mir etwas Süßes ins Ohr flüstern und mich küssen würde, so wie ich es will, es mir vorstelle. Ich könnte der Versuchung vielleicht nicht widerstehen, ihm erneut die drei Worte zu sagen und …

Nein!

Ich stand auf, zog mich an und zwang mich dazu, mich nicht noch einmal umzudrehen, als ich seine Wohnung verließ. Kein letzter Blick auf sein Gesicht, bevor es vorbei war, damit ich doch noch einen Rückzieher machte.

Es ist still. So still, dass ich höre, wie es draußen anfängt zu regnen und die Tropfen gegen die Scheibe in meinem Rücken klatschen.

Er wird es nicht vergessen.

Es wird eine Lektion für ihn sein, die ihm im Gedächtnis bleibt. Dass ich nicht sein Mädchen bin. Dass ich nicht gerettet werden will und dass er seine Kräfte nicht an mich verschwenden sollte. Falls er überhaupt meinte, was er sagte.

Ich schlage die Beine übereinander und seufze. Ich würde alles dafür geben, zu gestern zurückkehren zu können.

Noch schläft er, und wenn er aufwacht, wird er die ersten drei, vier Sekunden denken, dass ich neben ihm liege. Ein paar weitere Sekunden später wird er sich dann fragen, wo ich bin, und vermuten, dass ich irgendwo in seiner Wohnung herumlaufe. Vielleicht habe ich mich in sein Bad oder die Küche verirrt, weil ich Durst bekommen habe und mir ein Glas Wasser hole. Als Nächstes wird er meinen Namen rufen, und weil ich nicht antworte, wird er aufstehen, durch die Zimmer gehen und feststellen, dass ich nicht mehr da bin. Nirgendwo eine Nachricht, und dann wird er sein Handy nehmen und mich anrufen wollen, nur um festzustellen, dass ich meine Nummer gelöscht habe, der Code war immer noch derselbe, ein kleines Quadrat unten links. Es ist besser, wenn es ein glatter Bruch ist, schnell, schmerzhaft und dadurch mit einer sehr guten Aussicht auf Heilung – jedenfalls laut *Grey's Anatomy*.

Ach Leon, das Mädchen, das für dich bestimmt ist, heißt nicht Viola. Ich habe zwar Haar, das dich verrückt macht, aber sie wird dich mit allem verrückt machen, weil sie wunderschön sein wird und nicht nur Durchschnitt. Und sie wird ein Herz haben. Ein schlagendes, liebenswertes und kein verwundetes, angeschwollenes, das zweimal so groß ist wie ein normales, weil es krampfhaft versucht zu heilen und gleichzeitig dem Wunsch widerstehen muss, sich der verführerischen, aber alles zerstörenden Bombe wieder vor die Füße zu werfen. So wie gestern.

Der Regen wird stärker.

Ich hoffe, die Stadt ist groß genug, dass ich ihm eine Weile aus dem Weg gehen kann, wenigstens so lange, bis mir allein der Gedanke an ihn nicht mehr das Herz zerreißt. Und außerdem will ich ihm nicht noch mehr wehtun, als ich es ohnehin schon getan habe.

Ich habe meine Überzeugung für ein paar vergängliche Momente aufgegeben. Leon, für eine Nacht habe ich nicht genug aufgepasst und es war gut, so gut. Einerseits will ich keine Sekunde rückgängig machen, jede war intensiv, jedes Ich-liebe-dich von dir tat mir gut und ich wollte unbedingt, dass es wahr ist, dass du es ehrlich meinst und wirklich mich *siehst. Ich würde dir so gerne alles geben, dich jeden Tag aufs* Neue *nach meinen Küssen süchtig machen und dich mich lieben lassen. Doch irgendwann würdest du nicht mehr nur meinen nackten Körper sehen, sondern auch meine nackte Seele, und sie würde dir nicht gefallen.*

Und genau deshalb will ich alles rückgängig machen.

Jeden Moment, jeden Kuss, will dir jedes Ich-liebe-dich zurückgeben, jede Berührung, all die Intensität zwischen uns, als hätte es sie nie gegeben. Gleichzeitig kribbelt es an jeder einzelnen Stelle meines Körpers, an der du mit deinen Händen entlanggestrichen bist, die du liebkost hast, und ich erinnere mich an dich in mir, die stärkste körperliche Verbindung zweier Menschen, die seelisch verwandt zu sein scheinen. Das physische Äquivalent zu deiner Vorstellung einer echten Beziehung. Zu Liebe. Tja, der Schein trügt.

Ich schaue hoch und es sind sechs Minuten vergangen. Sieben, die Anzeige hat sich aktualisiert.

Kann ich meinen Kopf nicht abstellen? Ich will nicht denken, will mir keine Sorgen machen, nicht diesen inneren Konflikt ausfechten müssen.

Mein Blick huscht zwischen den Gleisen, der Anzeige und der Treppe hin und her. Weiß er schon, dass ich weg bin? Noch eine Minute. Die Zeit läuft ab, ticktack, ticktack. Für einen Moment stelle ich mir vor, wie ich den Bahnsteig hinunterklettere und mich auf die Gleise setze, wie der Zug mich erfasst und ich nicht mehr denken muss, weil ich es nicht mehr kann. Weil ich tot bin. Einfach tot. Nicht denken. Tot. Nicht atmen. Tot.

Aber da spüre ich den Lufthauch und weiß, die Bahn fährt gleich ein, und damit ist meine Entscheidung gefallen, dass mein riesiges, pulsierendes Herz weiterschlagen muss. Ich sehe die Lichter im Tunnel. Sie kommen näher und ich stehe auf. Die Bahn bremst, das schleifende Geräusch ist zu hören, und kurz bevor sie zum Stehen kommt und sich die Türen öffnen, nehme ich in meinem Augenwinkel eine Bewegung wahr. Ich wende den Kopf zur Seite und sehe ihn oben an der Treppe stehen.

Er ist es.

Mein Herz setzt einen Schlag aus und die Gedanken in meinem Kopf überschlagen sich.

Er steht da und sieht mich und nimmt bereits die ersten Stufen nach unten. Was macht er hier? Woher wusste er, wo ich bin? Die Türen öffnen sich, ich sollte einsteigen, doch ich kann mich nicht bewegen. Lange, sehr lange Sekunden starre ich ihn einfach nur an, gelähmt von seinem unerwarteten Auftauchen, bevor das rote Licht aufblinkt und das »Einsteigen, bitte« über den Bahnsteig hallt.

»VIOLA!«, höre ich ihn rufen und ich reiße meinen Blick von ihm los.

O Gott, was tue ich hier? Ich stoße ihn weg, nach all der Zeit, die wir miteinander verbracht haben, in der er immer für mich da war. Ein plötzlicher, endgültiger Schlussstrich aus dem Nichts und es ist noch tausendmal schlimmer, als ich es erwartet habe. Es ist die Hölle und ich spüre ihr Brennen noch deutlicher, jetzt, wo ich dabei zusehe, wie es kaputtgeht.

Ich höre seine Schritte, die nicht mehr weit von mir entfernt sind, und ohne richtig darüber nachzudenken, mache ich einen Satz nach vorne und stehe plötzlich in dem menschenleeren Abteil.

Drei. Zwei. Eins. Die Türen schließen sich in meinem Rücken und ich drehe mich langsam um.

Da ist er, auf der anderen Seite der Scheibe, aus der Puste, mit einem fragenden Blick in den Augen: Wieso? Wieso gehst du? Wieso bist du eingestiegen?

Mein Puls rast und ich fange an zu zittern.

Ich will meine Hände ausstrecken, sie dorthin legen, wo seine sich befinden, aber da fährt die Bahn ab und ich verschwinde in der Dunkelheit mit dem Bild vor mir, wie er mir mit einem Blick, der mein Herz aufspießt und es der Länge nach aufreißt, Fragen stellt. Und damit habe ich die letzte Chance vertan, ihm weiter die Person vorzuspielen, die er haben will, weil ich ihn zu sehr und auf überaus egoistische Weise begehre.

Du willst mich nicht, Leon. Du willst jemanden, der normale Schwächen hat, die man wieder hinbiegen kann. Aber das bin ich nicht. Wenn du erst einmal hinter die Fassade siehst und deinen Irrtum bemerkst, ist der Zauber verschwunden. Dann würdest du mein wahres Ich sehen, das dich nie so glücklich machen könnte wie die von mir erzeugte Illusion. Sie ist eine Lüge. Du liebst meine Fiktion, nicht mich. Ich bin betrunken vom Rosenwasser, doch mich erdrückt dieser aufgezwungene Heiligenschein, ich bekomme kaum noch Luft. Meine Flügel sind beschmutzt und gestutzt, und dass mein Lächeln nicht echt ist, weil ich noch nie mehr Freude als Angst empfinden konnte, entspricht auch der traurigen Wahrheit.

Die U-Bahn ist vom Tunnel verschluckt worden und ich sehe mein Bild in der Scheibe gespiegelt. Und dann sehe ich wieder sein Gesicht und wie ich ihm alles wegnehme.

Ich stelle mir vor, wie ich ihm von meiner Vergangenheit erzähle, jedes Detail preisgebe und er mir glaubt und mich versteht. Dass er die Person sieht, die ich jetzt bin, nicht die, die ich war, und dass er sie liebt. Den Menschen hinter der Fassade. *Weil das beim letzten Mal schon so wunderbar geklappt hat.*

Sein Blick hat sich in meine Netzhaut eingebrannt und auch als sich ein paar Tränen aus meinen Augen lösen, wird er nicht weggespült. Wieder seufze ich und schüttle den Kopf.

Ich hätte nicht einsteigen sollen.

KAPITEL 4

ER

»Sie ist gegangen – und dann?«

»Bin ich ihr hinterher.«

»Wie? Du sagtest doch gerade, sie sei schon weg gewesen, als es noch nicht mal richtig hell war …«

»Ja, das stimmt auch. Ich bin wach geworden und das Bett neben mir war noch warm. Ich wusste, sie konnte noch nicht lange weg sein.«

»Und dann bist du aufgestanden und ihr einfach hinterher? Um sechs Uhr morgens? Und du wusstest nicht einmal, ob sie wirklich zur Bahn ist, geschweige denn, nicht schon längst weg?«

»Nicht wirklich, aber wo hätte sie sonst sein sollen?«

Laut pustet Finn aus und sieht mich stirnrunzelnd an, den Typen, der einer Frau nachgelaufen ist »wie ein hungriger Straßenköter einem halben Käsesandwich«, was er wahrscheinlich sagen würde, wenn ich nicht so einen jämmerlichen Anblick böte.

Er ist mein bester Freund, und nach den letzten beiden Tagen habe ich mich endlich dazu durchgerungen, zu ihm zu fahren und ihm die ganze Geschichte zu erzählen. Ich komme nicht vor und nicht zurück. Es ist, als wären meine Gedanken in einer Sanduhr gefangen, die immer in genau dem Moment umgedreht wird, wenn das letzte Korn durch die winzige Öffnung fallen soll, und dann stehe ich wieder unten auf dem gläsernen Boden und sehe dabei zu, wie sie erneut auf mich niederprasseln. Finn mustert mich und hat eine Augenbraue hochgezogen.

»Du Romantiker«, grinst er und schüttelt leicht den Kopf.

Ich schlage mir die Hände vors Gesicht und stehe auf, werfe einen Blick aus dem Fenster und gehe, weil ich nichts mit mir anzufangen weiß, zum Kühlschrank und nehme mir eine Flasche Wasser heraus. Ich öffne den Schraubverschluss und lasse mir so viel Zeit wie nur möglich. Wenn ich mich wieder zu Finn umdrehe, muss ich das Gespräch fortführen, und ich weiß nicht, ob ich hören will, was er zu sagen hat. Ich nehme ein paar Züge, stelle die Flasche zurück und setze mich auf den Stuhl, von dem ich aufgestanden bin.

»Also?«, fragt Finn.

»Was, also?«

»Na, ist sie gut im Bett?«, fragt er unverblümt und ich will nicht nur ihm, sondern vor allem mir selbst eine reinhauen.

Ich hätte mich von ihr nicht so verrückt machen lassen sollen. Dass ich mit ihr geschlafen habe, hat alles kaputt gemacht, und genau das wollte ich doch um jeden Preis vermeiden. Jetzt denkt sie womöglich, ich bin einer dieser Typen, die ihr nur an die Wäsche wollen, und sie hat recht und gleichzeitig auch nicht. Ich meine, wer würde bei ihr schon Nein sagen?

Es ist überflüssig zu leugnen, dass man nicht nervös wird und neugierig zugleich, wenn sie einem ihre Aufmerksamkeit schenkt. Sie ist eine Herausforderung, der nicht viele Menschen gewachsen sind, und die Leute, die es trotzdem wagen – so wie ich –, vermasseln es in genau dem Moment, in dem sie einen auf die Probe stellt.

»Unglaublich«, sage ich wahrheitsgemäß und sehe ihn direkt an und er merkt, dass ich nicht über eine Eroberung rede.

»Du hast dir ordentlich Zeit gelassen. Und ich kenne sie? Du hast ja öfter von ihr erzählt, dass ihr euch trefft, aber ich habe echt kein Bild von ihr vor Augen. Viola, richtig?«

»Viola. Sie war auf unserer Schule. Du *musst* sie kennen.«

Er wiegt den Kopf hin und her, ohne mich aus den Augen zu lassen, und ich fühle mich dieser Beobachtung nicht gewachsen und wende den Blick ab.

»Ich habe keine Ahnung, von wem du sprichst«, gibt er sich geschlagen.

Ich stöhne genervt auf und er hebt abwehrend die Hände.

»*Du* bist derjenige, der mir kein Bild zeigen wollte. Kann ich doch nichts für.«

»Sie *mag* keine Fotos«, erkläre ich.

Er zuckt mit den Schultern. Innerlich verdrehe ich die Augen und frage mich, wie sie ihm *nicht* aufgefallen sein kann. Dann erinnere ich mich an den späten Abend damals in Boberg und dass ich da zum ersten Mal mit ihr gesprochen habe. Dass ich sie sah und feststellte, wie schön sie ist, außerhalb der schulischen Mauern, und da weiß ich wieder, wieso er sie nicht kennt. Ich war allein. So hat er sie nie gesehen.

»Ich glaube dir immer noch nicht ganz, dass da bis auf das eine Mal nichts zwischen euch gelaufen ist. Ihr trefft euch doch jetzt schon über ein Jahr, kommt das hin?«

Ich nicke.

»Eineinhalb, um genau zu sein. Kann ja nicht jeder so wie

du sein und alle paar Wochen 'nen neuen Typen am Start haben«, necke ich ihn, doch er nimmt es gelassen und lacht. Ich habe ja recht.

Wie aufs Stichwort bimmelt sein Handy und er grinst. Dabei erinnert er mich an die Grinsekatze aus *Alice im Wunderland*.

»Timo«, sagt er, gibt mir ein Zeichen und verschwindet aus der Küche, um den Anruf entgegenzunehmen.

Ob es etwas ändern würde, wenn ich schwul wäre? Wahrscheinlich nicht. Man hat genau die gleichen Probleme, nur dass einem keine Frau, sondern ein Mann die Hölle heiß macht. Ich kann ein Lied davon singen, denn bei jedem Treffen hält mich Finn mit den neuesten Geschichten über den süßen Barkeeper, das knackige Model oder den schnuckeligen Dozenten von der Uni auf dem Laufenden. Sein aktueller Freund ist Timo, den er in einer Philosophievorlesung kennengelernt hat, aber mehr weiß ich noch nicht. Gerade ist es mir auch ziemlich egal.

Ich sitze alleine in der Küche, schaue aus dem Fenster, höre Finns gedämpfte Worte durch die geschlossene Tür dringen und ziehe zum tausendsten Mal mein Handy aus der Tasche, um zu sehen, ob sie sich gemeldet hat. Nichts. Die Anruflisten sind nach wie vor leer, ihre Nummer ist immer noch gelöscht und auch auf WhatsApp habe ich keine Nachricht von ihr erhalten. Sie ist weg, hat sich einfach so von mir gelöst.

Ich atme tief durch, aber das erleichternde Gefühl will sich nicht einstellen. Stattdessen kribbelt es in mir, als würde mich jemand von innen an den Rippen kitzeln.

Anderthalb Jahre.

»Ich will nicht zu dir nach Hause. Das geht in die falsche Richtung

und wir sind doch Freunde. Wenn ich mit zu dir komme, dann nur, weil es nicht anders geht.«

So oft hat sie verneint, wenn ich sie nach einem Konzert oder Kinobesuch fragte, ob sie noch mit zu mir kommt, einfach, um den Abend noch nicht enden zu lassen. Ich wollte sie bei mir haben, nicht, um sie ins Bett zu bekommen, sondern weil es mir immer besser geht, wenn sie da ist.

Wenn sie es nicht wollte, warum hat sie es dann ausgerechnet an diesem Abend getan? Warum habe ich nicht einmal darüber nachgedacht? Es will mir nicht mehr einfallen. Ach verdammt!

Ich haue mit der Faust auf den Tisch, tue mir dabei selbst weh und auch das macht es nicht besser.

»Lass die Wut raus«, sagt Finn, der sein Telefonat offensichtlich beendet hat und wieder gegenüber von mir Platz nimmt.

»Mir geht's scheiße, Mann. Richtig scheiße.«

»Das kann ich sehen. Aber ernsthaft, über ein Jahr lang? Und vorher war gar nichts?«

»Ich habe doch selbst keine Ahnung, was los ist. Wir haben uns einmal geküsst, aber das war's auch.«

»Aha!« Als hätte er mich bei etwas ertappt, aber ich schüttle den Kopf.

»Nein, so war das nicht. Es war letztes Jahr, ungefähr zur gleichen Zeit wie ... du weißt schon. Mit ging's schlecht, sie hatte sich gerade getrennt. Wir haben es einfach ignoriert und nicht wieder drüber gesprochen.«

Er kratzt sich am Kopf.

»Das verstehe ich nicht.«

Ich bekomme den Eindruck, dass Finn gar nichts versteht, und da fällt mir auf, dass ich genauso ahnungslos bin.

Nie habe ich ihren Wunsch der Heimlichtuerei hinterfragt, es hatte was, ohne Zweifel. Wir haben uns nicht versteckt, sind in Clubs gegangen, in den Stadtpark, haben bei Starbucks Kaffee getrunken, sind mit der Bahn gefahren, waren am Hafen und so weiter. Doch es waren immer nur wir zwei, niemand sonst. Sie gehörte nicht zu meinem Freundeskreis und ich nicht zu ihrem. Wir waren unser eigener, winziger Kreis, der irgendwo existierte, und ich dachte nicht eine Sekunde daran, dass es seltsam wäre. Vielleicht habe ich es zu sehr genossen, sie für mich alleine zu haben.

Halt! Präsens! *Gehört*, nicht gehörte, *sind*, nicht waren, und *existiert*, nicht existierte. Ich will die Vorhänge nicht zuziehen, als wäre ein Theaterstück vorbei und wir würden jetzt jeder unserer Wege gehen, als gehörten wir nicht auch hier draußen in das Leben des jeweils anderen. Und trotzdem stehe ich jetzt alleine auf der Bühne, ohne sie.

»Ich hasse sie«, sage ich geradeheraus.

»Das ist nicht gut.«

»Ist mir schon klar, dass es nicht gut ist, wenn ich jemanden hasse. Wer sagt so etwas schon?«

»Ich glaube, du hast mich nicht verstanden.«

»Ach, und was habe ich deiner Meinung nach nicht verstanden?«

»Du hasst sie wirklich«, stellt Finn nüchtern fest.

Hatten wir das nicht gerade? Aber er fährt fort und erklärt, was er damit eigentlich meint.

»Du liebst sie und deswegen hasst du sie.«

»Kannst du bitte deutsch mit mir sprechen?«

»Ich gebe dir mal eine grobe Zusammenfassung von dem, was du mir in der letzten halben Stunde erzählt hast: Du triffst vor gut 'nem Jahr dieses Mädchen an der Haltestelle keine zehn Minuten von hier, als du gerade auf dem Weg zu mir bist. Sie verdreht dir den Kopf, kriegt es irgendwie hin, dass ihr unter euch bleibt und es dir sogar gefällt. Ihr seid nicht zusammen, seid Freunde und du stehst auf sie und ihr macht alles, was Verliebte tun, nur dass ihr eben nicht offiziell verliebt seid. Du bist auch da, wenn sie in einer Beziehung ist, siehst zu, wie sie die Typen abschießt, freust dich irgendwie darüber und merkst, dass du dich voll in sie verknallt hast. Ihr geht auf das Konzert, sie kommt mit zu dir und du denkst, *das* ist der Moment, in dem alles anders wird. Und da du nun einmal du bist, lässt du dich natürlich voll darauf ein, ohne nachzudenken. Du küsst sie, ihr landet im Bett, und als du aufwachst, ist sie gerade zur Tür hinaus. Du ziehst dich an, gehst ihr hinterher, und als du sie dann eingeholt hast, fährt sie vor deiner Nase weg und ward nie mehr gesehen.«

Ich nicke. »Eine sehr schöne Zusammenfassung. Weiter?«

»Junge, Junge, bist du schwer von Begriff.«

Ich schweige und warte, dass er endlich auf den Punkt kommt.

»Sie hat dich in der Hand, das ist es. Sie macht, was sie will, und du hast dich dem gefügt, ohne zweimal nachzudenken. Was anderes macht sie jetzt auch nicht. Sie flüchtet, ob vor dir oder sich selbst sei mal dahingestellt, und damit will sie wieder etwas von dir.«

»Und das wäre?«

»Was willst du denn?«

»Ist das nicht offensichtlich? Ich will wissen, wo sie ist und was los ist.«

»Ganz genau.«

Ich verstehe gar nichts und bin mir gleichzeitig zu hundert Prozent sicher, dass in seinen Worten die Antwort steckt, nach der ich suche. Finns Telefon klingelt erneut.

»Timo«, sagt er, verdreht lächelnd die Augen und verlässt zum zweiten Mal die Küche.

Du bist, was du bist, Viola, und ich bin, was ich bin. Daran ist nichts zu ändern, oder? Ich meine, wenn du mich als Freund magst, dann können wir diese Nacht einfach vergessen, auch wenn ich weiß, dass mir das nicht ganz gelingen wird. Aber für dich versuche ich es. Und wenn du mich liebst, dann können wir zusammen sein, voll und ganz und ohne Einschränkungen. Aber du bist weg und anscheinend willst du es so. Ich will dich wiedersehen, aber wie soll ich das anstellen?

Finn kommt zurück und steckt sein Handy wieder in die Tasche.

»Das ging schnell.«

»Ich rufe ihn später zurück.«

Ich greife mir einen der Bierdeckel, die in einem Köcher auf dem Tisch stehen, und drehe ihn in meiner Hand. Es macht mich verrückt, zu warten und nicht zu wissen, worauf.

»Ich glaube, ich habe verstanden, worauf du hinauswillst.«

»Aha.«

»Ja. Weißt du, solange ich mir hier alleine den Kopf zerbreche, bringt es mich nicht weiter. Ich muss sie finden, was anderes bleibt mir nicht übrig. Ich kann das so nicht stehen lassen.«

»Scheint so, als hätte sie vor irgendwas Angst.«

»Woher weißt du das?«

»Na ja, sie ist vor dir weggelaufen und hat sich sozusagen in Luft aufgelöst, da kann man eins und eins zusammenzählen. Ich kenne dich. Du hättest nicht mit ihr geschlafen, wenn du unsicher gewesen wärst, ob sie es will, der Typ bist du nicht.«

»Ja, das stimmt. Hätte ich nicht.«

»Es hat einen anderen Grund, dass sie abgehauen ist.«

»Du meinst also, ich sollte es lieber lassen?«, frage ich.

»Nein. Du *solltest* sie suchen. Aber vom Schlimmsten ausgehen.«

»Und das wäre?«

»Dass sie dich nicht sehen will. Oder dass du sie gar nicht wiederfindest.«

Ich drehe den Kopf zur Seite und beiße die Zähne zusammen. Das will ich nicht hören und schon gar nicht will ich es mir vorstellen.

»Also Ersteres ist mir im Moment herzlich egal. Und zum Zweiten ...« Ich seufze. »Was bleibt mir denn anderes übrig? Zu Hause zerbreche ich mir nur den Kopf und bekomme erst recht keine Antworten. Ich überlege nur, wo ich anfangen soll. Hast du 'ne Idee?«

»Keine Ahnung, woher soll ich das wissen? Du bist der, der sich seit 'ner Ewigkeit mit ihr trifft. Denk nach und du kommst schon drauf«, sagt er und gestikuliert hilflos mit den Händen.

Es klingt so einfach, aber ich nicke und fasse den Entschluss, es zu versuchen. Ich kann mich nicht mehr ohne sie sehen. Die letzten beiden Tage, in denen ich alleine war, habe ich versucht mir einzureden, dass das alles nicht wahr sein kann – doch gleichzeitig ist es unmöglich, sich so etwas auszudenken. *Ich werde noch verrückt!*, dachte ich. Und dann bin ich aufgestanden und zu Finn gefahren.

Ich kann mich nicht einfach so von dir trennen, wie du dich von mir getrennt hast, Viola. Vielleicht ist das ja nur ein Test von dir und ich muss einfach meine Hoffnungen darauf setzen, dass ich ihn bestehe.

Ich kann mich nicht mehr zusammenreißen und fange an zu weinen, und da weiß ich es wieder so unglaublich zu schätzen, dass Finn mein bester Freund ist. Für ihn bin ich kein Weichei, er versteht mich.

»Herzlichen Glückwunsch. Du hast die Eine gefunden«, sagt er und klopft mir auf die Schulter.

Ein paar Minuten vergehen, ich fasse mich wieder und bringe meine aufkommenden Schluchzer mit ein paar tiefen Atemzügen zum Verstummen. Vielleicht hat er recht.

Der Unterschied zwischen Verliebtsein und Lieben ist so einfach: Das Verliebtsein kommt und geht und es kratzt vielleicht an deinem Ego, wenn es geht, aber es bringt dich nicht um. Zu lieben bedeutet, keine Wahl zu haben, und die hatte ich in keinem Fall. In dem Moment, in dem sie mich verließ, wusste ich es. Ich bin verloren und ich weiß nur, dass ich sie irgendwo in Hamburg wiederfinden muss, um mich erneut unsterblich zu fühlen. Denn so fühle ich mich mit ihr.

»Geht's wieder?«, fragt Finn und ich nicke.

»Ich muss los«, sage ich, greife mir meine Autoschlüssel und umarme ihn kurz, bevor ich sein Haus am Langberg verlasse, meine persönliche Pilgerstätte des Orakels von Delphi.

Ich weiß, wo ich meine Suche beginne.

KAPITEL 5

SIE

Es ist immer dasselbe: Ich denke nach, bin mir einer Sache ganz sicher und mache am Ende doch genau diesen Fehler, obwohl ich es vorher besser wusste und auch in der Sekunde, in der ich ihn begehe, eigentlich besser weiß. Aber für den Moment ist es egal, weil man nicht an gestern oder morgen denkt, sondern nur im Augenblick lebt. Und dann wache ich auf, ziehe mich an, laufe zur nächsten U-Bahn-Station und fahre vor den Augen des Mannes, den ich liebe, einfach davon. Bis auf den letzten Teil ist es immer dasselbe.

Die meisten Menschen würden sich gar nicht erst in so eine Situation hineinmanövrieren, nur ich hirnverbrannte, dumme, unüberlegte, beschissene Idiotin tue das. Ich weiß weder, warum ich überhaupt mit zu ihm gegangen bin, noch warum aus mir auf einmal ein anderer Mensch wurde, als ich bei ihm war. Bei meinem besten Freund! Jetzt habe ich keine Ahnung mehr, was er noch für mich ist.

Ich weiß gar nicht, wo es genau aus dem Ruder gelaufen ist. Als er meine Hand nahm, plötzlich, zum ersten Mal seitdem wir uns kennen? Ob es der Kuss war, der eindeutig nach mehr verlangte, oder ob es meine eigene, provozierende Tat war, die ich vielleicht nur deswegen begangen habe, um ihn auf die Probe zu stellen, als ich mein Haar öffnete?

Oder der Schlüssel?

Den, den ich gerade in den Händen halte, den mit dem pinken Eiffelturm-Anhänger, den ich in meiner Tasche vermutete, als ich an besagtem Abend aufbrach – fälschlicherweise, sodass ich entweder auf der Straße hätte schlafen müssen oder bei ihm.

Der Zweitschlüssel wäre eine Option gewesen, aber da die Nachbarn erst am nächsten Tag aus dem Urlaub wiederkommen sollten, brachte mir diese Idee genau gar nichts. Minusgrade, eine begrenzte Auswahl an Möglichkeiten und dieser dumme Funken Hoffnung, dass das alles vielleicht nur aus einem bestimmten Grund passierte. Und dann habe ich den Hebel für die Notbremse nicht gefunden – wollte ihn vielleicht nicht finden. Ich war wie ein trockener Weihnachtsbaum und Leon die Kerze, deren Flamme auf einmal auf mich überging.

Jetzt liegt der Ersatzschlüssel unter der Fußmatte. Ich habe darum gebeten, ihn zurückzubekommen, denn offensichtlich hat es überhaupt keinen Sinn, ihn bei den Nachbarn zu lassen. Es ist viel zu spät, das ist mir klar, aber irgendwo muss ich anfangen.

Ich überlege, wie lange es bei Leon dauern wird, bis ich ihn vergessen habe. Die Gefühle für ihn sind so schmerzhaft präsent und verdrehen mir den Kopf, dass ich mir gerade mehr als alles andere wünsche, ich wäre nie in diese blöde Bahn eingestiegen.

Durchatmen.

Nein.

Am Ende wird er nichts weiter sein, als einer von vielen.

Scheiße, das klingt fast so, als würde ich es mit jedem treiben, der nicht bei drei auf dem Baum ist. Dabei sind es mit

Leon jetzt gerade mal vier. Vier! Drei Aschehaufen habe ich schon zu verantworten und der vierte wird dazukommen, sobald ich innerlich mit ihm abgeschlossen habe. Doch jetzt ist er in meinem Kopf und lässt sich nicht daraus vertreiben und ich will wieder bei ihm sein und sagen, dass ich bereue, weggelaufen zu sein, dass ich ihn liebe und es mit ihm versuchen will.

Beim Ersten hat es ein halbes Jahr gedauert, bis er mich satthatte. Doch bevor er mit mir Schluss machte und mir das Herz zermalmte, nahm er mir noch etwas, das ich nie zurückbekommen werde. Vielleicht ging es ihm auch die ganze Zeit nur darum. Dieses grauenhafte Flattern in meinem Magen macht sich immer noch bemerkbar, wenn ich daran denke. Ich war glücklich, fast euphorisch, lag neben ihm im Bett und konnte gar nicht glauben, dass man einen anderen Menschen so sehr lieben konnte. Alles andere war mir plötzlich egal, ich hätte alles für ihn getan und er sollte genau das wissen. Ich konnte nicht ahnen, dass er sich auch *alles* nehmen würde. Mit einer Selbstverständlichkeit, die all meine Gefühle wertlos machte.

»Schatz«, so begann er damals – Schatz! – »ich schätze, es ist ein schlechter Zeitpunkt …«

Was? Als wir beide nebeneinanderlagen, nackt und keuchend und ich dachte, ich sei mit jemandem zusammen, der mich liebt. Das sollte ein schlechter Zeitpunkt sein?

»… aber ich will ehrlich zu dir sein«, fuhr er fort. »Ich glaube, dass ich die Beziehung nicht mehr will. Ich meine, du bist mir unglaublich wichtig, wirklich, aber es fühlt sich nicht mehr … richtig an, verstehst du?«

Oh ja, na klar hatte ich das verstanden, Schatz! Dass ich zwar gut genug für die letzten Minuten gewesen war, aber nicht einmal mehr für den nächsten Tag oder ein richtiges Gespräch.

Fick dich!, fluche ich bis heute, wenn ich an dieses Arschloch denke, und die Wut lässt meine Arme zittern. Aber es hätte mir klar sein müssen – man trifft den Richtigen eben nicht mit sechzehn Jahren.

Damals jedenfalls stand ich auf, zog mich an, verpasste ihm eine Ohrfeige und ging. Erst als ich auf der Straße stand, brachen die Tränen aus mir hervor, und ich brauchte ewig, mich wieder zu beruhigen und sie aus meinem Gesicht zu reiben. Ich machte mir Musik an, sang den Text irgendeines Liedes mit, um meine Gedanken in eine andere Richtung zu zwingen, während ich auf den Bus wartete. Und dann fuhr ich wie vom Blitz getroffen zusammen und sah in das Gesicht von Nummer vier – Leon. Der meinen Namen nicht kannte und sich sonst immer für was Besseres hielt und dann auf einmal so daran interessiert war, mit mir ins Gespräch zu kommen. Obwohl ich ihm gegenüber abweisend war, ihm sagte, er solle mich in Ruhe lassen, hielt ihn das an diesem Tag nicht ab und auch am nächsten nicht und auch nicht am übernächsten.

Plötzlich waren wir befreundet, einfach so. Es dauerte nicht sehr lange und ich hatte mich ein wenig in ihn verguckt, und genau deswegen wollte ich auch auf keinen Fall was mit ihm anfangen. Beziehungen führen zu Trennungen und ich hatte nicht vor, dieses dunkle Muster fortzuführen. Bis jetzt. Das Leben ist ein Ponyhof und ich bin der Boden – am Anfang macht es unheimlichen Spaß, bis du merkst, dass sie alle auf dir herumtrampeln.

Ich habe früh gemerkt, dass er mich wirklich mag – vor allem dann, wenn ich mit jemandem zusammenkam. Er sorgte sich, wollte mich beschützen. Ich fühlte mich immer sicher, wenn ich bei ihm war, was ich besonders dann brauchte, wenn meine Beziehungen endeten. Er war verliebt und ich verdrängte es, tat es als etwas Temporäres ab und hatte alle Hände voll zu tun, ihn nicht zu nah an mich heranzulassen und die Grenze aufrechtzuerhalten. Ich kam mit jemand anderem zusammen, glaubte, auf einem guten Weg zu sein, und betonte immer wieder, was für ein guter Freund Leon war, der beste. Nicht mehr, und alles nur, damit ich mich nicht mit seinen Gefühlen auseinandersetzen musste.

Diese wurden über die Zeit allerdings so geschürt, dass sie irgendwann nicht mehr zu ignorieren waren, ähnlich den Rauchschwaden des Osterfeuers, das jedes Jahr im Öjendorfer Park stattfindet.

Als ich gerade die dritte hässliche Trennung hinter mir hatte und mich seelisch gebrochen zu Leon flüchtete, gab es dann den ersten Moment der Schwäche. Wir lagen auf seinem Bett, er hatte tröstend den Arm um mich gelegt und keine Fragen gestellt, nachdem ich schlicht gesagt hatte, dass es aus war. Mehr brauchte ich nicht, als zu wissen, dass er da war. Er hatte diesen mitleidigen Ausdruck in den Augen, doch nach einer Weile flammte plötzlich etwas anderes in ihnen auf, etwas Warmes, Schönes, und so aufgewühlt ich auch war, es löste ein Kribbeln in meinem Bauch aus, dem ich, ohne nachzudenken, nachgab. Ich küsste ihn. Ich spürte seine Lippen auf meinen und gab mich für ein paar Sekunden dieser Zärtlichkeit hin, die mir Trost spendete und mich wieder ganz machte. Ich mochte ihn, wollte ihn, wünschte mir, dass er mich wieder vollständig machte, nachdem ich kaputt gegangen war, schon wieder.

Ich genoss diese leichte Berührung und ließ mich von ihr auffangen, bis mir in den Kopf schoss, wen ich nur ein paar Stunden vorher mit einem ähnlichen Gefühl geküsst hatte und was dann passiert war. Warum ich überhaupt bei Leon war. So gut es sich auch für einen winzigen Moment angefühlt hatte, beendete ich es dennoch schnell, lachte und entschuldigte mich, wobei ich eigentlich nur das zerreißende Gefühl überspielte, das die Taubheit bis hin zu meinen Fingerspitzen verdrängte. Er nahm die ganze Schuld auf sich, entschuldigte sich bei *mir*, obwohl er gar nichts gemacht hatte, und ich bereute sowohl es getan als auch es beendet zu haben. Ich hatte mich mehr als einmal getäuscht, aber das, was nur kurz zuvor zwischen uns passiert war, hatte sich so echt angefühlt. Ich sehnte mich danach, diesem Gefühl nachgeben zu können, ohne Angst zu haben, und schaffte es doch nicht. Nicht an diesem Abend.

Er ist anders, versuchte ich mich selbst in letzter Zeit immer öfter zu überzeugen. Aufrichtig, freundlich, verständnisvoll und nicht schwanzgesteuert, andernfalls hätte er es einfach nur geschehen lassen müssen. Er kannte mich zu diesem Zeitpunkt gut genug, um zu wissen, dass nicht viel gefehlt hätte, bis ich nachgebe. Als emotionales Wrack bin ich so leicht zu beeinflussen. *Er ist anders. Oder bin ich einfach nur naiv?*

Nach jeder meiner Trennungen fühlte ich mich furchtbar und ekelte mich vor mir selbst. Nur wenn er bei mir war, schwiegen all diese Gedanken, und bis auf den einen Ausrutscher, meinen Ausrutscher, passierte nichts weiter. Er passte auf mich auf und hielt die meisten unschönen Gedanken von mir fern. Ach, ich vermisse ihn.

Bei allem, was mir passiert war, wollte ich mein Herz nicht

wieder dieser trügerischen Hoffnung aussetzen, nur um am Ende weitere Schmerzen ertragen zu müssen. Der Gedanke daran reichte aus, die Bilder heraufzubeschwören und eine Panikattacke auszulösen, und ich hatte keine Ahnung, ob ich mich jemals davon erholen würde. Und dann kam die Nacht, in der ich die Mauern einriss und für eine Sekunde dachte, es zu können. Ich hatte mich in ihn verliebt, was ich versucht hatte zu verdrängen, und dann konnte ich es nicht mehr. Der Kuss schlich sich immer wieder in meinen Kopf und ich sehnte mich danach, ihn zu wiederholen, mich ihm anzuvertrauen und endlich anzukommen. Er wollte mich und war doch immer für mich da gewesen, die ganze Zeit über. Ich konnte das Risiko eingehen, oder?

Er ist anders.

Doch was, wenn nicht? Ich lege den Schlüssel in meine Tasche, wo er eigentlich auch hingehört, und überlege ihn anzurufen. Ich habe noch seine Nummer, alle Nachrichten und könnte mich jederzeit bei ihm melden und ihm alles erklären. Dann schüttle ich den Kopf und lache über mich selbst, über meine Naivität. Das mit uns ist gerade erst passiert – und das Vergessen braucht Zeit, die ich mir geben muss, egal wie sehr alles in mir verlangt, das Gegenteil zu tun.

Mein Handy klingelt und fast fällt es mir aus der Hand. Dann lese ich den Namen im Display und atme erleichtert aus.

»Hallo?«, sage ich.

»Tu gar nicht erst so.«

Es ist Johanna, eine meiner besten Freundinnen, und ich fürchte, ich weiß, was sie will.

»Was gibt's denn?«, frage ich.

»*Was gibt's denn?* Schwing deinen Arsch ins Auto und komm hierher.«

Eine klare Ansage und ich habe eine leise Vorahnung, woher sie rührt. So habe ich sie auch bei der Arbeit kennengelernt, direkt und schnörkellos, weswegen sie mir augenblicklich sympathisch war. Ohne nachzufragen, lege ich auf und greife mir die Tasche, in der der Autoschlüssel am Schlüsselbund klimpert. Ich atme noch einmal tief durch, bevor ich das Haus verlasse und nach Farmsen fahre.

* * *

Bei Johanna angekommen umarmen wir uns kurz, sie tätschelt meinen Rücken und schaut mich aus ihren großen, klaren Augen heraus an, ganz unschuldig, als hätte sie mich eben am Telefon nicht so angefahren, was ich ihr nicht mal verübeln kann. Die Frage, ob ich was trinken will, verneine ich. Im Wohnzimmer setzen wir uns auf das Sofa und sie weicht mit ihrem Blick keine Sekunde von mir.

»Was?«, stelle ich sie zur Rede, als es mir zu blöd wird.

»Du hast mir was verschwiegen.«

»Ich weiß nicht, was du meinst.«

Was für ein schwacher Versuch, dem auszuweichen.

»Leon?«

Ich hab's geahnt. Aber bitte nicht jetzt!

»Ich habe doch Durst.«

Ich stehe auf und gehe zum Kühlschrank, der in der eigentlichen Küche keinen Platz mehr gefunden hat und deswegen hier steht. Ich öffne ihn, lasse mir Zeit mit der Auswahl des Getränks, bis ich mich dann doch für Wasser entscheide, und nehme mir noch mehr Zeit für die Auswahl des Glases, obwohl nur drei auf dem Esstisch stehen, die noch dazu identisch aussehen. Johanna wartet geduldig und grinst mich nur an, als ich mich zu ihr setze und an meinem Wasser nippe. Drei, zwei …

»Le-on?«, zieht sie seinen Namen in die Länge und ich schlage die Beine über Kreuz.

»Wie kommst du auf Leon?«

»Er war vorhin hier«, fällt sie gleich mit der Tür ins Haus und mir bleibt der Mund offen stehen.

»Ich glaube, du musst mir erklären, warum er denkt, du würdest hier wohnen.«

»Du kennst ihn?«

»Nein, aber als ich ihm geöffnet habe und nicht du und er sich erklären musste, hat er seinen Namen genannt und nach dir gefragt und ob du nicht hier wohnen würdest. Ich meine, irgendwie kenne ich ihn ja schon von deinen Erzählungen.«

»Hat er irgendwas gesagt?«

»Nein, was denn auch? Was ist denn passiert? Hat er sein Telefon verloren, dass er sich nicht mehr bei dir melden kann, oder warum steht er vor meiner Tür? Und warum denkt er, du wohnst hier?«

Er war hier. Erst läuft er zur Bahn und nun kommt er auch noch hierher. O Gott, was habe ich nur angerichtet? Wenn ich nicht wüsste, dass das, was ich tue, der einzig richtige Weg ist, hätte ich keine Erklärung für mein Handeln.

Ich betrachte mein Glas, das ruhige Wasser, und bemerke die winzigen, mikroskopisch kleinen Wellen, die von meinem einsetzenden Zittern herrühren. Was war noch mal die Frage? Ach ja …

»Weißt du noch, als ich im Sommer für 'ne Woche auf

deinen Kater aufgepasst habe? Da war ich mit ihm hier. Ich habe ihm gesagt, ich wohne hier.«

Warum soll ich sie mit langen Reden quälen, die den Kern umkreisen? Johanna hat ihren überraschten und leicht pikierten Ausdruck sehr schnell wieder unter Kontrolle, zögert diesmal jedoch ein paar Sekunden, bevor sie ihre nächste Frage stellt, und zupft nervös an ihrem braunen Bob.

»Hast du mit ihm …?«

»Ja«, sage ich und bemerke sofort, dass sie es falsch verstanden hat, denn es ist ja nicht hier passiert und schon gar nicht im letzten Sommer.

»Nein«, berichtige ich mich, schüttle den Kopf und verziehe gleichzeitig das Gesicht, weil es doch irgendwie einer Lüge entspricht. Eine, von der ich mir wünsche, sie wäre wahr.

»Wie? Also ja oder nein?«

Ich schüttle den Kopf. »Keine Angst, hier ist nichts passiert, aber … es sieht so aus, als würden wir uns jetzt nicht mehr treffen.«

Ich sehe sie mit einem eindeutigen Blick an und da versteht sie, was ich meine, und nimmt mich in den Arm.

»Aber ich dachte, du wolltest nichts von ihm. Ich meine, ich verstehe, warum das früher oder später passieren musste, du meintest ja, er würde wohl mehr wollen, aber du warst doch der Überzeugung, dass es so bleiben sollte, wie es war, und dass es auch funktioniert.«

»Ja, ich weiß. Ich verstehe es ja auch nicht.«

»Und wieso steht er jetzt vor meiner Haustür?«

»Na ja, ich schätze, weil er mich sucht. Ich habe meine Nummer bei ihm gelöscht und alles andere auch. Und er dachte, hier kann er mit mir reden, und ist hergekommen. Er konnte ja nicht wissen, dass ich gar nicht hier wohne.«

»Und Paulchen?«

»Den habe ich im Badezimmer eingeschlossen, bevor ich Leon in die Wohnung ließ. Tut mir leid.«

»Ist schon okay, ich verstehe dich ja. Und indirekt hast du es mir damals auch gesagt. *Ist es schlimm, wenn ein Freund mit in die Wohnung kommt?* Ich konnte ja nicht wissen, dass es Leon ist. Na ja, ich hätte es mir denken können.«

»Okay.«

»Aber warum hast du denn mit ihm Schluss gemacht?«

»Ich war gar nicht mit ihm zusammen.«

»Du weißt, was ich meine. Ich dachte eigentlich, du magst ihn. Und dass du nur nicht ganz sicher bist und dir Zeit lassen willst, bis du dich auf jemand Neues einlässt.«

»Ja, eben. Ich mag ihn, Johanna. Das ist genau der Punkt.«

»Klar, du bist in den Typen verliebt und er in dich und deswegen seid ihr nicht zusammen. Logisch. Warum sagst du ihm nicht, dass du mehr Zeit brauchst? Du musst ihm ja nicht gleich die ganze Geschichte erzählen, aber ihr könnt doch darüber reden.«

»Ich glaube, du hast nicht richtig verstanden, was ich meine.«

»Zwischen euch ist was gelaufen, du hast Panik bekommen und bist davor weggerannt. Ich meine, ich verstehe ja, dass du dich nicht auf ihn einlassen willst und Angst hast. Mein Gott, aber das geht schon seit über 'nem Jahr so – und anhand der Begegnung heute sehe ich, wie gut das funktioniert hat. Aber nach dem Kuss war er doch so, wie du wolltest, und ...«

Ich schluchze heftig, fange an zu weinen und stelle das

Glas Wasser auf den niedrigen Glastisch vor uns, bevor es mir aus den Händen gleitet. Ich merke Jos Arme um mich, die mich drücken, und ich will, dass es Leons Arme sind, die mich stützen, und weiß gleichzeitig, dass ich es verbockt habe. Noch ein allerletztes Mal? Das wird es bei uns nicht geben.

»Er ... er ...«

Ich bringe kaum einen ganzen Satz heraus.

»Er ... sagte zu mir ..., dass er ... mich liebt.«

Noch lauter erschüttern mich die Schluchzer und verschwommen nehme ich den verwirrten Blick von Jo wahr.

»Aber, das ist doch toll, oder nicht? Warum weinst du denn dann? Er ... Oh nein.«

Ich hebe beschämt den Kopf und nicke.

»Und dann ist es passiert«, bestätige ich und sie drückt mich noch fester.

Johanna kennt mich, sie weiß, was das für mich bedeutet. Sie weiß, dass er mit diesem Schritt zu dem Muster geworden ist, dem ich schon zu oft verfallen bin, und dass es in seinem Fall noch tausendmal schlimmer ist. Denn wenn es ihm tatsächlich um mich ginge, hätte er es dabei belassen, es mir zu sagen, und meine überquellenden Gefühle nicht auf diese Art und Weise ausgenutzt. Er hätte gewartet. Und trotzdem ist nur er in meinem Kopf und das weiß Jo. In ihren Augen bin ich nicht verrückt. Sie weiß ganz genau, wie es in dieser Sekunde in mir aussieht, weil sie die Einzige ist, die die ganze Geschichte kennt. Und genauso weiß sie, dass die Hitze in mir noch immer von ihm herrührt. Es brennt immer weiter, unaufhörlich, und droht, mich nie mehr loszulassen. Wie soll es mir nur gelingen, diese Flammen zu ersticken?

KAPITEL 6

ER

Ich gehöre nicht hierher. Ich bin umgeben von fremden Menschen, tanzenden Schatten und in diesem organisierten Durcheinander einsam. Es fühlt sich an, als wäre dies der Moment, in dem ich den Club einfach verlassen sollte, aber ich bin nicht alleine hier, und wenn Jonas sieht, dass ich gehe, fängt er mich ohnehin ab und drückt mir einen Drink in die Hand und gleichzeitig irgendein Mädchen in meine Arme, »um mich abzulenken«. Ein Wunder, dass der Kontakt bisher noch nicht abgerissen ist, dabei spiele ich seit Jahren kein Fußball mehr. Ich bin nie ganz von meiner ehemaligen Mannschaft losgekommen und offenbar bin ich nach wie vor in Jonas' Verteilerliste, die sich heute Nachmittag wieder bei mir gemeldet hat. Für 'ne Sekunde dachte ich, es wäre eine gute Idee, sich abzulenken und mit auf den Kiez zu gehen, doch meine Gedanken kreisen ununterbrochen.

O Gott, noch nie hätte ich lieber einen Samstagabend zu Hause auf dem Sofa verbracht als diesen. Einen vergeudeten, faulen Samstagabend, aber das scheint mir angemessener, als mir den Bass durch den Körper jagen zu lassen. Ich muss nur hier sitzen und es passiert von ganz allein, und das ist so dermaßen anstrengend, dass ich mir nicht einmal die

Mühe mache, erfreut zu wirken. Ich weiß, es wäre besser, die Mundwinkel nach oben zu ziehen und eine Show zu veranstalten, dass ich mich amüsiere, die Mädchen und Frauen in ihren viel zu kurzen Outfits »bewerte« und mich dem Alkohol hingebe, um mich selbst zu feiern. Damit würde ich mir selbst einen Gefallen tun, denn wenn ich noch weiter hier in der Ecke sitzen bleibe und gucke, als wäre ich auf einer Beerdigung, wird mich früher oder später Jonas oder ein anderer aus der Gruppe finden und wissen wollen, warum ich denn »so ein Gesicht ziehe«. Und ich würde antworten müssen, was unweigerlich die nächste Frage nach sich zöge, nämlich, wie lange ich schon in diesem beschissenen Zustand bin. Eineinhalb Jahre, verdammte eineinhalb Jahre! So lange mache ich mir Hoffnungen und sie lässt mich stehen, als wäre ich ein Haufen Müll, den man an der Autobahnraststätte zurücklässt.

Nach dem Besuch bei Finn bin ich zu ihrer Wohnung in Farmsen gefahren. Sehr witzig war das, als mir eine fremde Person die Tür öffnete.

»Wer? Viola? Nein, die wohnt hier nicht.«

Und weg war er, der einzige Anhaltspunkt, den ich hatte, um sie wiederzufinden, und da war auf einmal so eine Wut in meinem Bauch, dass ich am liebsten meinem stumpfsinnigen Verlangen nach gewaltsamem Stressabbau nachgegeben hätte. Was hat diese Frau für einen Einfluss auf mich und ich laufe ihr hinterher, als wäre ich dazu abgerichtet worden! Ja, und trotzdem sitze ich jetzt hier und bin alleine. Habe ich eine Wahl? Oder hatte ich sie? In dem Moment, als ich sie das erste Mal angesprochen habe, war es da schon beschlossene Sache, dass ich eineinhalb Jahre später völlig neben mir stehend hier sein und mich selbst bemitleiden würde? Nur für ein paar Minuten möchte ich einfach bloß meinen Kopf abschalten können und ganz dem Nachtleben verfallen, dem Alkohol und den Mädchen, und das tun, was alle von mir erwarten.

Verdammt, ich will nicht mehr nervös mit den Fingern auf die Theke der Bar trommeln und ihr Gesicht in der Menge suchen, will nicht mehr voller nervöser Erwartung meinen Blick zur Tür schweifen lassen, um zu sehen, ob sie zufällig auch hier hereinkommt. Was würde ich dann überhaupt machen?

Fünf Tage sind es jetzt, die sie keinen Mucks von sich gegeben hat, und ich mache mir immer noch Sorgen um sie. Da soll einer verstehen, was Frauen wollen. Einen Typen, der sie liebt, der sie zum Lachen bringt, der ehrlich ist, aufrichtig, treu, sie beschützt und gut aussieht? Sie hatte ihn, hatte mich, und lässt mich stehen. Fuck, ich würde jetzt echt gerne eine rauchen. Ein bisschen inhalierter Qualm, vielleicht geht es mir dann besser. Ein Lachen entfährt mir, weil es so absurd ist, doch ob ich nun hier drinnen vor mich hin starre oder draußen, ist doch auch egal. Ich glaube, ich habe in meiner Jacke noch 'ne Packung Marlboro ...

Ich bahne mir meinen Weg durch die tanzende und unter Drogen gesetzte Menge und laufe in Jonas hinein. Warum zum Teufel hänge ich noch mit ihm ab? Gott, wie ich es hasse.

»Hey, wo willst du hin?«, schreit er mir ins Ohr.

»Ich will kurz raus, eine rauchen!«, rufe ich zurück.

»Was?«

»RAUCHEN!«, brülle ich fast und halte mir zwei Finger vor den Mund.

Er verzieht das Gesicht – Mensch ist der besoffen, kein

Wunder, dass er kein Wort mehr versteht – und winkt ab, erfasst irgendetwas hinter mir mit seinem Blick und klopft mir auf die Schulter. Ich schaue kurz hinterher und sehe, dass ihm schon irgendeine Brünette in den Armen liegt. Ich wette, wenn sie nicht von Leuten umgeben wären, würden sie's auf der Stelle miteinander treiben und sich am nächsten Tag nicht einmal an den Namen des anderen erinnern.

Herrje, dann tu's doch, du gewissenloses Arschloch. Und sie soll nachher ja nicht rumheulen, dass er sie gevögelt und nicht wieder angerufen hat. Denn wenn euch mal einer über den Weg läuft, der es ernst meint, verarscht ihr den nur. Gleiches Recht für alle.

Ach Scheiße, ich muss jetzt echt eine rauchen, ich verdammter Stressraucher.

Ich gehe zur Garderobe und lasse mir meine Jacke geben, in deren Tasche tatsächlich noch eine fast leere Packung Zigaretten steckt. Ich trete aus dem Club auf die Straße und geselle mich zu den anderen Nachtschwärmern. Ich weiß es besser, ich sollte die beschissenen Kippen wegwerfen, aber gerade ist es mir echt egal, wie fast alles.

»Hast du mal Feuer?«, frage ich 'nen Typen, der nahe am Eingang steht und mir wortlos sein Feuerzeug reicht.

»Danke«, sage ich, als meine Zigarette schon qualmt und ich es ihm zurückgebe.

Ich bin verloren und umzingelt von den vergänglichen Gelüsten der Nacht, ohne Bedeutung, und ich bekomme das Gefühl, ich werde zu einem Bestandteil davon.

Ich gehe ein paar Schritte und lehne mich an die Wand. Für ein, zwei Sekunden vergesse ich tatsächlich, wo ich bin oder dass ich existiere. Dann sind meine Augen wieder offen und ich puste den Rauch in die Luft, der sich gleich in dem Licht der Straßenlaterne verzieht. Ich schaue ihm nach und nehme den Bass wahr, der durch die sich wieder öffnende Tür dringt. Irgendein Hip-Hop-Rap-Mist, zu dem die Frauen ihre Körper bewegen und die Typen sie auf primitivste Weise antanzen, nur auf das eine aus. Wäre ich doch nur einer von ihnen.

Die Tür schließt sich und ich nehme den Bass wieder leiser wahr. Ein kleines Stück von mir entfernt lehnt sich ein Pärchen dicht aneinandergeschmiegt an die Wand, frei nach dem Motto: Geht da heute noch was oder soll ich mir was anderes suchen?

»So, jetzt sind wir draußen«, sagt er leise und versucht seiner Stimme irgendeinen bedeutenden Klang zu verleihen.

»Hmm«, macht sie und atmet hörbar die kühle Februarluft ein.

Ich entscheide mich dazu, dieser Konversation zu folgen, was Besseres habe ich eh nicht zu tun. Vielleicht lenkt es mich ein bisschen ab.

»Du wolltest raus … warum?«

Sie seufzt laut.

»Was? Ich dachte, du willst … magst du mich?«

Es entsteht eine Pause, dann antwortet sie, kaum zu verstehen: »Warum interessiert dich das?«

Ich stelle mir dieselbe Frage. Warum interessiert mich das? Warum zum Teufel? Ich beiße die Zähne zusammen und spanne den Kiefer an. Es scheint, als würde mich alles an sie erinnern. Wo ist dieser Schalter, der das abstellt? Ich will einen haben und alles stummschalten. Den Bass, die Lichter, mich selbst. Nur noch Finsternis und Stille. Ist das zu viel verlangt? *Warum interessiert dich das, Leon?*, wiederhole ich die Frage wie ein Mantra.

Warum interessiert dich … Moment. Da klickt der Schalter –

aber nicht der, der klicken sollte. Es ist ein anderer, ausgelöst durch diesen einen Satz. *Und diese Stimme.* Nein. Nein, das ist nicht wahr. DAS IST NICHT WAHR, NEIN! Mir gleitet die Zigarette aus den Fingern und ich balle beide Hände zu Fäusten, um nicht sofort auszurasten.

Langsam, weil ich mich einerseits vergewissern will, mir andererseits die Antwort aber schon durch jede Windung meines Gehirns jagt, drehe ich meinen Kopf zur Seite, und dann jagt sie nicht nur durch mein Gehirn, sondern durch alles in mir, als ich Viola da stehen sehe. Mit einem Typen, den ich nicht kenne.

Ich kneife die Augen zusammen und kann für einen Moment nicht glauben, dass sie, so plötzlich, wie sie ging, auch wieder in mein Leben hineinplatzt. Ihr Haar ist offen, ihre Haut weiß in dem Licht, ihre Wangen rosa, erhitzt von dem Treiben im Inneren, und sie schaut ihn an. Mit denselben Augen, mit denen sie mich angeschaut hat. Sie trägt ein schlichtes, schwarzes Kleid, schwarze Strumpfhosen und ihre schwarzen Doc Martens. Schlicht und schön.

Wie vorhin an der Bar, als ich mich fragte, was ich tun würde, wenn sie den Club beträte, stehe ich da und habe noch immer keine Antwort darauf.

»Na ja, also ... ganz ehrlich, geht jetzt noch was oder nicht, meine Schöne?«

»Ich bin nicht deine Schöne.«

»Ach nein?«, säuselt dieser Kerl und ich, dessen Augen diese Szene nicht eine Sekunde verlassen, sehe zu, wie er sich zu ihr herunterbeugt, seinen Mund auf ihren presst und ihr die Zunge in den Hals steckt.

Sie schließt die Augen und lässt ihn machen, als wäre es das Normalste der Welt.

Du wolltest dich aus meinem Leben löschen, aber sorry meine Süße, das kannst du nicht einfach so beschließen. Genauso wenig, wie ich beschließen kann, auf euch zuzustürmen und ihm eine reinzuhauen.

Es ist ein Schutzreflex von unkontrollierbarer Natur, denn ich ertrage diesen Anblick nicht eine Sekunde länger.

Die Kraft schießt mir mit einem Mal in alle Muskeln, ich stoße den Typen zur Seite und hole mit der nach wie vor zur Faust geballten Hand aus. Erstmals an diesem Abend fühlt sich etwas wirklich richtig an; die Zeit ist nicht länger verschwendet.

»AAAAH … Alter, was geht denn …?«

Schon bekommt er die nächste Faust verpasst und ich stehe kurz davor, mich mit all meiner Wut auf ihn zu stürzen, als mich ihre Berührung plötzlich in die Realität zurückholt, als wäre zum zweiten Mal binnen Sekunden ein Blitz in mich gefahren. Sie steht vor mir, schaut endlich *mich* an mit ihren schönen, angstverzerrten, braunen Augen. Ihre Nasenlöcher sind vor Aufregung geweitet, die Lippen, die ich so oft küsste, beben und sie hat eine ihrer kleinen Hände auf meine erhobene gelegt. Ihre schlanken Finger auf meinen.

»Leon? Hörst du mich?«

Erst da merke ich, dass ich zittere, und komme wieder zur Besinnung. Bin ich denn verrückt? Ich bin auf ihn losgegangen, dabei kenne ich ihn nicht einmal. Einige Leute haben ihre Köpfe in unsere Richtung gedreht. Am Eingang nehme ich die Bewegung einer großen Gestalt wahr, der Türsteher. Scheiße!

»Komm! Leon, komm mit«, sagt sie und zieht mich weg. Ruft schon jemand die Polizei?

Ich bekomme gar nicht mit, wie weit oder wie lange ich wie in Trance hinter ihr her wanke. Auf einmal ist es dunkel und ich kann den Typen, den ich geschlagen habe, nicht mehr sehen. Ich weiß nicht, ob sich jemand um ihn kümmert, ob mich jemand erkannt hat oder ob die Polizei vielleicht schon da ist. Suchen sie mich jetzt? Was habe ich nur angerichtet?

Meine Hand pocht und ich sehe, dass Viola sie noch immer hält. Viola, o Gott, sie ist hier und ich starre nur stumm vor mich hin.

»Was ist in dich gefahren? Hast du den Verstand verloren?«

»Ich … ich habe …«, stammle ich, überwältigt, weil sie wirklich da ist, und von mir selber, von dem, was ich da gerade getan habe.

Böse funkelt sie mich an.

»Du kannst ja nicht einmal gerade stehen«, faucht sie.

»Ich habe keinen Tropfen getrunken.«

»Das meine ich auch nicht.«

Wir stehen in irgendeiner Gasse, in die sie mich gezerrt hat, fast vollständig von der Dunkelheit verschluckt. Mein Kopf klärt sich ganz langsam, und ohne dass ich es will, muss ich grinsen. Und dann küsse ich sie, ich kann nicht anders, ich muss es tun. Mit einem Mal fallen die letzten Tage, in denen ich mir Vorwürfe und Sorgen gemacht habe und meine Gedanken ununterbrochen um sie kreisten, von mir ab. Meine Hände berühren ihre Wangen, streicheln über ihre Haut und spüren die Wärme darunter. Sie ist hier. Ihre Lippen sind mir so vertraut und der Kuss setzt mich für einen kurzen Moment wieder zusammen. Zwei Sekunden, vielleicht drei geht sie darauf ein. Dann reißt sie sich los.

»Was soll das?«, fragt sie mit vor Aufregung zitternder Stimme.

Ich brauche einen Augenblick, um die Verwirrung loszuwerden, blinzle ein paar Mal und schüttle den Kopf.

»Du hast mich angelogen«, kontere ich und schaue sie an.

Ich habe die Wut vergessen. Eben habe ich mir noch gewünscht, ein gefühlloses Arschloch zu sein, doch das war, bevor ich sie wiedergesehen habe.

»Ich soll dich angelogen haben?«, fragt sie empört zurück und da lodert doch noch ein Funken Wut in mir auf.

»Ja. Scheiße, bei wem zu Hause waren wir?«

»Das geht dich 'nen Scheißdreck an«, faucht sie und wendet sich von mir ab.

Nein. Nein, nicht jetzt. Sie kann nicht einfach hier mit mir stehen und sich dann wegdrehen. *Ich* kann das nicht.

»Das ist mir im Grunde auch egal, aber ... was ist los?«

»Das fragst du ernsthaft?«

»Ja, woher soll ich denn wissen, was ist? Ich dachte ... ich meine ... Vio, ich dachte, du willst das auch.«

Sie lacht leise und sieht mich traurig an.

»Leon, du weißt ganz genau, dass ich ... dich mag. Sehr, wirklich. Aber ... es geht nicht.«

»Aber ich mag dich doch auch, Viola. Ich bin verliebt in dich«, erkläre ich ihr und will ihre Hand nehmen, doch sie zieht sie zurück.

»Was ist passiert, Vio? Wenn du es nicht gewollt hast ... ich hätte es verstanden.«

»Ach ja? Ich dachte, du kennst mich gut genug, um zu wissen, dass ich das nicht will, aber ich habe mich wohl geirrt. Und das ist wirklich schlimm, weil ich dich echt gern habe.«

»Vio, du bist mir zumindest eine Erklärung schuldig.

Wieso ist es so schlimm? Ich liebe dich. Ich bin verliebt in dich und du bist es doch auch, oder nicht?«

Sie schaut ins Nichts und ich sehe ihr an, dass sie gleich anfängt zu weinen. Ich schließe die Lücke zwischen uns und gehe die zwei Meter zu ihr, um sie in den Arm zu nehmen. Ich lege eine Hand auf ihren Rücken, die andere auf ihr Haar und will sie festhalten, ihr zeigen, dass ich da bin und sie sich sicher sein kann, dass ich nicht gehe und es ernst meine. Doch wie eben, als ich sie küsste, lässt sie es nur kurz geschehen und stößt mich gleich darauf weg.

»Weißt du was, Leon? Du kannst mit der Show aufhören. Gratuliere, anderthalb Jahre hast du es hinbekommen, mir etwas vorzumachen. Ich habe dir vertraut. Aber letzten Montag ... Du hättest es wissen müssen. Jetzt kannst du es nicht mehr zurücknehmen.«

Ich verstehe nicht, was sie meint.

»Also dafür sind immer noch zwei verantwortlich. Du hättest nicht mit mir schlafen müssen. Ich dachte, du willst es.«

»Du hast es ausgenutzt, Leon. Du hast doch gemerkt, dass ich dabei war, mich in dich zu verlieben, und du hast es ausgenutzt. Endlich hatte sich das Warten gelohnt, was? Darum ging es doch, oder? Ist doch so! Wer ficken will, muss freundlich sein, und ich fall darauf auch noch herein.«

Ich weiß nicht, was ich sagen soll. Auf einmal ist sie so weit weg von mir wie noch nie. Die verwirrende Vollkommenheit des Moments ist verflogen und ich stehe da und habe das Gefühl, dass mein Kopf gleich explodiert. Und sie – sie lässt mich wieder alleine und läuft weg und ich kann mich nicht bewegen, bin gelähmt von ihren Worten. Wann habe ich mich zum letzten Mal gefreut, dass die Sonne aufgeht? Ich sehne den nächsten Tag herbei, damit diese grauenhafte Nacht endet.

***

Irgendwann erwache ich aus meiner Starre und schleppe mich, als würden meine Beine nicht zu mir gehören, zur S-Bahn.

Ein paar Kinder, vielleicht 13 oder 14 Jahre alt, die eigentlich zu dieser Zeit nicht mehr in einer S-Bahn sitzen sollten, hocken schräg gegenüber von mir zu dritt zusammen und die Musik dröhnt aus den Lautsprechern eines ihrer Handys.

»Ey, kennscht du dieses von Jay-Z?«, nuschelt der eine und ich muss fast lachen.

Es kommt mir so lächerlich vor, dass der große Jay-Z Lieder für Leute wie mich schreibt, obwohl er keine Ahnung von mir hat. Er zeigt mir lediglich, wie unbedeutend ich bin.

Kopf hoch, fällt mir einer dieser Sprüche ein, mit denen mich meine Mutter als Kind immer aufheiterte, wenn ich traurig war. *Sonst kannst du im Dunkeln die Sterne nicht sehen.* Ich hebe den Kopf und schaue hoch, doch da ist nur der Tunnel.

»Ne, mach ma an«, antwortet sein Kumpel und richtet sein Basecap.

Ich fühle mich mehr tot als lebendig. Normalerweise nehme ich meinen Herzschlag nicht wahr, aber jetzt merke ich, dass er fast gar nicht mehr existiert. Und passend zu dieser traurigen Szenerie liefert Jay-Z mir den Soundtrack.

KAPITEL 7

SIE

Ich sitze in der U2 Richtung Niendorf Markt. Es ist genau 10:33 Uhr, das »*Einsteigen, bitte*« tönt durch die Station an der Merkenstraße, die Türen schließen sich und die Bahn fährt ab. Geistig bereite ich mich schon auf die nächsten Stunden vor, dass ich lächeln und fröhlich »Hallo, was darf es sein?« oder »Kann ich dir schon weiterhelfen?« trällern muss, obwohl ich am liebsten jeden Kunden anschreien will und für jeden Typen, der auch nur ansatzweise grinst, gerne um den Tresen herumkomme, um ihm in die Eier zu treten. Den ganzen Sonntag über habe ich versucht, dieses Gefühl loszuwerden, diesen Groll in mir irgendwie zu besänftigen, doch stattdessen habe ich den Eindruck, er hätte sich verdoppelt.

Je öfter ich die Szene von Samstag vor meinem inneren Auge abspiele, desto schneller rast dieser alles entzündende Funke durch meinen Körper und verschont nicht einen Winkel davon. Der Schlag, Überraschung, Unglauben, Begreifen, Handeln – weg, erst einmal weg von dieser Szene und den ganzen Leuten –, Reden, der Kuss, Ich-liebe-dichs, ein lachhafter Einwurf eines Songtitels von SDP und der Abgang. Gezittert habe ich und überhaupt nicht gewusst, was ich fühlte. Es war, als wäre ein riesiges, verworrenes

Wollknäuel in mir, das aus allen möglichen Fäden besteht, jeder zum Bersten geladen. Einer mit Wut, ein anderer mit Hysterie, und zweifellos war da auch dieser brennende Faden, der vor Hitze weiß glühte und Funken sprühte vor grenzenloser Begeisterung.

Er hat überhaupt nichts falsch gemacht, gar nichts, jedes seiner Wörter war perfekt, aber ich wollte sie nicht hören. Es tut zu sehr weh, sich darauf einzulassen, um dann doch nur enttäuscht zu werden. Trotzdem kann ich nicht aufhören, sie immer wieder neu in meinem Kopf abzuspielen. Ich wünsche mir wirklich, ich hätte nicht solch eine Angst, ihm zu glauben.

Mein Handy klingelt, ich zucke zusammen, lese den Namen auf dem Display und entspanne mich wieder. Es ist bloß Julia. Früher waren wir richtig gut befreundet, doch mittlerweile frage ich mich immer häufiger, warum. Von dem netten, aufgeweckten Mädchen ist nicht mehr viel übrig, stattdessen gibt es nur noch sie und ihr tolles Leben, sie und ihren tollen Freund, sie und was auch immer Tolles. Aber immer noch besser, als *seinen* Namen aufleuchten zu sehen.

»Hallo?«, nehme ich den Anruf entgegen.

»Aaaaah, hey Vio, haha, o Gott, es ist schon Montag«, lacht sie mir entgegen und ich bin froh, dass sie mich nicht sieht und nur mein unechtes Lachen vernimmt. Sie merkt es eh nicht und wieder bin ich froh darüber, dass die Seifenblase ihres perfekten Lebens auch gleichzeitig ein Filter all meiner Probleme ist.

»Ja, so sieht es aus. Ich bin in der Bahn, wundere dich also nicht, wenn die Leitung abreißt.«

»Ach, das ist gar kein Problem.«

»Du wolltest dich doch gestern schon melden.«

»Ja, sorry, ich war so müde und habe den halben Tag geschlafen.«

Meine Gedanken wandern flüchtig zu Mark, Julias Freund, der mit Sicherheit auch den halben Sonntag verschlafen hat.

»Was gibt's denn?«, will ich wissen.

»Hihi, will eigentlich nur fragen, wie *du* den Sonntag verbracht hast. Du warst ja auf einmal weg.«

»Ja, tut mir leid, dass ich ...«

»Nein, nein, nein, so meinte ich das gar nicht, sorry.«

O Gott, wie mich dieses ständige Sorry nervt.

»Schon okay.«

»Also? Ich habe übrigens noch Nico im Club getroffen.«

»Und, war's schön?«, stichle ich, aber sie nimmt das gar nicht wahr.

»Na ja, also auf den Ex zu treffen ist nicht das Beste, was einem am Samstagabend passieren kann. Hast du gewusst, dass ...«

»Ja, ich habe ihn gesehen.«

»Tut mir leid.«

»Ist schon gut.«

»Aber jetzt erzähl du erst mal.«

»Kennst du Levin?«

»Was? Du bist mit Levin nach Hause?«

»Nein, für wen hältst du mich?«

Gut, dass die anderen Fahrgäste Julia nicht hören können. Als würde ich mit so einem Typen ins Bett steigen.

»So-o-orry, haha. Na ja, ist auch egal. Aber was war denn nun mit Levin?«

»Haben nur ein bisschen rumgemacht.«

»Aaah, also war da doch was?«

»Nein, das war's auch. Er ist nicht mein Typ.«

»Schade.«

Was soll daran denn schade sein? Dass ich nach dem Ding mit Leon nicht gleich den Nächstbesten abschleppe? Aber von Leon weiß sie nichts. Sie ist nicht die Art von Freundin, mit der ich über ihn reden kann. Wir haben Spaß, aber sie hat keine Ahnung davon, wie es in mir aussieht. Vermutlich interessiert es sie eh nicht. Außerdem passt es nicht in ihre Seifenblase, in der wir immer noch die besten Freunde sind.

»Du, die Bahn ist jetzt im Tunnel, ich lege auf, okay?«

»Ja, ist gut, wir hören dann voneinander. Hast du am Wochenende Zeit?«

»Ich schau in meinen Kalender.«

»Okay, schreib mir bei WhatsApp.«

»Mach ich, bis dann.«

Ich lege auf, stecke das Handy zurück in die Tasche und lehne mich zurück. Keiner der anderen Fahrgäste schaut mich an oder scheint mich auch nur zu bemerken. Ein paar steigen bei der Horner Rennbahn aus, andere ein. Sie sind nur mit sich selbst beschäftigt und starren fast alle auf ihr Smartphone.

Beneidenswert, diese einfache Art der Zerstreuung ist für mich ein Ding der Unmöglichkeit. Ich wünsche mir eine Anleitung, um das alles besser zu verstehen, und ich würde sie gleich bis zur letzten Seite vorblättern. Die von IKEA schaffen es, so etwas mit ein paar Bildern hinzukriegen, aber auf eine derart einfache Lösung kann ich wohl nicht hoffen. Immerhin das habe ich im Leben verstanden: Gehe immer vom Schlechtesten aus, dann kann dich nichts enttäuschen. Tja, wenn ich mich nur mal daran halten würde.

Ich zittere, die offenen Türen haben die kalte Luft von draußen hereingelassen. Der Winter will anscheinend noch einmal kräftig ausholen, bevor er abzieht, doch mir wäre es lieber, er würde sang- und klanglos verschwinden. Ein nicht einmal halbherziges Lachen entfährt mir und ich ziehe meinen Schal etwas enger. Ich stöpsle meine Kopfhörer in meinen iPod ein und eines der Alben beginnt, das mir Luke, ein Kollege von mir, gegeben hat.

Bei der Hammer Kirche steigt eine ältere Dame mit ihrem Hündchen ein und nimmt gegenüber von mir Platz. Ich habe so einen schon mal in einer Werbung für Hundefutter gesehen. Ein kleiner weißer mit Knopfaugen und Stupsnase, etwas längerem Fell und einer kleinen rosa Zunge, die er mir lächelnd herausstreckt. *Mistvieh*, denke ich. Sitzt auf ihrem Schoß und lässt sich füttern, tränken, bürsten, waschen, ausführen und verwöhnen, wo es nur geht, und hat keine Vorstellung davon, was es wirklich heißt zu leben. Dass man zu einem Job fährt, der einem Spaß macht, aber einen nicht wirklich zufriedenstellt, dass man eigentlich zur Uni gehen sollte, seinen Eltern aber ohnehin nicht gerecht werden kann und es dann lieber lässt, anstatt sie in ihrer Meinung zu bestätigen. Ich sollte mich nicht beschweren, es könnte wesentlich schlimmer sein, auch wenn es mich nicht glücklich macht. Immerhin kann ich arbeiten. Hauptsache, ich bin beschäftigt, versuche ich mir zum tausendsten Mal einzureden, doch es wird zunehmend schwieriger. Ich kann mich kaum auf *irgendetwas* konzentrieren, so verkrampft bemühe ich mich darum, dass mein Herz meine Gedanken nicht wieder zu Leon führt. Dieses verfluchte Herz hat mich schon zu oft gegen 'ne Wand rennen lassen und ist wieder dabei, neuen Schwung zu holen. Ich kenne das, ich weiß, wie das läuft, es ist mir nur zu schmerzlich bekannt.

Berliner Tor. Es sind noch ein paar Stationen und ich muss aussteigen. Ich hole mein Handy heraus, verschmelze für ein paar Minuten mit den anderen Smartphone-Zombies, um eine Nachricht zu schreiben.

Hey Nelle, hast du bald mal Zeit?
Ich müsste mit dir reden, geht um Leon. Tut mir leid, dass ich dich schon wieder damit nerve, aber du hast schließlich gesagt, ich kann zu dir kommen. Jetzt hast du den Salat ;)

Senden. Bei Nelle kann ich mich besser ausdrücken, manchmal überschwänglich, manchmal theatralisch, aber irgendwie finde ich immer die passenden Worte. Ich schreibe sogar einen Smiley in die letzte Zeile, weil ich weiß, dass es mir nach einem Gespräch mit ihr besser gehen wird. Sie ist verrückt, aber das ist gut, denn ich bin es auch.

Zum ersten Mal sind wir uns bei einer Infoveranstaltung an der Uni begegnet. Ich hatte sie angesprochen, weil sie so wirkte, als würde sie auch etwas über die Kurse erzählen, dabei war sie genauso ahnungslos wie ich. Na ja, immerhin hat sie sich letztendlich eingeschrieben, dazu habe ich mich nicht durchringen können. Ich könnte auch Johanna schreiben, aber ich will ihr nicht erneut zur Last fallen. Hätte sie mich nicht zur Rede gestellt, und das zu einem denkbar ungünstigen Zeitpunkt, hätte ich ihr auch nicht mein Herz ausgeschüttet. Außerdem glaubt sie tatsächlich, dass Leon und ich das wieder hinkriegen, dabei will ich es nur hinter mich bringen.

Ein neues Lied beginnt, das ich nicht kenne. Da ich es

zum ersten Mal höre, verstehe ich nicht sofort alles und mein Kopf ist für ein paar Minuten abgelenkt, sich auf den Text zu konzentrieren. Viel zu kurz für meinen Geschmack, aber mich fragt ja keiner.

Gänsemarkt, hier muss ich raus. Die Bahn hält und ich stehe auf. Ich tänzle um die in den Gang hineinragenden Taschen und Beine herum und finde mich zwei Sekunden später auf dem Bahnsteig wieder. Mit den anderen Fahrgästen gehe ich zu den Rolltreppen und da ich auf der richtigen Seite ausgestiegen bin, stelle ich mich als eine der Ersten auf die Stufen, ohne mich durchdrängeln zu müssen. Ich beobachte, wie die Bahn wieder Fahrt aufnimmt und im Tunnel verschwindet, und dabei wünsche ich mir, sie würde das brennende Wollknäuel mitnehmen, das nach wie vor irgendwo in mir schlummert und nur darauf wartet, erneut ein Inferno zu verursachen. Fäden so toxisch wie die Tentakel einer Feuerqualle, die nach Beute lechzen und mir dabei mit der Gewalt eines Peitschenhiebs gegen meine Eingeweide donnern. Ich hoffe, die vorübergehende Ruhe wird mir noch ein wenig länger vergönnt sein.

Ich steige die nächste Treppe hinauf und befinde mich endlich an der frischen Luft. Ich stecke meine Hände in die Taschen und umklammere mein Handy. Ich müsste es herausziehen, die runde Taste drücken und genau achtmal auf den Bildschirm tippen, das Handy ans Ohr heben und darauf warten, dass er abnimmt. Wie würde er reagieren? Ich traue mich nicht, es zu versuchen. Bestimmt würde er mir jetzt nicht mal mehr zuhören.

Ich überquere die Straße und ein älterer Herr kommt mir mit einer Zigarette entgegen. Der Wind trägt den meisten Qualm mit sich fort, doch ein wenig gelangt zu mir. Ein

Hauch, fast nichts, aber doch genug, dass ich es wahrnehme. Wie der Kuss, der ein ganz klein bisschen nach Rauch schmeckte, und wie seine Stimme, in der eine Spur Rauheit mitschwang. Vielleicht auch nur, weil ich glaube, dass es so ist.

Ich trete durch die Tür der Campus Suite, husche hinter den Rücken der Kunden entlang und am Getränkeregal vorbei, um mir den Schlüssel für die Lager-Umkleide zu holen, der in dem Schrank unter der Theke ist.

»Hey, braucht ihr was von oben?«, stelle ich dieselbe Frage wie jedes Mal.

Ein allgemeines Begrüßungsgemurmel kommt zurück und nein, ich soll nichts mitbringen.

Fünf Minuten später stehe ich an der Kasse und begrüße den ersten Kunden mit einem Lächeln: »Hallo, was darf es sein?«

KAPITEL 8

ER

Endlich habe ich mich aufgerafft und die wohltuende, frische Märzluft weht mir um die Ohren. Ich atme sie tief ein, sodass sie meine Lungen vollends füllt, und spüre die Erleichterung, als ich ausatme.

Ich stehe an der Bushaltestelle in Mümmelmannsberg und warte auf den 12er. Ich will zu Justus. Mein Bruder ist zwei Jahre älter als ich und wohnt am Reinbeker Redder. Die Nummer weiß ich nicht genau, ich kann sie mir einfach nicht merken, irgendwas in den Achtzigern. Na ja, ich werde es wie immer erkennen, wenn ich dran vorbeigehe … ah, da kommt endlich der Bus.

Hastig klemme ich mir den in Papier gepackten Blumenstrauß unter den Arm, krame meine Fahrkarte aus der Tasche und zeige sie vor, als ich einsteige. Ich lasse mich auf einen Platz am Fenster fallen und schaue dabei zu, wie die anderen Fahrgäste versuchen einen freien Sitz zu ergattern und den Platz neben sich gleich darauf mit ihren Taschen zuzustellen. Die Türen schließen sich und der Bus fährt ab.

Hach, ich liebe Semesterferien in den überklimatisierten und abgestandenen Landschaften des HVV. Doch es sind nur ein paar Minuten, das halte ich schon aus.

Ich habe mir meine Umhängetasche auf den Schoß gelegt und packe die Blumen darauf. Sie rollen nicht weg, auch nicht als der Bus den nächsten Halt ansteuert und ins Wanken gerät. Ich ziehe mein Handy aus der Hosentasche und gehe die Nachrichten durch, die ich die letzten Tage weder gelesen noch beantwortet habe, und ich kann nicht widerstehen zu prüfen, ob Viola mir geschrieben hat. Nichts. Stattdessen stelle ich fest, dass mir Jonas am Samstag, sogar zu der Zeit, als wir zusammen waren, Nachrichten geschickt hat und die meisten davon keinen Sinn ergeben.

He wöbest du?

Noch leicht zu entziffern. Mit den anderen kann ich jedoch gar nichts anfangen, vor allem mit denen, die nach zwei Uhr morgens kamen. Was soll zum Beispiel das bedeuten:

Währungssystem du mitfeiernnee Ex Schluss gemachten?! Dies voll Guru betnan!

Ich schreibe nichts zurück, genauso wie ich die Nachrichten von Nico, Tom und Noah unbeantwortet lasse, der behauptet, er hätte mich *ganz sicher* in der China Lounge gesehen. Woher hat der eigentlich meine Nummer? Mit ihm hatte ich nie groß was zu tun, war einer dieser Mitschüler, den man zwar immer in der Pausenhalle gesehen hat, doch nie in einem Klassenzimmer. Ein Wunder, wie der überhaupt seinen Abschluss geschafft hat, aber was weiß ich schon? Ich hatte ja keine Kurse mit ihm. Das letzte Mal, als ich von ihm gehört habe, war, als ...

»Hey Leon, was machst du hier?«, höre ich plötzlich neben mir und Finn setzt sich auf den freien Platz.

»Oh, tut mir leid, ich habe dich gar nicht gesehen.«

Ich lasse mein Handy zurück in die Tasche gleiten.

»Habe ich gemerkt. Alles klar?«

»Hält sich.«

Nächste Haltestelle: Am Langberg.

»Ach, bist du auf dem Weg zu Justus?«

Er deutet auf die Blumen auf meiner Tasche. Ich nicke und wechsle das Thema und er lässt mich machen. Mein Tag wird lang genug werden.

»Wie sieht es bei dir aus? Läuft's gut?«, frage ich.

»Ja, also wie man's nimmt. Es macht viel Spaß mit Timo. Ich habe dir doch von ihm erzählt, oder?«

Ich nicke.

»Tut mir leid, ich habe das Gefühl, es ging alles so schnell, dass ich dir gar nichts davon gesagt habe. Aber ich glaub, das wird auch nicht lange halten.«

Stumm bin ich dankbar dafür, dass er mir über seine neue Flamme berichtet, und muss kein Interesse heucheln. Alles ist mir lieb heute, jede Ablenkung ist willkommen.

»Wieso das denn?«

»Er ist schon ganz schnuckelig, aber da ist so wenig Substanz in seinem Kopf. Also er ist unglaublich intelligent, aber irgendwie auf 'ner anderen Wellenlänge. Verstehst du, was ich meine?«

»Ja, klar.«

»Na ja, mal schauen, ist ja noch ganz frisch, vielleicht kommt da noch was«, zwinkert er mir zu. »Ah, und ich habe 'nen Job gefunden.«

»Was, echt? Das ist ja toll, wo denn?«

»In der Nähe vom Dammtor. Erzähl ich dir ein anderes Mal, okay?«

»Kein Problem.«

Er atmet laut aus und der Bus bremst.

»Schade, ich muss raus. Komm mal bald wieder vorbei.«

Die Türen öffnen sich und Finn muss sich beeilen, um noch rechtzeitig auszusteigen.

»Mach ich, bis dann.«

Die Räder rollen von Neuem los und der Platz neben mir bleibt frei. Ich muss einen Moment die Augen schließen und mich zusammenreißen; ich umklammere die eingewickelten Stiele und spanne die Arme an. Ich muss mich beruhigen.

Als der Bus wenig später in Boberg hält, verdrehe ich die Augen. Ich packe die Erinnerung, stecke sie in eine kleine schwarze und vor allem schwere Kapsel und lasse sie in die dunkelsten Tiefen meines Bewusstseins gleiten und zwinge sie dazu, auch dort zu bleiben.

Ich richte meinen Blick auf die Leute, die einsteigen und alle fleißig ihre Karten vorzeigen, und stöhne leise auf, als ich meine Ex erblicke. *Bitte sieh nicht her, bitte sieh nicht her* ... vergebens. Freudestrahlend erblickt Annika mich und kommt direkt auf mich zu, und ich rolle mit den Augen. Doch selbst wenn sie meine Reaktion bemerkt hat, kann sie das nicht davon abhalten, auf mich zuzusteuern und neben mir am Gang Platz zu nehmen.

»Hey, o Gott, Leon! Oh, es ist schön, dich zu sehen. Wie geht's dir?«

»Na.«

»Wo fährst du hin? Wow, es ist echt lange her, bestimmt schon einen Monat oder so.«

Zum Glück nicht, denke ich.

»Ich fahre nur zu meinem Bruder.«

»Ach, zu Justus?«

»Ja.«

Sie zieht sich ihre Handschuhe aus und packt sie in ihre Lang-Schamp-Tasche, oder wie auch immer diese Marke heißt. Mann, hat die mir damals die Ohren vollgejammert, dass sie die unbedingt haben will, und mir dann gefühlt tausend Bilder geschickt, als sie sie endlich von ihren Eltern zum Geburtstag bekam. Ich habe das Gefühl, dass mich jedes Detail unserer Vergangenheit nervt. Es ist einfach nicht richtig gewesen, mit ihr zusammen zu sein, und das ärgert mich nach wie vor. Sie ist wie ein Wurm im Apfel, der sich immer wieder in den Obstkorb schummelt, obwohl man ihn schon etliche Male den Vögeln zum Fraß vorgeworfen hat.

Endlich zieht sie den Reißverschluss zu und hat ihre endlose Prozedur beendet.

»Du, hättest du nicht Lust, mal was zu machen? Der alten Zeiten wegen?«

»Hmm, ich habe viel zu tun im Moment.«

Jedes Mal dasselbe und ich will es ihr erklären, habe die perfekte Rede im Kopf: *Anni, wir waren zusammen, ja, aber das ist vorbei, ich habe mit dir Schluss gemacht. Ich wollte und will nichts mehr von dir. Wir sind nicht mehr zusammen, gehen nicht mehr miteinander, sind in keiner Beziehung. Wie du es auch nennst, es läuft aufs Gleiche hinaus. Und ich hätte auch nichts dagegen, dich nie wiederzusehen, oder muss ich dafür erst in eine andere Stadt ziehen, damit das passiert? Abgesehen davon weiß ich, dass du was mit Jonas hattest, kurz nachdem wir Schluss gemacht haben. Das liebe, sensible und ach so altmodische Mädchen hätte sich nicht Jonas an den Hals geworfen, was also soll die Show von wegen* der alten Zeiten wegen? *Und der großäugige, treuherzige Dackelblick?*

Ja, das könnte ich sagen, doch ich bleibe stumm.

»Wie läuft das Studium? Medizin, oder?«

»Ja, stimmt. Läuft gut.«

Jetzt will sie mir vermitteln, wie gut sie mich noch kennt, damit sich das Gespräch weiterentwickelt. Das immer gleiche Gespräch wohlgemerkt, das sich alle paar Monate wiederholt, wenn wir uns über den Weg laufen. In der Uni schaffe ich es glücklicherweise die meiste Zeit über, ihr im großen Bogen aus dem Weg zu gehen.

Ja, du kennst meine Pläne noch, aber du hast keine Ahnung mehr von mir.

Dass auch dieses Detail schon längst in einer der schwarzen Kapseln steckt und auf den Grund meines Bewusstseins gesunken ist. Weg, verschwunden, verschollen in der dunkelsten Ecke meines Gedächtnisses. Unauffindbar, bis ich es wieder zulassen kann und meine Kräfte sich erneut damit beschäftigen müssen.

»Hast du eigentlich immer noch dieselbe Nummer?«

»Ja.«

Nein, ach Scheiße, warum habe ich denn Ja gesagt und nicht gelogen? Ich Vollidiot! Sie lächelt und ich will mir an den Kopf hauen.

»Wofür sind die Blumen?«

Nächste Haltestelle: Rudorffweg.

»Ich muss hier raus. Lässt du mich durch?«

»Ja, klar.«

Sie lächelt noch einmal ihr bestes Lächeln und umarmt mich, bevor ich mich zu den Türen begebe.

»Es war echt schön, dich zu sehen«, beteuert sie noch mal, schaut mich aus ihren großen, überschminkten Augen an und blinzelt, weil sie denkt, es wäre süß.

»Bis dann.«

»Übrigens, meine ist auch noch dieselbe«, ruft sie mir nach und ich schaffe es nicht, das zu überhören.

Ich habe jemandem versprochen, dass ich nicht aufgebe, ebenso wie mir, und das halte ich. Sie hatte in dem Moment verloren, als ich Vio ... Ach, selbst wenn ich ihr das sagte, würde Annika mir noch schöne Augen machen, darauf wette ich. Aber immerhin bin ich sie jetzt erst mal los, wenigstens hat sie für ein bisschen Ablenkung gesorgt, und wenn ich jetzt hoffentlich wieder für ein paar Monate Ruhe vor ihr habe, soll's mir recht sein.

Als ich den kurzen Weg zum Haus meines Bruders gehe, versuche ich, die Gedanken zu ordnen, die paar, die es geschafft haben, in den Vordergrund zu treten. Ich höre die durcheinandersprechenden Stimmen, die sich alle mit *ihr* beschäftigen wollen, und ich muss sie irgendwie eindämmen, bevor ich mit Justus losfahre. Es sind nicht immer die gleichen, ständig kommen neue hinzu, aber keine verschwindet auf Dauer. So wird es bleiben, solange ich das nicht geklärt habe. Und doch will ich sie alle. Ich werde noch herausfinden, was ihre Worte von Samstag zu bedeuten hatten. Ich habe sie im Kopf andauernd wiederholt. Wo fing es an, wann lief es aus dem Ruder und wie kann ich das alles wieder einrenken? Und ich will nicht auf dumme Gedanken kommen und etwas tun, was ich später bereuen könnte. Gerade heute bräuchte ich sie mehr denn je, und das wird sich in Zukunft auch nicht ändern. Ich wünschte, ich hätte mehr Zeit, darüber nachzudenken, doch das Timing ist beschissen. Ich wollte mich doch heute überhaupt gar nicht damit beschäftigen. Wahnsinn, wie gut ich mich daran gehalten habe. Ich kann es einfach nicht abstellen.

Ich komme an Justus' Haus an und sehe ihn schon aus der Tür treten und abschließen.

»Hey, ich habe dich vom Fenster aus gesehen. Ich hole eben den Wagen. Warte einen Augenblick.«

»Alles klar.«

Ich warte also auf ihn, höre das Geräusch des Motors und wenig später kommt das Auto neben mir zum Stehen. Ich steige ein und umarme Justus unbeholfen. Mein Bruder hat seinen schwarzen Mantel an, den Bart gestutzt und seine Haare ordentlich zurückgekämmt.

»Schön, dich zu sehen«, sagt er aufrichtig.

»Finde ich auch«, antworte ich.

Wir sehen uns nicht oft, obwohl wir in derselben Stadt leben, aber wir können uns aufeinander verlassen. Und darauf, dass wir, wie abgesprochen, heute unsere Eltern besuchen fahren. Er legt den Gang ein, setzt den Blinker und wenig später sind wir auf der Straße, die Blumen auf meinem Schoß, wie vorhin im Bus, und ich merke, wie die dunkelste Kapsel, das am tiefsten gesunkene Gedanken-U-Boot, langsam aus dem finstersten Graben meiner Seele emporsteigt. Jedes Jahr am gleichen Tag und ohne seine Wirkung zu verfehlen. Ich merke geradezu, wie es durch die Oberfläche bricht und hohe Wellen schlägt.

In dem Moment, als wir vor dem Eingang des Friedhofs zum Stehen kommen, den Motor abstellen und aussteigen.

KAPITEL 9

SIE

Nur noch eine halbe Stunde. Dreißig Minuten und ich kann gehen – endlich. Es war ein langer Tag, aber heute ist es erträglicher als Montag oder Dienstag, denn ich arbeite mit Luke zusammen. Er ist echt nett, ich kann mit ihm reden und fühle mich dann ein bisschen weniger verloren. Er hat diese Art an sich, einem das Gefühl zu geben, wichtig zu sein, auch wenn wir uns noch nicht so lange kennen. Seltsam, aber es ist genau das, was ich gerade brauche.

Es ist halb drei, der Mittagsstoß ist durch und ich bin dabei, das schmutzige Geschirr zu spülen und Plastikbesteck, Pappbecher, Servietten und angebissene Brote in den Mülleimer und leere Flaschen in den Pfandsack zu sortieren. Und so was nennt man Leben, jedenfalls noch für neunundzwanzig Minuten.

»Hey, soll ich dir helfen?«, fragt Luke.

Der Laden ist fast leer. Ein paar Menschen sitzen an den Tischen und trinken ihren Kaffee, aber es stehen keine Kunden an der Kasse, also nicke ich.

»Ja. Behalt aber die Kasse im Auge.«

»Das kannst du dann ja machen.«

»Als ob.«

Ich verdrehe die Augen, muss aber lächeln. Es ist so einfach mit ihm, genau das Gegenteil von dem Drama der letzten Tage. Er lächelt, er macht einen Spaß, das ist ganz leicht, und dann diese Augen. Noch einer von der Sorte, in die ich mich viel zu schnell verlieben könnte.

»Warum bestellen die Leute bitte immer ein Brötchen dazu, wenn sie es eh nicht essen? Echt, das ist voll die Verschwendung«, beschwere ich mich zum wiederholten Male über unsere Kundschaft.

Luke greift sich eines der Brötchen aus dem Korb, der auf dem Tresen steht, und beißt hinein.

Er kaut, setzt einen ernsten Gesichtsausdruck auf, richtet seine Augen dann auf mich und meint: »Also an dem Brot kann es nicht liegen, das schmeckt fantastisch.«

»Ah ja.«

Die Tür öffnet sich und zwei Mädchen betreten den Laden. Luke und ich liefern uns ein kurzes Blickduell, das er verliert, und beleidigt begibt er sich zur Kasse und sagt den gekünstelten Satz des Tages – jedes Tages: »Hey, was darf es sein?«

Ich muss lachen. Er wirft einen bösen Blick zu mir herüber, zieht die Augenbrauen hoch und wendet sich dann wieder der Blonden mit den zu stark geschminkten Lippen und übertuschten Wimpern zu. Ob sie auch ohne den ganzen Kram gut aussehen würde? Bezweifle ich.

Ich wende mich von ihm ab und staple noch ein paar Teller aufs Spülbrett.

»Essen«, ruft Luke.

»Mach ich gleich. Wo ist der Neue eigentlich? Ich habe den Namen vergessen.«

»Ist noch im Keller, Getränke holen mit Johanna. Entschuldigung, das macht neun Euro achtzig, bitte.«

Ich laufe schnell nach oben, stelle den Koffer zum Geschirreinsammeln ab und bin genauso schnell wieder unten und schiebe das Essen in die Mikrowelle. Zweimal Surfcup vegetarisch, das ist rasch erledigt.

»Mist«, fluche ich.

»Was ist?«

»Das waren die letzten.«

»Haben wir noch …?«

»Ja, aber meine Motivation hält sich in Grenzen, jetzt noch was vorzubereiten.«

»Na, dann habe ich wohl keine andere Wahl, was?«

Er fängt meinen Blick für einen Moment ein. Es ist so einfach ihn anzusehen. Schöne blaue Augen, nicht braune, braunes Haar, nicht rotes, und er lächelt immerzu, wenn er mich ansieht, kein nachdenklich verliebtes Lächeln, sondern ein simples, über das ich mich freuen kann.

Ich wende mich ab und schaue auf den Timer an der Mikrowelle. Ich muss noch eine Minute warten. Neben mir höre ich die Mikrowellenschalen klappern, der Kühlschrank unter der Kasse öffnet sich und ein dumpfes Geräusch sagt mir, dass Luke den Eimer mit der Surfcupsoße auf die Theke gestellt hat, dessen Deckel er mit einem schmatzenden Geräusch öffnet. Aus dem Augenwinkel sehe ich, wie er die blecherne Schale mit den Nudeln aus dem Kühlregal zieht, sich eine Kelle nimmt und anfängt, ein paar neue Portionen vorzubereiten.

Fünfundvierzig Sekunden noch.

Zwölf Tage.

So lange ist unsere letzte Begegnung jetzt her.

»Wir sollten mal etwas zusammen machen«, sagt Luke auf einmal.

Meine Augen huschen kurz zu ihm hinüber, doch ich schweige. Ich weiß nicht, was ich antworten soll. Ja, nein, vielleicht? Aber bitte, um Himmels willen, nicht beides ankreuzen. Was meint er damit genau, wir sollten mal was machen?

»Vio?«

»Hmm?«

»Was meinst du?«

»Mach noch zwei mehr. Ich glaube, das reicht nicht.«

Wieder ein kleines Blickduell, das er diesmal gewinnt.

»Ich mag dich.«

»Ja, ich mag dich auch. Aber du wirst fürs Arbeiten und nicht fürs Reden bezahlt.«

Er verdreht die Augen und sieht etwas beleidigt aus, vielleicht ein bisschen in seinem Stolz verletzt.

Es piept, das Essen ist fertig. Ich ziehe mir die Handschuhe über, nehme die Nudeln heraus und fülle sie in die Schalen um. Salat als Topping, Besteck dazu und dann stelle ich das Essen neben der Kasse ab und rufe es aus.

»Lasst es euch schmecken«, sage ich zu der Barbie, die sich nicht bedankt, ihr Essen greift und es zu einem Tisch in der Ecke trägt, an dem ihre Freundin sitzt, ebenfalls platinblondiert. Unfreundliche, arrogante Zicke!

»Du hast einen Freund, oder?«

»Nein, wie kommst du darauf?«

»Dann können wir uns treffen.«

Seufzend reibe ich mir das Handgelenk, weil ich eigentlich keine große Lust habe, darüber zu reden. Wäre ja auch zu schön gewesen, einfach mal meine Ruhe vor dem ganzen Gefühlsmist zu haben. Was soll's?

»Ich habe mich sozusagen gerade getrennt.«

»Na und?«

»*Na und?*«

Wir stehen nebeneinander an den Kassen und haben die Eingangstür im Blick. Eigentlich müssten Johanna und der Neue jede Minute wiederkommen. Luke will diese Zeit offenbar ausnutzen, aber ich gehe zur Spüle und kümmere mich um das Geschirr.

Ich schiebe das Spülbrett von eben in die Maschine und fülle das andere. Es ist kaum mehr etwas zu tun. Wir haben so gut vorgearbeitet, dass wir praktisch nur darauf warten müssen, abgelöst zu werden. Ich beobachte Luke einen Moment dabei, wie er gedankenverloren auf seinem Handy herumtippt. Ha, es ist fast so, als würde ich nur darauf warten, dass wieder etwas Dummes passiert.

Johanna und der Neue lassen sich ordentlich Zeit, doch ein Blick auf das Getränkeregal genügt mir, um zu wissen, dass es auch noch ein Weilchen dauern wird. Außerdem haben sie noch zwei Pfandsäcke mitgenommen, weil Astrid, die Storeleiterin, es gestern nicht für nötig hielt, sie mit runterzunehmen.

Wie ich es auch drehe und wende, ich habe nichts mehr zu tun. Alles sieht sauber aus und Lena kommt frühestens in fünfzehn Minuten, um mich abzulösen und die Schlussschicht anzutreten. Ich sitze hier noch ein Weilchen fest, so ein Dreck, und er weiß es genauso gut wie ich. Er lässt sein Handy in der Hosentasche verschwinden und wendet sich mir zu.

»Du bist noch nicht über ihn hinweg, hm?«

»Doch. Darum geht's doch auch gar nicht.«

»Wo ist dann das Problem? Ich würde gerne mit dir ausgehen und du meintest doch gerade, du magst mich.«

Und schon lächelt er wieder. Ich ziehe die Augenbrauen ungläubig nach oben.

»Das habe ich gesagt?«

»Ja, hast du. Oder bist du dir doch nicht sicher?«

»Ich weiß nicht.«

»Du weißt nicht, ob du bereit dafür bist oder ob du mich magst?«

»Das weiß ich auch nicht.«

Ich merke, dass er mich anstarrt, und es fällt mir immer schwerer, meine Augen stur geradeaus schauen zu lassen, bis ich es schließlich aufgebe. Ich bin nicht auf diese Art von Gespräch vorbereitet, habe die ganzen Flirtereien als Spaß abgetan und nicht ernst genommen, aber möglicherweise hätte ich das tun sollen. Das hat ja schon angefangen, bevor das mit Leon passiert ist, und ich habe wohl gar nicht richtig darauf geachtet.

»Oh je, wenn ich für alle Sachen, die ich nicht weiß, 'nen Cent zahlen müsste, wäre ich pleite, aber du hättest grenzenlose Schulden, wenn das so weitergeht.«

Ich muss lachen, es geht nicht anders, es macht Spaß mit ihm. Er lenkt mich ab und es scheint eine einfache Fingerübung für ihn zu sein, die er im Schlaf beherrscht. Ob die Fliege im Netz auch irgendwann sagt, dass sie noch wärmer eingepackt werden will? Ich fühle mich wohl bei ihm und das macht mir Sorgen. Als wäre es so einfach, über Leon hinwegzukommen, es ist noch nicht genug Zeit vergangen und es tut noch zu sehr weh. Doch am besten, ich sage ihm nichts davon, er würde es eh nicht verstehen.

Ich kann meinen Blick nicht von dem Blau in seinen Augen lösen, während er redet, und sehe ich da eine Spur Nervosität? Die gleiche, die meine Finger so minimal zittern lässt, weil mein Puls angestiegen ist? Er nimmt meine Hand. Das hat er schon ein paar Mal gemacht, wenn wir uns einen Spaß mit den Kollegen gemacht haben, bei denen das Gerücht umging, wir wären ein Paar. Wir haben darüber gelacht, ein leichtes, unbeschwertes Lachen, kein verliebtes, kehliges.

»Man hat dir früher doch bestimmt immer gesagt, du sollst tun, was du liebst, weil dich das glücklich machen wird, oder?«

»Ja, natürlich. Das ist einer der beiden Lieblingssätze meiner Eltern«, schmunzle ich.

Einen, den sie gesagt haben, als ich noch klein war und ich sie jeden Tag gesehen habe. Ich glaube, ich habe ihn seit Jahren nicht mehr aus ihrem Mund gehört.

»Und der andere?«, fragt er mit echtem Interesse.

»Lass dich nicht ärgern.«

»Warum sagst du nicht zu und wir gehen es einfach ganz locker an? Kein Druck, keine Verpflichtungen. Hier meinen doch eh alle schon zu wissen, dass bei uns was läuft.«

Ich verziehe das Gesicht und schaffe es endlich, mich auf unsere Hände zu konzentrieren. Besser ich betrachte diese, anstatt seiner Augen, in denen ich sonst noch ertrinke. Mir kommt ein Gedanke, den ich im ersten Moment ganz weit wegschieben will, aber dann betrachte ich ihn doch etwas genauer. Ganz locker. Keine Verpflichtungen. Ich frage mich, wie er das wohl meint.

»Das war doch nur ein Spaß.«

Meine Augen verengen sich. »Was war ein Spaß?«

»Dass ich mit dir ausgehen will, weil die anderen reden. Doch nicht nur deswegen. Bist du verrückt?« Gespielt geschockt sieht er mich an und ich verdrehe die Augen.

»Nein, aber ich bin schon oft genug auf die Nase geflogen. Ich dachte eigentlich nicht daran, mich jetzt sofort wieder in was Neues zu stürzen.«

»Du solltest dich nicht so unter Druck setzen. Tu das, was du willst, so mache ich es. Ich will mit dir ausgehen, und wenn du nicht willst, meinetwegen, dann komme ich auch damit klar. Aber ich werde mich nicht fragen müssen: Hätte ich sie vielleicht doch nach einem Date fragen sollen? Denn das ...«

»Entschuldigung?«

Die Platinbarbie, die weniger geschminkte, aber ich wette, auch bei der ist das Haarfärbemittel ins Hirn geflossen.

»Ja, darf es noch etwas für dich sein?«, lächle ich sie an.

»Ich hätte gerne noch einen Bagel Energy.«

»Oh, da hast du Glück, einen haben wir noch da. Das ist der letzte. Kommt noch etwas dazu?«

»Nein.«

Nein *danke*, korrigiere ich sie.

»Zwei Euro und neunzig Cent sind das dann, bitte.«

Ein Teller mit dem Bagel darauf klappert auf der Theke neben meiner Kasse. Ich nehme das Geld entgegen, gebe zehn Cent Wechselgeld und auch sie zieht ohne einen Dank ab in die Ecke, aus der sie gekommen ist. Blöde Kuh.

»Ich bin nicht sicher«, nehme ich das Gespräch wieder auf.

»Ich will dich auch nicht heiraten. Ich glaube, du nimmst das zu ernst.«

»Und du nicht ernst genug. Ich bin nicht so eine.«

Ich bin nicht so eine. Das dachten wir doch alle mal, oder?

Er schaut mich an und ich merke leichte Wellen, die über meine Zehen schwappen. Als würde mir mein Unterbewusstsein jetzt schon ankündigen, dass da etwas Großes auf mich zurollt. Ich kann nicht anders, als dem Blick standzuhalten, und mustere ihn einen Moment lang. Das muss ich ihm lassen, ohne Zweifel, er sieht wirklich gut aus.

»Bist du in mich verliebt, Luke?«, frage ich geradeheraus, um dieses Drahtseil zur Ruhe zu bringen, auf dem wir beide einen asynchronen Tanz aufführen.

»Nein«, sagt er und zum zweiten Mal nimmt er meine Hand. »Aber ich mag dich.«

Wenn er nicht in mich verliebt ist, ganz locker, keine Verpflichtungen ... dann kann es nur auf eines hinauslaufen. Ich nehme es ihm nicht übel, immerhin sagt er es, und wenn ich ganz ehrlich bin, ist mir der Gedanke in den letzten Tagen auch schon gekommen, nur dass ich noch kein Gesicht dazu hatte. Er hat es schon geschafft, mein Nein in ein Vielleicht umzuwandeln, und ich zucke mit den Schultern.

Ich befinde mich in der U-Bahn, die Türen sind geschlossen und Leon steht da auf der anderen Seite und schaut mich an. Wieso? Wieso gehst du? Wieso bist du nicht ausgestiegen? Ich atme laut aus und weiß nicht, warum ich ausgerechnet jetzt daran denken muss. Vielleicht ist es doch besser, einfach Nein zu sagen.

Die Tür des Ladens geht auf und ein voller Getränkewagen rollt herein, gefolgt von Johanna.

Viertel vor drei. Noch fünfzehn Minuten und ich kann gehen. Ich erwarte fast, dass sie fragt: »Kann mir jemand helfen?«, doch da kommt der Neue hinter ihr rein und ich merke, dass ich mir selbst diese Frage stelle.

»Alles klar bei euch? Tut mir leid, dass es so lange gedauert hat«, ruft Johanna.

»Ja, war recht ruhig. Wie war's bei euch?«

»Alles gut, Finn kennt das Getränkelager jetzt in- und auswendig.«

»Was für 'ne Leistung bei den paar Quadratmetern«, lache ich.

Sie tragen den Wagen runter und ich bemerke, dass Luke mich angrinst, dann schaut er nach unten und auf die Hand, meine Hand, die er nach wie vor hält.

»Überleg's dir«, sagt er, gibt mir einen Kuss auf die Wange und nickt mir zu. Dann lässt er sie los.

KAPITEL 10

ER

Ich sehe mein Gesicht. Von jeder dieser Scherben wird es deutlich reflektiert, doch dann verschwimmt das Bild auf einmal. Ich streiche mir über die Augen und die Sicht ist wieder klar. Warum habe ich das gemacht? Ich habe mich doch sonst unter Kontrolle, habe nie irgendetwas kaputt gemacht oder jemanden angeschrien, weil ich wütend, traurig oder verletzt war. Na ja, bis auf das eine Mal.

Wie an diesem Abend habe ich keine Ahnung mehr, was ich eigentlich getan habe, und sehe die Scherben vor mir wie diesen Typen, der sie küsste. Meine Hände zittern und das Blut rauscht in meinen Ohren.

Allein. Ich bin so richtig allein in dieser kleinen Wohnung, die unpersönlicher nicht sein könnte, auch wenn ich alle möglichen Bilder aufgehängt habe, die ich besitze. Ich schaue nach oben zur Decke, ziehe ein Knie hoch, schlucke, blinzle, atme. Es wird nicht besser. Ich kann so oft tief einatmen, wie ich will, es wird nie weggehen. Und sie ist nicht da, um mir zu helfen.

Vermissen ist etwas Scheußliches und etwas Wunderbares zugleich. Wunderbar ist es, weil ich dadurch das Loch in mir spüre, das das fehlende Puzzleteil sichtbar macht. Ich habe mir das nicht ausgedacht, es ist kein Traum, kein merkwürdiges Déjà-vu, keine Filmszene, keine Interpretation einer Songzeile, kein Kapitel in irgendeinem Buch, kein Gedichtvers und auch keine bloße, gestörte Einbildung. Es ist da und tut weh.

Ich lasse das Knie sinken und überlege, wie zur Hölle ich auf den Boden gekommen bin, wo ich mit dem Rücken gegen mein Bett lehne und mit den Fingern wie in Trance über den abgenutzten Teppich streiche. Meine Füße reichen bis zur hölzernen Kommode. Vor ihr steht normalerweise ein Stuhl, so ein klappriges Ding, das ich mir vom Sperrmüll geholt habe, und jetzt wundert es mich nicht mehr, dass man ihn dort abgestellt hatte.

In einem Anflug glühender Theatralik habe ich ihn gegen den Spiegel der Kommode geschleudert, wieder und wieder, bis ich nur noch ein hölzernes Bein in der Hand hielt. Ein paar der kleinen Scherben schnitten durch das dünne Gewebe meiner Socken in die Fußsohlen, als ich die Überreste zusammenklaubte und sie achtlos in die Ecke warf, doch ich merke die Wunden so gut wie gar nicht. Nur wenn ich wie jetzt meine Zehen bewege und dabei zusehe, wie sich das Blut den weißen Stoff entlangzieht, bekomme ich mit, dass es mir wehtun müsste.

Ich habe irgendwann mal eine Folge von *Dr. House* gesehen. Ich weiß nicht mehr, welche es war und wer was zu wem sagte, in welchem Ton, welcher Lautstärke oder in welchem Zimmer es stattfand. Nicht einmal, ob es überhaupt ein Gespräch war oder ein Monolog, aber darum geht es auch gar nicht. Im Endeffekt geht es nämlich um die Aussage, die in meinem Kopf hängen geblieben ist.

Es ging um das Bein von Dr. House. Dieser zynische Arzt schluckt Vicodin, wie kleine Kinder Smarties in sich reinschütten, weil ihm sein Bein so höllisch wehtut. Irgendwann, warum auch immer, wurde der Schmerz größer und ich weiß nicht mehr, wie er es tat, doch er fügte sich noch mehr Schmerzen zu, andere, die die im Bein überlagerten. Das war sein Ziel. Er wollte genau diesen Effekt erzeugen und ein neues, unerträgliches Pochen spüren, um das andere für eine Weile zu vergessen. Damit das Gehirn denkt, dass das Bein nicht das schlimmste Schmerzzentrum ist, und sich auf das andere konzentriert.

»Schau nach oben. Komm schon, sieh nach oben, oder du kannst die Sterne nicht sehen.«

»Welche Sterne, Mama? Die Vorhänge sind doch zu.«

»Dann steh auf. Gib mir deine Hand und wir sehen sie uns gemeinsam an. Du kannst sie nur dann sehen, wenn es dunkel ist.«

Ich zucke zusammen, als ich das Knarren der Tür vernehme. Der Wind. Es war nur der Wind, der sich klammheimlich seinen Weg ins Zimmer gebahnt hat und sie wie von Geisterhand bewegte, und ich muss mich dazu zwingen, meinen Kopf in die Realität zurückzureißen. Kurz dachte ich wirklich, sie kommt wie damals in mein Zimmer und sagt es noch einmal zu mir. Es ist schön, sie zu vermissen, ich wollte es nicht anders haben, wenn mir schon diese Situation gegeben ist. Sie zeigt mir, wie wichtig sie mir war und immer sein wird, selbst wenn ich sie nie wiedersehen werde. Und trotzdem komme ich nicht umhin, mir einzugestehen, dass ich diese, ich nenne sie mal, »gute Seite« der ganzen Misere nicht so deutlich sehen kann wie die schreckliche. Denn es geht nie ganz weg. Ich habe das Gefühl, es geht in meinen Gedanken zurück, eine Etage tiefer in mein Unterbewusstsein, aber nur, um von dort aus mit einem Raketenstart wieder nach vorne zu düsen, sich in den Windungen meines Gehirns zu verfangen, nein, sich festzubeißen. Ein Monster, das seine Krallen ausfährt und sie hineinschlägt, kratzt und beißt und dessen einziges Ziel es ist, mich in den Wahnsinn zu treiben. *Ist es das gewesen? Ist es so auch dir ergangen?*

Ich schiebe mit dem Fuß eine der größeren übrig gebliebenen Scherben zu mir und hebe sie auf, betrachte mich im Spiegel und sehe in ihr Gesicht und das meines Vaters. Wie sehr muss man jemanden vermissen, um wahnsinnig zu werden? Ich meine nicht, dass man auf einmal Amok läuft, rumschreit oder wie ich einen Spiegel mit dem Stuhl zertrümmert. Wahnsinn ist für mich nichts, das vorübergeht, das kurz ausbricht und sich dann wieder beruhigt, wenn ein wenig Zeit vergangen ist. Nein, ich meine vielmehr, dass man sich seine eigene Welt konstruiert und dort niemand anderes als man selbst Platz hat. Ein eigenes Universum, zu klein für mehr als einen Menschen, bis es auch für diese einzelne Person zu eng wird und es droht, sie zu erdrücken.

Klar, man bezahlt bei der Frau an der Kasse, wechselt ein paar Worte mit einer Freundin am Telefon und vielleicht, ja vielleicht spielt man sogar eine Runde Mensch-ärgere-Dich-nicht mit dem Sohn, aber man ist genauso einsam, als wäre man alleine. Die Welt wird einem fremd, und obwohl man den Boden unter den Füßen spürt, hat man sich schon lange von allem verabschiedet und nur noch das Gefühl des Vermissens zeigt einem, dass man existiert. Nicht einmal die Liebe zu den eigenen Kindern kann das ändern. Wie sehr muss man jemanden vermissen, den man unendlich geliebt hat?

Hast du das getan, Mama? Ihn so sehr vermisst, dass du nicht mehr konntest?

»Justus, pass auf Leon auf, ich muss jetzt gehen.«

»Dein Ernst, Mama? Er ist doch kein Kind mehr. Der kann auf sich selbst aufpassen. Ich wollte zu Felix. Er hat ein neues Spiel und …«

»Du passt bitte auf deinen Bruder auf, hast du das verstanden?«

»Ja, ist gut. Meinetwegen.«

»Gut, okay. Ich liebe dich.«

»Ich dich auch.«

»Leon?«

»Ja, Ma?«

»Du hörst auf deinen Bruder.«

»Muss ich wirklich?«

»Leon!«

»Ist gut, ich mach's ja.«

»Alles klar. Ich muss jetzt los. Ich verlasse mich auf euch. Und stellt ja nichts an.«

»Wir bemühen uns.«

»Ich liebe euch. Bis später.«

Wie lange ist »bis später«, Mama? Das habe ich dich nie gefragt. Ist das ein anderer Ausdruck für »Wir sehen uns nie wieder«?

Mein Blick wandert durch den Raum und bleibt an der Tür hängen, die ich niemals schließe. Die Tür meines Zimmers war früher immer geschlossen und wehe jemand klopfte oder kam unangekündigt rein. Was immer ich tat, war meine Sache und dabei wollte ich auch bitte ungestört bleiben. Andauernd, so kam es mir vor, klopfte meine Mutter an und fragte: »Und wie war es in der Schule? Hast du am Wochenende was vor? Wie läuft es mit Annika? Seid ihr noch zusammen? Wie war die Klausur? Willst du nicht ein bisschen rausgehen? Was machst du gerade?«

Sehr oft schaute ich an die Decke, gab einsilbige Antworten oder gab ihr auf irgendeine andere Art und Weise zu verstehen, dass sie unerwünscht war. Und jedes Mal öffnete sie am nächsten Tag die Tür, lächelte mich an und stellte die gleichen Fragen.

Alles, was ich mir in diesem Moment wünsche, ist nichts anderes als das. Dass ihre knochigen Finger gegen das Holz schlagen, sie hereinkommt, mich anlächelt und ich sie noch ein einziges Mal sehen kann. Dass ich weiß, dass es das letzte Mal sein wird, und ich nicht an die Decke starre, sondern in ihr Gesicht, das ich viel zu selten wirklich ansah. Die flinken und wachen braunen Augen, die von Lachfältchen umrahmt waren, das kurze, braune Haar, die feinen Augenbrauen, die Nase, von der sie immer sagte, sie sei zu dick, obwohl sie genau passte, und stark hervortretende Wangenknochen, weil sie immer mehr abnahm, bevor sie starb.

Wie sehr muss man jemanden vermissen, dass man sich die Halsschlagader aufschneidet, um auf die schnellstmögliche Art zu sterben, weil man es keine Sekunde länger aushält? Ich habe es gegoogelt: Etwa zehn Sekunden war sie danach noch bei Bewusstsein, eher weniger. Wie lange dauert es zu fallen? Sie wollte sichergehen, machte den Schnitt, wurde bewusstlos und fiel von der Brücke. Die Autobahn war an diesem Tag wegen Bauarbeiten gesperrt gewesen.

Wenn es dir schlecht geht, musst du anderen damit nicht wehtun.

Sehr oft hat sie diesen Satz gesagt, wenn ich irgendetwas angestellt hatte, aber erst, als man mir erklärte, was passiert war, verstand ich ihn.

Ich ziehe mir die Socken aus und sehe mir die Wunden an. Einige sind etwas tiefer, andere bluten nicht einmal mehr. Ich stehe auf, gehe ins weiß geflieste Badezimmer und mache den Alibert auf, nehme Desinfektionsmittel und zwei

Mullbinden heraus und setze mich auf den Toilettendeckel. Von der Klorolle, die daneben hängt, reiße ich mir ein paar Blatt ab und tränke sie mit der klaren Flüssigkeit, streiche damit über meine Füße und verbinde sie anschließend. Nichts, es tut kein bisschen weh.

Mein Vater muss als ein verdammt glücklicher Mann gestorben sein. Unsere Mutter hat uns nie gesagt, was passiert ist, wir wissen nur, dass er krank war.

Ich erinnere mich an einen Flur, der mit Neonröhren beleuchtet ist, und an eine weiße Tür, die sich öffnet. Das Gesicht meines Vaters ist verschwommen, er sagt etwas, aber ich verstehe es nicht, und dann werden wir, Justus und ich, aus dem Zimmer geschoben und unsere Mutter weint.

Ich sehe sie vor mir, das letzte Bild, das ich von ihr habe, als sie sagte: *Ich muss jetzt gehen.* Da hat sie nicht geweint. Sie hatte es überstanden.

Justus hatte eine feste Anstellung bekommen, ich war sechzehn, in ihren Augen erwachsen, und Justus hatte ihr gesagt, er würde auf mich aufpassen. Das tat er, bis ich alt genug war, mir meine eigene Wohnung zu mieten, die ich von den Zinsen des Nachlasses bezahle. Ich könnte mir Besseres leisten, aber es macht mich nicht glücklich.

Das habe ich gemerkt, als die Polizei bei uns klingelte und auf den Treppen zu unserem Haus am Schlosspark in Bergedorf stand.

In der Nacht lag ich weinend im Bett und starrte in die Dunkelheit, ohne die Lichter zu sehen, von denen sie immer sprach, und mit der stetig lauter werdenden Stimme in meinem Kopf: *Ich muss jetzt gehen!*

»Justus! JUSTUS!«, rief ich und schluchzte und er kam keine zehn Sekunden später ins Zimmer gestürmt.

»Leon! Was ist los? Ich bin hier!«

»Hol Mama, es ist was passiert! HOL SIE, SCHNELL!«

Und dann legte er sich zu mir, er und nicht meine Mutter, und hielt mich fest. Nie standen wir uns so nahe wie in diesem Moment, unsere Narben griffen perfekt ineinander.

Niemand kann die eigenen Eltern ersetzen. Es ist eine Liebe, die du nicht erzeugen kannst. Sie ist einfach da und du erinnerst dich an keine Sekunde, in der du sie dir ernsthaft weggewünscht hättest. Du kannst sie nicht löschen, unmöglich.

Ich stehe auf, verlasse das Bad und gehe zurück in mein Zimmer, wo ich mit meinen Narben alleine bin, den alten und den neuen, die ich von Viola habe.

Ich stoße die Tür auf und habe die Augen auf einmal geschlossen, gehe rückwärts hinein, weil ich mein Mädchen küsse und sie mit mir ins Schlafzimmer ziehe. Ich schließe die Tür zum ersten Mal seit Jahren. Dort überall lag sie, unsere Kleidung, wo jetzt die Überreste des zersplitterten Stuhls verteilt sind. Ihre Bluse, die Jeans, die auf links gedrehten Strümpfe, ihr Top, ihr BH, ihr Slip. Und da lag mein Pullover, mein Hemd, meine Hose, die Socken, meine Boxershorts. Wo lagen unsere Schuhe? Sie zog ihre als Erstes aus, ich weiß es genau, aber wo lagen ihre Schuhe? Und was ist mit meinen? Ich weiß, wie ich ihr alles auszog, damit sie näher bei mir sein konnte, damit uns nichts trennte, kein Stoff, keine Luft, nichts, das irgendwie vermeidbar wäre. Ich berührte sie überall, war endlich eins mit ihr und wollte die beste Version von mir sein; für sie, für uns. Der Wunsch war immer da, jemand zu werden, auf den ich irgendwann zurückblicken kann, um dann zu sagen: *Damals habe ich angefangen der Mann zu sein, der ich heute bin.* Und an diesem Abend, dachte ich, passierte es. Ich sah eine Seite von mir, die tot zu sein schien, wie es meine Mutter und mein Vater sind, aber da merkte ich, dass noch Leben in mir steckte.

Ich bin kein Idiot. Ich vögel sie nicht, lege sie nicht flach, erzähle keinem meiner Freunde von meiner neuen Eroberung oder dass ich die Schlampe endlich genagelt habe. Nein, kein Spruch dergleichen, der ihren Wert in irgendeiner Weise mindert, nicht in einer Million Jahren würde mir einfallen, eine dieser Äußerungen ehrlich zu gebrauchen und sie auf diese Art zu erniedrigen. Ich bin aufrichtig und mit ganzem Herzen dabei, und nun liegt genau dieses Herz in ihren Händen und davon weiß sie nichts. Sie kann nicht einmal die Wahl treffen, ob sie es haben will oder nicht, dazu müsste sie mir erst einmal glauben, dass ich kein egoistischer Mistkerl bin.

Ich lerne sie kennen, verliebe mich, warte ab und dann ist die Sekunde gekommen, ihr all das zu zeigen. Ich habe es richtig gemacht. Doch dann sagt sie, ich sei wie alle anderen. Sie löscht sich einfach so aus meinem Leben, den einzigen Menschen, den ich wirklich liebe. Auch wenn sie das Loch in mir nicht gegraben hat, so hat sie sich damit doch eine Schaufel genommen, um mich der Hölle noch ein Stückchen näher zu bringen. Ich hielt das nicht für möglich, nicht bei ihr, mit der ich mich so leicht fühlte.

Du sagtest, genau wie meine Ma, dass du mich liebst. Liegt es an mir? Bin ich der Grund? Heißt es, dass wenn man mich liebt, man sich aus meinem Leben löschen muss?

Ich hebe die Scherbe auf, die ich auf dem Boden liegen gelassen habe, als ich ins Badezimmer ging, und schneide mit einem Ruck durch meine linke Handfläche. Scharf ziehe ich die Luft ein und nehme den Schmerz wahr, doch viel zu schnell wird er zu einem dumpfen Pochen, kaum der Rede wert. Blut sickert aus der Wunde und ich muss gegen meinen Willen grinsen. Achtlos werfe ich die Scherbe auf die Bettdecke.

Warum verlasst ihr mich? Ertragt ihr es nicht? Ertragt ihr mich nicht?

Das Blut tropft aus meiner Hand auf den Boden, versinkt in den Fasern des Teppichs und färbt sie rot. Wie viel Blut muss ein Mensch verlieren, damit er stirbt? Keines, es reicht, wenn er sein Herz verliert.

Ich gehe in die Küche und hole Handfeger und Schaufel aus dem Fach unter dem Spülbecken. Ich fege die Scherben auf und passe auf, dass ich mich nicht erneut schneide. Dann hole ich den Staubsauger aus dem Nebenzimmer, das eigentlich als zweites WG-Zimmer gedacht ist, aber ich zahle mehr Miete, damit ich die Wohnung für mich alleine haben kann. Ich sauge in allen Zimmern, hole Handschuhe und einen Eimer, den ich mit Wasser und Spülmittel fülle, und mache so gründlich sauber wie lange nicht mehr.

Immer die gleiche Prozedur nach diesen Tagen, die gleichen Gedanken, die gleichen Handlungen. Ich achte nicht auf die Zeit; wenn die Sonne untergeht, weiß ich, dass es spät genug ist, um ins Bett zu gehen und den Tag bis zum siebten März nächsten Jahres zu vergessen.

Als es dämmert, bin ich fertig, werfe die Handschuhe zu dem auseinandergenommenen Stuhl in die Ecke und muss, als ich auf meinem Bett sitze, feststellen, dass nicht alles so ist, wie die letzten vier Jahre. Ich ertrage mehr. Ich merke ganz deutlich, dass ich sie alle noch nie so sehr vermisst habe. Ich habe sie nacheinander verloren, vermisse sie aber alle gleichzeitig, und das ist eine bittersüße Tragödie, deren

Skript ich niemals umschreiben würde. Das zeigt mir nur, wie unersetzlich sie waren, jeder Einzelne. Und da dort dieses eine leise Pochen in mir ist, das ich endlich wieder spüren kann, dessen Puls ich in meiner aufgeschnittenen Hand fühle, begreife ich langsam, dass es falsch ist, dass ich etwas unternehmen muss. Viola ist nicht tot. Digital hat sie sich gelöscht, aber ich habe sie schon einmal gefunden, vielleicht schaffe ich es wieder? Aber was soll ich mir dann anhören? Noch mal, dass ich wie jeder andere bin?

»Sei nett zu denen, die dir etwas bedeuten, und tu ihnen nicht weh.«

»Ja, ich hab's ja verstanden. Kannst du jetzt bitte gehen?«

Neben meiner Hand liegt nach wie vor glänzend und mit meinem angetrockneten Blut ein verlorenes Überbleibsel des Spiegels. Die Scherbe, die ich mir am liebsten in den Kopf rammen will, wenn es denn helfen würde. Und das alles nur, weil ich einer von den Guten bin, wie meine Mutter es wollte. Alles für ein Mädchen, das mich trotzdem nicht als solchen ansieht. Ich erinnere mich an den Kuss, als ich nicht anders konnte, als sie einfach zu küssen und zu mir zu ziehen, als mir die Lagen an Kleidung zwischen uns zu viel Abstand waren. Ich liebe ihre Lippen, ihr Haar, das mich verrückt macht, die kleinen, weißen, schlanken Finger, die Wärme ihres Körpers, wie wunderbar jeder Kuss schmeckte und wie sie sich mir dann entriss. Wenn man der Gute ist, glaubt es einem niemand, und wenn man der Böse ist, ist man wie alle anderen. Es gibt kein Richtig oder Falsch, ich kann nur scheitern. Das Einzige, auf das ich wirklich Einfluss habe, ist, wie ich diesen Schmerz betäube und meinen Kopf aus der Schlinge ziehe, die mir ansonsten die Kehle zuschnüren wird. Ich überlege und mein Kopf tut weh.

Dann klingelt mein Handy.

KAPITEL 11

SIE

Ich sehe wirklich gut aus, perfekt für einen Samstagabend gekleidet und geschminkt. Es ist etwas wärmer geworden, nicht viel, aber für Mitte März ist dagegen nichts einzuwenden. Ich trage ein schwarz gemustertes Kleid mit Spitze an den Ärmeln, einen hellblauen Schal, den meine Eltern mir mal aus Mailand mitgebracht haben, eine schwarze Strumpfhose und dazu meine schwarzen Stiefel. Es ist windig hier am Hafen und ich schließe den Knopf an meinem Kragen und ziehe meine Handschuhe aus den Taschen meines Mantels.

Der Wind verfängt sich in meinem Haar und ich streiche es mir zurück. Die Dämmerung zieht bereits über den Himmel und die Lichter, die das Ufer der Elbe säumen, führen einen Tanz auf dem Wasser auf. Ein schöner Ort zum Träumen. Wenn ich doch nur auch eine dieser wunderschönen Lichtkugeln wäre, die man bewundert. Nimmt man mich auch auf diese Weise wahr? Vielleicht eines Tages. Oder vielleicht, wahrscheinlicher, auch nie.

Ich ziehe die frische Luft ein, bis meine Lungen voll sind, und halte sie für ein paar Sekunden gefangen. Ich will das alles hier nicht vergessen, diesen Moment, in dem ich mich schön fühle, in dem der Wind für eine kurze Weile alles

Schlechte wegnimmt und es an einen unbekannten Ort bringt.

Jeden Tag quäle ich mich durch die Stunden und bin so kurz davor, genau das zu tun, was ich mir konsequent verboten habe. Ich bin sogar so weit gekommen, dass ich ab und zu denke: Dann soll es so sein. Ich will zu ihm, meine schönsten Dessous anziehen, ihn küssen, ihn ausziehen und wieder mit ihm zusammen sein. Ich vermisse Leon mit jeder Faser meines Körpers, mein Herz vermisst ihn, einfach alles in mir will, dass ich klein beigebe.

Ich verstehe mich selbst nicht mehr, dabei weiß ich doch genau, wie es ausgehen würde, auch wenn das meine Gedanken nicht davon abhält, sich der Fantasie hinzugeben. Viel zu oft liege ich wach und küsse ihn in meiner Vorstellung. Mir läuft ein Schauer über den Rücken, wenn ich seine Hände auf meiner Haut spüre und sein dahingehauchtes »Ich liebe dich« höre. Ich will ihn küssen, jedes Mal, wenn ich an ihn denke, und das ist jedes Mal, wenn ich blinzle. Seine Lippen sind für meine gemacht, sein Körper schmiegt sich an meinen, als würde man zwei Puzzleteile zusammensetzen, und der Raum zwischen meinen Fingern ist der Raum, der leer bleiben wird, bis sich seine an genau dieser Stelle wieder einfinden.

Bisher war die Stille in mir erträglich, doch jetzt, wo ich meine Hände betrachte, bin ich traurig, weil sie seine nicht berühren, und gleichzeitig läuft es mir kalt über den Rücken, weil mich die Erinnerung daran überwältigt. Und das ist nur die Erinnerung an seine Hände, derentwegen ich mich nicht in ihn verliebte, doch von denen ich jeden einzelnen Finger vermisse.

»Hey, wartest du schon lange?«

Ich erkenne die Stimme, auf sie habe ich hier gewartet. Baumwall. Dort wollten wir uns treffen, am Hafen entlanggehen und reden, und jetzt ist es so weit. Ich wende meine Augen von den Reflektionen des Wassers ab und drehe mich um. Da ist er, der Mann, auf den ich mich heute Nacht einlassen werde. Ich stürze mich kopfüber in ihn und will das Monster in mir damit endlich zum Schweigen bringen. Es knurrt unaufhörlich und streckt seine dunklen Krallen aus, um mich in eine Richtung zu zerren, in die ich nicht zurückwill. Ich will nicht ihn, ich will Leon, und das muss ich abstellen.

Luke hat ja selbst gesagt, es sei ohne Verpflichtungen, ein Zeichen vielleicht, das ich richtig gedeutet habe. Seine Absichten sind klar und ich will es einfach versuchen, weil alles andere offenbar nicht funktioniert.

Er überquert die Straße und kommt zu mir.

»Ich dachte, wir treffen uns an der Station. Ich habe dich dort gesucht.«

Er umarmt mich.

»Da bist du ja endlich«, flüstere ich ihm ins Ohr und schaue zu ihm auf, schenke ihm den schönsten Augenaufschlag, den ich zu bieten habe, und das breiteste Lächeln. Immerhin habe ich das Gefühl, dass es mir nicht schwerfallen wird. Vielleicht ist er sogar der Einzige, bei dem ich mir diese Art von Ablenkung zutrauen würde, ohne ein schlechtes Gewissen zu bekommen. Ich kenne ihn dafür nicht lang genug und ich werde nicht zu viele Fragen stellen, um daran etwas zu ändern.

Wir gehen los, ein Stück die Straße entlang und ein paar Stufen empor zur Elbpromenade. Oben angekommen sehe ich die Schiffe, die sachte in den Wellen auf und ab schweben, und wir sind nicht alleine. Neben uns spazieren noch viele weitere Leute entlang. Einige Pärchen, hin und wieder kommt uns eine Gruppe Mädchen entgegen, die sich lautstark und lachend unterhalten, vermutlich auf dem Weg zum Kiez, und hier und da glimmen Zigaretten in den dunklen Ecken auf, deren Hitze ich in meiner Brust spüren kann.

»Du siehst sehr hübsch aus«, bricht er das Schweigen und die Spiele sind eröffnet.

»Danke. Ich habe mir auch Mühe gegeben.«

»Ehrlich?«

»Ja, was glaubst du denn?«

Er betrachtet mich mit einem unergründlichen Blick, dann wende ich mich ab und schaue nach vorne.

»Ich verstehe immer noch nicht, warum du auf einmal doch zugesagt hast. Ehrlich gesagt hatte ich schon gedacht, dass ich hoffnungslos bei dir abgeblitzt bin.«

»Vielleicht ist das dein Problem.«

»Wie meinst du das?«

»Du denkst zu viel.«

»Das sind ja ganz neue Töne.«

»Und was soll das jetzt bedeuten?«

»Sarkasmus, ja. Ärger auch und freundlich habe ich dich auch schon erlebt. Letzten Donnerstag nachdenklich, als ich so direkt mit dir geflirtet habe.«

»O Gott, fang nicht wieder davon an.«

»Wieso nicht? Ich meine, ich weiß, dass ich dich um den Verstand bringe, aber doch nicht mehr als sonst, oder?«

Ich lache auf. Als ob er das könnte.

»Jetzt lachst du mich aus.«

»Es … es tut mir leid, so war das nicht gemeint.«

Unser kleines Duell geht weiter und keiner will nachgeben. Zutiefst getroffen sieht er mir in die Augen und ich merke ein paar Sekunden später erst, dass wir stehen geblieben sind, weil uns irgendein angetrunkener Kerl anrempelt und sich rülpsend und torkelnd entschuldigt, als er weiterstolpert.

»Komm, lass uns weitergehen«, sagt er, doch ich reagiere nicht, weil ich mir das Wasser angucke, in dem sich die Musicalhalle von *König der Löwen* ein zweites Mal abbildet.

Es hat so eine anziehende Wirkung auf mich, dass ich den Blick nicht wieder davon lösen will, von den leichten Wellen und den Sternen. Ich weiß, es ist unmöglich, sie darin zu erkennen, doch ich verfalle der Vorstellung, dass sie vom Himmel herunterkommen, sich in das Farbenspiel mischen und sich auch auf mich legen, mein Haar, meinen Mantel und auf meine Lippen, wie ein nicht wahrzunehmender und trotzdem nicht minder bedeutsamer Kuss. Diese Nacht hat mich in sich aufgenommen und zu einer ihrer träumerischen Gestalten verwandelt, im Balanceakt zwischen meiner Welt, der realen, und der, die ich mir mit meinem Herzen ersehne. Warum enden auch diese Nächte? Sie sind so schön, dass ich deren Ende nicht verstehen kann.

»Hey, willst du etwa hier stehen bleiben?«

»Ich habe mir nur das Wasser angesehen.«

Ich merke seine Hand an meiner, wie er seine zu großen Finger mit meinen verschränkt und ich wieder in die Wirklichkeit eintauche. Er musste mich aufwecken, das war unvermeidbar, aber ich bin trotzdem etwas traurig darüber, dass seine Augen nicht für diese einfache Schönheit gemacht sind. Aber ich habe es schließlich so gewollt, also wende ich mich ihm zu, löse meine Hand nicht von seiner und verhalte mich wie das kleine Mädchen, dessen Schwarm sich ihr endlich offen und ehrlich zuwendet.

Ich lasse mich von ihm weiterziehen und wir sehen uns die Menschen an, die uns entgegenkommen. Ich erkenne niemanden, fast fühlt es sich an, als wären wir doch alleine, und er redet weiter und ich lache an den richtigen Stellen. Ich bin nicht in der Stimmung, mehr als nötig zu sagen, und warte nur auf die passenden Momente um »Ist nicht wahr! Hast du nicht! Wie ging es weiter? Das habe ich jetzt nicht verstanden!« und lauter solche Floskeln einzuwerfen. Und lachen, viel lachen, damit er davon überzeugt ist, ich würde mich amüsieren.

Es ist nicht einmal gelogen, ich tue es wirklich. Wie ich schon so oft feststellen konnte, ist es sehr einfach mit ihm. Seine Hand fühlt sich mit jedem Meter, den wir gehen, richtiger an, genauso wie meine Entscheidung, dass er das Date mit mir haben soll. Wir gehen an ein paar Läden vorbei, wo Muscheln, Figuren, Tassen, Fahnen und all so Zeug verkauft wird. Touriplunder. Und Postkarten.

Leon,

ich wünschte, du wärst bei mir, jetzt gerade in dieser Sekunde, und würdest mir deine Lügen ins Gesicht sagen. Der Ausblick hier am Hafen ist der Wahnsinn. Ich vermisse dich. Ich gebe auf, du hast gewonnen.

Liebe Grüße
Viola

Was für eine Idee! So etwas fällt wirklich nur mir ein und mit der richtigen Menge an Alkohol würde ich es vielleicht sogar machen. Aber ich befinde mich in einem anderen Rausch, habe Luke an meiner Seite und fühle mich fast sicher in dem Entschluss, dass etwas Lockeres genau das ist, was ich brauche. Ob das heute schon anfängt, weiß ich noch nicht, mal sehen, was der Abend noch bringt. Denn mit Luke ist es nicht dasselbe wie mit Leon. Nach unserer gemeinsamen Nacht würde schon ein Funke genügen, alles in Schutt und Asche zu legen. Die Erinnerung daran reißt mich zurück an die Elbpromenade. Ich darf jetzt nicht an ihn denken, so deutlich ich seine Hände auch noch auf mir spüren und seine Küsse schmecken kann.

»Viola?«

Ich erschrecke mich ein wenig vor meinem eigenen Namen, aber lasse mir davon nichts anmerken.

»Ja?«

»Ich habe dich gefragt, was du denkst. Du bist so still, stimmt etwas nicht?«

»Nein, es ist alles in Ordnung, mehr als in Ordnung, Luke.«

»Du scheinst mit den Gedanken weit weg zu sein.«

Ich überlege, dass ich ihm doch noch nie so nahe war wie heute, wie in diesem Moment. Wie kann er da behaupten, ich wäre weit weg?

»So habe ich dich ja noch nie reden hören.«

Er lacht. Selbst wenn wir ein Date haben, gelten unsere alten Regeln und Späße. Das ist schön, genau so habe ich es mir gewünscht.

Wir verlassen die Promenade. Er möchte die Treppen nehmen, die zur U-Bahn-Station Landungsbrücken führen, doch anders als ich angenommen habe, gehen wir nicht zur

Station, um die eine Station zum Kiez zu fahren, sondern bleiben erst einmal oben stehen. Es ist so romantisch. Die beiden Brücken, direkt vor uns, die von der Uferpromenade nach oben führen, die Barkassen, die in den künstlichen Becken vor sich hintreiben, die Lichter, die verträumten Paare, die dort entlangspazieren, und über all dem das Leuchten der Sterne, die die blaue Stunde durchdringen und mich erneut mit der Intensität eines Kusses berühren. Und er hat immer noch meine Hand in seiner, nicht ein Mal hat er sie losgelassen, die ganze Zeit über.

Wie lange laufen wir schon hier entlang? Es kommt mir vor wie ein Wimpernschlag, doch ich merke, wie gut er mir tut, auch wenn er das Gespräch größtenteils alleine führte, ich davon kein Wort behalten habe und das meiste Lachen gespielt war. Luke bringt mich dazu, eine Zeit lang zu vergessen.

Es kribbelt in mir, als hätte ich tagelang nicht geschlafen und würde mich mit einem Haufen Energydrinks wach halten. Ich bin so im Rausch, dass ich vergesse, wo oben und unten ist. Mein Herz pocht unaufhörlich und ich merke, wie es anschwillt, weil ich mir das so herbeisehne.

Ich will Luke und das jetzt. Und er ist hier bei mir und, o Gott, sieht er gut aus. So hübsch, attraktiv, mit diesem stahlblauen Blick seiner Augen, in denen ich ertrinken will. Ich packe alles, was ich fühle, in diese Sekunden mit ihm, und das ist eine ganze Menge. Ich kann Richtig nicht mehr von Falsch unterscheiden und zum Glück muss ich das auch nicht. Es hat für mich jetzt keine Bedeutung mehr.

Es fängt an zu regnen und ich spüre die feinen Tropfen, die sich auf mein Gesicht und mein Haar legen, und ich weiß, dass ich keine weitere Nacht alleine überstehen werde.

Sogar ein paar Tropfen sorgen dafür, dass mein Verlangen nach Leon sich wieder stärker bemerkbar macht. Sie erinnern mich an ihn und ich muss endlich neue Erinnerungen schaffen, die die alten verdrängen. Ich brauche Luke, es ist okay, mehr als das. Er soll nur machen, dass es aufhört.

Ich schaue ihm in die Augen.

»Du weißt, dass es verdammt schwer ist, sich jetzt nicht in dich zu verlieben, oder?«, sagt er.

»Vielleicht lege ich es ja darauf an.«

»Du machst mich fertig.«

Er lacht so unbeschwert und ich erwidere es.

»Du kennst mich doch. Es macht mir Spaß, dich fertigzumachen.«

»Du bist gemein, weißt du das?«

»Ja, aber das magst du doch an mir.«

»Musst du eigentlich immer recht haben?«

»Nein, das nicht. Aber habe ich denn recht?«

Er lässt meine Hand los, ist ganz nah bei mir und legt seine wundervollen Hände an meine Taille, zieht mich zu sich und schaut mir tief in die Augen. Die Luft lädt sich auf. Ich fühle mich wie ein Magnet, der vom anderen Pol ferngehalten wird und es gar nicht mehr abwarten kann, endlich losgelassen zu werden.

»Das hast du.«

Der Kuss, der darauf folgt, lässt mir das Blut in den Adern gefrieren, schickt den Schock, den ich erwartet habe, bis in meine Knochen und wird sogleich von einer heißen Welle überspült. Ich hebe meine Hände und verschränke sie in seinem Nacken, damit er nicht zurückkann. Ich will es nicht. Ich öffne meinen Mund, berühre seine Zunge mit meiner und gehe noch stärker auf den Kuss ein und verschmelze mit ihm und wir gemeinsam mit der Nacht. Ich presse mich an ihn und seine Hände weichen nicht von mir. Er raubt mir mit einem Mal alle Sinne. Ich schmecke ihn und merke, wie er meinen Puls ins Unermessliche steigert. Ich spüre die Wärme, die von ihm ausgeht. Eine andere Wärme.

Er küsst gut, er ist unheimlich attraktiv und keine andere Reaktion geht von meinem Körper aus, als ich merke, wie zittrig dieser unter seinen Berührungen wird. Wie muss es dann erst sein, die Nacht mit ihm zu verbringen?

Er beendet den Kuss und schaut mich an.

»Das war ... wirklich schön«, sagt er außer Atem, leise, fast ein Flüstern.

Ich weiß nicht, wo ich bin; Ort und Zeit, sie existieren nicht mehr. Ich sehe Luke an, fühle, wie die Hitze in mir brodelt und eine grenzenlose Erleichterung erfüllt mich. Zum ersten Mal seit einer gefühlten Ewigkeit sind es nicht Leons Hände, die ich spüre, nicht Leons Lippen, die meine berühren. Da ist nur Luke und er ist überall.

»Luke, ich mag dich.«

»Das weiß ich. Ich habe diese Wirkung auf Frauen, weißt du?«

»Davon habe ich jetzt aber nichts gemerkt.«

Wir lachen beide, es ist nicht peinlich, es ist schön und ich lerne, unter Wasser zu atmen und das Blau seiner Augen mit jedem Zug weiter in mich aufzunehmen. Eine reizvolle Droge und ich will mehr von ihr.

»Komm mit«, flüstere ich, küsse ihn und wir gehen zur Bahn.

Ich will seine Lippen spüren, will alleine mit ihm sein und noch so viel mehr von ihm. Ich beschließe in dem Moment, als die U-Bahn einfährt, dass er alles bekommen soll, was ich ihm geben kann, egal, was er will, solange er mich nur vergessen lässt. Das Kribbeln überrollt mich. Luke, Luke, LUKE! Ich denke den Namen immer wieder und ich kann meinen Körper nicht davon abhalten, mich an ihn zu pressen und seine Nähe zu suchen, meine Lippen an sein Ohr zu legen und mit zittrigen Worten zu sagen, dass ich lieber mit ihm allein sein will. Ob wir zu ihm können. Ich bin aufgeregt, wahrscheinlich sogar etwas ängstlich, aber als er fragt, ob ich mir sicher bin, nicke ich, schmiege mich näher an ihn und küsse ihn wieder, um ihm zu zeigen, *wie* sicher.

So fühlen sich Abhängige. Süchtig nach etwas, das falsch für sie ist, und sich in dem Moment, in dem sie es haben, doch so richtig anfühlt. Ich bin ein Junkie und Luke ist meine gottverdammte Droge. Ein Schuss hat ausgereicht, mir gleich den nächsten setzen zu wollen.

KAPITEL 12

ER

Vielleicht hätte ich den Anruf nicht annehmen und einfach weiter das Chaos, in dem ich saß, betrachten sollen. Dessen bin ich mir sogar sehr sicher. Alleine in meinem Zimmer, in meiner kleinen Wohnung – was könnte ich da schon groß anstellen?

Doch dieser Anruf hat mich auf eine Idee gebracht, die mich dazu veranlasste, mich in den Bus zu setzen und mich auf den Weg zu einer Dummheit zu machen. Und es ist mir bewusst. Ja, ich weiß, dass ich gegen meine Überzeugungen handle, und es ist mir egal. Sie bringen mich nicht weiter. Wer glaubt mir denn, dass ich keine Rolle spiele und wirklich der nette Typ von nebenan bin? Alle, die mir das beibrachten oder mich glauben ließen, es hätte irgendeinen Zweck, sind weg. Warum also nicht?

Es regnet. Die Tropfen schlagen unaufhörlich gegen das Fenster des Busses und halten mich davon ab einzuschlafen. Ich bin so müde. Es ist fast so, als hätte ich seit gestern Morgen nicht geschlafen, und wenn ich es mir genau überlege, war es vielleicht eine halbe Stunde, die ich die Augen schließen konnte, bevor ich wieder hochschreckte. Ich habe einfach ein beschissenes Timing, alles kommt in einer Sekunde zusammen. Ich fühle mich wie ein überhitzter Teekessel, in dem sich die Luft so weit aufstaut, bis er irgendwann platzt. Oder wie der Idiot, der das Ding auf dem Herd vergessen hat und dem die Hitze bei dem Versuch, noch irgendwas zu retten, ins Gesicht schießt. Wie es wohl wäre, das abstellen zu können, so wie Jonas es kann. Er macht sich einfach auf den Weg zu irgendeinem beliebigen Club, um irgendein Mädchen erst betrunken zu machen und dann zu sich nach Hause abzuschleppen. Weil nichts zählt! Er hat es so leicht.

Nächste Haltestelle: Holtenklinke.

Ich schlucke und ziehe den Reißverschluss meines Parkas hoch. Es gibt kein Zurück. Zwar will ich es, oh Mann, ich will die Zeit zurückdrehen und alles ungeschehen machen, aber da das nun mal nicht geht, kann ich nur nach vorne schauen.

Meine Mundwinkel zucken ein wenig, als ich dabei zusehe, wie sich die Tropfen ihren Weg nach unten bahnen, neue auftauchen und sich mit anderen zusammentun, um noch schneller gen Boden zu rasen. Das Wetter ist so passend.

Fast hätte ich vergessen den Stopp-Knopf zu drücken, aber es ist noch rechtzeitig und ein paar Sekunden später bremst der Bus schon und fährt rechts an die Haltestelle ran. Ich bitte die ältere Dame neben mir, mich durchzulassen, zwänge mich an ihr vorbei und stürze hinaus in den Regen. Es ist befreiend, das kühle Nass auf meinen Händen zu spüren und im Gesicht, anstatt es nur zu betrachten. Das ist Ironie in ihrer reinsten Form.

Ich mache mich auf den Weg zum Brookdeich und orientiere mich an dem weißen Zaun, der die Zufahrt zu dem Haus säumt, das mein Ziel darstellt. Gleich bin ich da. Ach, warum habe ich diesen blöden Anruf bloß angenommen? Ein Glück, dass ich beschlossen habe, dass es mir, komme was wolle, egal ist.

Ich beschleunige meine Schritte, damit ich nicht doch noch meinen kindischen Ansichten entsprechend einen Rückzieher mache, das tue, was meine Ma von mir verlangt hätte, und der gute Kerl bin, der darauf wartet, das Mädchen wiederzusehen, das ihm das Herz herausgerissen hat. Es macht mich verrückt, nur auf mein Handy zu starren, um stumm zu hoffen. Wenn ich wüsste, wo Viola ist, wäre ich jetzt bei ihr. Ich dachte für eine Sekunde sogar, dass *sie* mich anruft, als es klingelte, doch das komplette Gegenteil war der Fall.

Du bist tot, Ma, genauso wie alles, was du mir beigebracht hast. Viola hat mein Herz ein zweites Mal getötet und du musst am besten wissen, dass man das nicht zurücknehmen kann.

Ich habe das Gefühl, mein altes Ich wäre in irgendeinem Krankenwagen aufgebahrt, raste eine viel befahrene Straße entlang, im vollen Risiko, jederzeit ein anderes Fahrzeug zu rammen, und damit den tödlichen Unfall zu verursachen, den ich brauche.

Es muss passieren und wenn der Abend, beziehungsweise die Nacht so verläuft, wie ich es erwarte, dann wird es nicht mehr lange dauern, bis meine zersplitterten Hoffnungen von einer heilen und intakten Welt mit dem nassen, harten und unnachgiebigen Asphalt kollidieren. Dann kann ich anfangen zu sein wie jeder andere, die Gefühle abstellen und genau wie Jonas die Nächstbeste angraben und mich ablenken. Ich fange an zu rennen, dabei sind es nur noch zehn Meter, die mir durch den Lauf lediglich ein paar Sekunden einsparen.

Wahrscheinlich hat sie schon auf mich gewartet, denn es dauert nur die paar gesparten Sekunden nach meinem Klingeln, bis sie die Tür öffnet.

»Hey Leon, da bist du ja.«

»Hallo. Sorry, ich bin etwas spät.«

»Ach, das macht überhaupt nichts. Warte, ich mach das.«

Sie nimmt mir den Parka ab und verschwindet kurz um die Ecke, um ihn an die Garderobe zu hängen. Ich schließe die Tür, lasse den Regen draußen, den ich jetzt nicht weiter gebrauchen kann, und entledige mich meiner Schuhe.

»Möchtest du etwas trinken?«

»Ja, gerne. Danke.«

»Trinkst du noch das Gleiche? Bier mit 'nem Shot Rum?«

Eine perfekte Vorlage.

»Daran erinnerst du dich noch?«

Dieses Getränk ist Teufelszeug und schmeckt nicht, aber es hatte seinen Effekt, nachdem meine Mutter gestorben war. Jedes Mal, wenn wir uns in der Zeit danach sahen und ausgingen, trank ich einen davon, um alles zu ertragen, dem Rausch nicht komplett zu erliegen, und doch genug, es auszuhalten. Genauso oft erntete ich schräge Blicke von den Barkeepern. Heute werde ich nicht nur ein Glas dieser Mischung trinken, sondern mehr, sodass meine Hemmschwelle so weit sinkt, dass ich mich nicht mehr daran erinnern werde, dass sie existiert.

»Natürlich weiß ich das noch.«

Ich warte, bis sie aus der Küche zurück zu mir in den Flur tritt und folge ihr an der altmodisch dekorativen Standuhr vorbei ins Wohnzimmer und lasse mich neben ihr aufs schwarze Ledersofa nieder. Aus den Lautsprechern dringt leise Musik ins Zimmer. Sie hat sich ebenfalls etwas eingeschenkt, vielleicht einen Mojito ohne Eis oder auch nur Wasser. Was interessiert es mich eigentlich?

»Ich habe ehrlich gesagt nicht gedacht, dass du herkommst.«

Klar hast du das nicht gedacht und hast nur aus einer Laune heraus dein Gesicht angemalt, den dünnen und eng anliegenden Pullover angezogen und darunter den Push-up.

Und da soll noch einer sagen, wir Männer würden irgendwelche Maschen durchziehen, wenn sie sich mir so präsentiert.

»Ich wusste auch erst nicht, ob das richtig ist, aber ich dachte mir: Warum nicht? Als ich dich neulich im Bus traf ... es hat mich daran erinnert ... also dass wir uns wirklich lange nicht mehr gesehen haben.«

Die Pausen an den richtigen Stellen und jetzt noch eine Pause, bevor ich sage: »Du siehst gut aus.«

Annika lächelt ihr bestes Lächeln.

»Musst du gerade sagen.«

Den optischen Bonus habe ich schon mal sicher. Ob es wirklich so einfach wird, wie ich denke?

»Und, wie geht es dir?«

Perfekt, es ist wirklich perfekt. Ich freue mich richtig darüber, dass sie das Gespräch zu einem lockeren Small Talk eröffnet, ich mein Lächeln aufsetzen und den Augenkontakt suchen kann und sie voll darauf eingeht. Ich muss zugeben, einen schlechten Anblick bietet sie nicht, und ich erinnere mich noch an alles von ihr. Nicht umsonst war ich mit ihr zusammen.

Als ich sie damals kennenlernte, war sie das frechste Mädchen der Klasse, immer ein geradezu spitzbübisches Grinsen im Gesicht und die am hellsten leuchtenden grünen

Augen, die ich je gesehen habe. Blonde Haare, grüne Augen und diese überwältigende Energie, sobald sie einen Raum betrat. Ich war hin und weg von ihr wie viele andere auch.

Und wie es der Zufall wollte, konnte sie ihre Augen irgendwann nicht mehr von mir lassen. Wir trafen uns, redeten viel, so manche Nacht blieben wir beide auf, mit dem Hörer am Ohr, und irgendwann schwiegen wir nur noch, aber es war schön, ihren Atemzügen zu lauschen. Die erste richtige Romanze von der ich am Anfang dachte, dass sie ewig hält.

Ich stelle sie mir wieder in diesem Zusammenhang vor. Ganz am Anfang, als alles neu war, aufregend und von so vielen ersten Malen begleitet. Nie vergesse ich es, als ich sie das erste Mal küsste. Das metaphorische Feuerwerk in mir und dass ich dachte, der Moment bleibe ewig in der Schwebe. Vielleicht wäre es so gewesen, hätten sich die Ereignisse dann nicht überschlagen. Ich war schon ein Jahr mit ihr zusammen, als das mit meiner Ma passierte. Ich war bei ihr, wochenlang pendelte ich zwischen ihr und meinem Bruder hin und her, rastlos und auf der Suche. Auf ganze zwei Jahre lief das dann hinaus, bis ich wusste, dass ich mich von ihr trennen will, und dann noch ein paar Wochen weiter, bis ich es tatsächlich tat. Ich wollte ihr nicht wehtun, aber es war unvermeidbar.

Wir reden und ich weiß nicht einmal worüber. Ihre Augen leuchten, sie streicht ihr Haar zurück, nippt an ihrem Getränk, während ich meines schnell leere. Die Wirkung setzt rasch ein, aber ich bin, obwohl es schon eine ganze Weile her ist, dass ich etwas getrunken habe, daran gewöhnt, das zu überspielen und mich ruhig zu verhalten. Sie hat irgendwas erzählt, ihre Lippen verziehen sich immer mehr, vermutlich auf dem Weg zu einer Pointe, und ich höre aktiv zu, was sie sagt.

»... und dann hast du doch gesagt: ›Frau Petersen, ich glaube, Sie sind im falschen Raum. Wir hätten gerade Geschichte, aber Herr Gottlob ist krank und wir haben eine Freistunde.‹ Und sie ... sie hat es tatsächlich geglaubt und ist gegangen.«

Sie lacht und ich stimme mit ein, erinnere mich jedoch kaum mehr daran. Das war ein anderes Leben und trotzdem kann ich nicht aufhören, mich darüber zu freuen, weil ich in genau dieses Leben zurückwill. Bevor alles den Bach runterging.

»Möchtest du noch was?«, fragt sie und deutet auf mein leeres Glas.

Ich schaue es an und nicht nur Frauen beherrschen den Augenaufschlag. Auch ich kann das und halte ihren Blick ein paar Sekunden fest, bis ich sage: »Das wäre nett.«

Eine Stunde ist schon rum. Es ist fast halb zehn und es ist schon dunkel draußen. Die Lampen auf der Fensterbank sind an und verleihen der Kulisse ein angenehmes Licht.

Der Abend schreitet fort. Wir reden so viel wie die letzten Jahre nicht und es ist so gemütlich und vertraut zwischen uns, dass man die Atmosphäre fast als romantisch beschreiben könnte. Das Auto wird immer schneller und die Brocken für die Kollision liegen bereit.

Wir trinken und lachen ausgelassen, *der alten Zeiten wegen*. Sie ist wirklich eine Süße und ihre Stimme ist so liebreizend. Reizend. Oh ja, an Reizen mangelt es ihr wahrlich nicht und dessen ist sie sich auch bewusst. Ich will nicht, dass das Bild zu perfekt ist, also überlege ich, was ich sagen kann, damit meine Absichten nicht noch offensichtlicher werden, als sie es ohnehin schon sind. Etwas Unangenehmes, aber Lösbares, und da ich nun einmal außerordentlich gut vorbereitet bin, sage ich einfach den Text meines vorgefertigten Skripts auf.

»Annika, ich muss dich mal was fragen.«

Bringe die Worte langsam und ruhig heraus. Lalle nicht. Sei Herr deiner Sinne, auch wenn es so verlockend ist, dem Gift in deinen Adern zu verfallen.

»Frag ruhig.«

Ihre grünen Augen sind auf mich gerichtet, erwartungsvoll geweitet.

»Ehm ... also ... als wir uns getrennt haben, da habe ich Gerüchte gehört. Kannst du mir sagen, ob sie gestimmt haben?«

»Was für Gerüchte?«

Ich knabbere auf meiner Unterlippe herum, bevor ich antworte.

»Also, es wurde behauptet, dass da was mit Jonas gewesen ist. Dass du mit ihm zusammen warst. Stimmt das?«

Sie senkt den Blick, denkt für ein paar Sekunden nach und schaut dann zu mir auf.

»Nein, Leon. Das stimmt nicht. Ich war doch gerade erst von dir getrennt, da wollte ich keinen anderen. Ich hatte noch gehofft, dass wir wieder zusammenkommen.«

So eine verdammte Lügnerin. Ich weiß es genau, habe sie zusammen gesehen, wie sie ihn küsste in einem dieser Clubs, in dem ich mein Bier mit Rum trank, und wie er sie mit sich aufs Herrenklo zog. Auf die Toilette! Damals waren er und ich sogar noch so was wie Freunde. Dort haben sie es in einer Kabine getrieben. Ich weiß es, weil ich ihnen folgte, um mich davon zu überzeugen. Und da ich eben nur ein wenig angetrunken war, jedoch nicht wie die restliche Meute volltrunken, reichten mir fünf Sekunden ihres rhythmischen Stöhnens, um zu wissen, was Sache ist. So war es für mich auch nicht schwer, mit ihr abzuschließen. Ihr Techtelmechtel zeigte mir nur noch mehr, dass meine Entscheidung richtig war. Aber gut für mich, dass sie das so unter den Teppich kehrt, um mir zu gefallen, was anderes will ich von ihr nicht, denn es vertreibt die letzten Zweifel daran, ob ich es wirklich durchziehen kann.

»Ich bin erleichtert, dass du das sagst.«

»Warum? Bei unserem letzten Gespräch warst du recht abweisend zu mir. Dann willst du mich auf einmal sehen und jetzt sagst du, du bist froh?«

Ich hole hörbar Luft und schaue ihr tief in die Augen, baue die Spannung im Raum auf und breche das Schweigen im richtigen Moment: »Mir tut es sehr leid, dass ich so blöd zu dir war. Es war kein leichter Tag für mich.«

Das stimmt sogar. Ihr geht ein Licht auf und sie nickt verständnisvoll und scheint ein schlechtes Gewissen zu haben. Ich nehme ihre Hand.

»Aber abgesehen davon … geht mir jedes Mal, wenn ich dich sehe, durch den Kopf, dass ich vielleicht ein riesengroßer Idiot bin …, weil ich mich damals von dir getrennt habe.«

Laut ausatmen, als wäre es endlich raus.

»Was bedeutet das?«

Es ist eine Situation, in der ich hin- und hergerissen bin. Während ich mich winde, kommen die schummrigen Lichter immer näher, teilen sich auf und wirken wie ein Haufen Glühwürmchen, die sich auf die Knospen dieser wiedererblühenden Liebe setzen und sie erst bemerkbar machen. Gleichzeitig wird der Raum enger, zweisamer und ich lehne mich in ihre Richtung. Das Lila ihres Pullovers kommt mir näher, als würde ich mein Gesicht in einen Strauß Veilchen tauchen.

»Ich glaube, es war ein Fehler, dass wir Schluss gemacht haben.«

Ich küsse sie und lasse den Alkohol handeln.

»Leon, meinst du das ernst?«

Sie schaut mich an, überrascht und unsicher, ob sie mir das wirklich glauben kann. Weil sie es will, nicht weil sie an meinen Worten zweifelt, eher daran, ob ihre Ohren noch richtig funktionieren. Jedes Mal wenn wir uns begegnen, sind es die gleichen Blicke, Worte, die Frage, ob wir uns sehen. Ich pokere und setze alles auf eine Karte, denn vielleicht war ich der Letzte, in den sie wirklich verliebt gewesen ist, und das könnte ich zu meinem Vorteil nutzen. Wenn es stimmt, muss ich zumindest versuchen, diese alten Gefühle neu zu entflammen, dafür bedarf es manchmal nur eines einzigen Abends in der Vergangenheit. Viola ist nicht hier, um mich zusammenzuhalten, also brauche ich einen Ersatz, wenigstens für eine Nacht.

»Ja, Anni, ich meine das ernst.«

Wieder küsse ich sie und sie geht zu meiner Erleichterung darauf ein.

»Gott, ich vermisse dich«, murmle ich.

Sie lässt sich zurücksinken und ich folge ihr.

»Leon …«

Ja, stöhne meinen Namen und tu das, was du schon mit Jonas getan hast. Es zählt doch nichts. Die Wahrheit nicht, schließlich hast du mich angelogen, die Vergangenheit nicht, schließlich hat Jonas dich gefickt, kurz nachdem wir uns getrennt hatten.

Meinen Worten und Taten habe ich den Wert genommen, weil sie mich nur weiter in die Scheiße reinreiten. Es ist, als wäre ein Vorhang gefallen, der alles in dieser Szenerie in undurchschaubare Schatten hüllte. Jetzt ist alles hell und klar. Wir hören auf zu reden, nur noch hier und da ein geflüsterter, kurzer Satz, ein dahingehauchtes Wort, während ich mich an ihrem Körper entlangtaste, ihren Pullover hochschiebe und ihre Brüste umfasse, ganz klar nur auf das eine aus.

Sie könnte abbrechen und sagen, es gehe ihr zu schnell, aber weit gefehlt. Stattdessen ändert sie ihre Position, rutscht ein Stück runter und spreizt ihre Beine. Sie will es wirklich tun und ich merke ihre Hände schon an meiner Hose, wie sie versucht den Gürtel zu öffnen. Hat sie es so nötig?

Ich sehe sie vor mir, die Trümmer auf der Straße. Noch ein paar Sekunden und wir kollidieren. Man kennt es aus Filmen, die Sekunden, in denen einen die Erkenntnis überrollt und die wie eine Ewigkeit erscheinen. So geht es mir, ich bin in einer Zeitlupe gefangen und kollidiere …

Fast.

Ich kann es nicht.

Noch während ich sie küsse und sich meine Hände unter ihrem Pullover befinden, wird mir klar, dass ich es nicht machen kann, und dabei gibt sie mir alles, was ich will. Sie ist naiv, unüberlegt, vielleicht sogar noch etwas verliebt in mich und macht es mir so leicht, sie auszunutzen, aber es geht nicht.

Sie löst ihre Lippen von meinen, küsst meinen Hals und hat die Schnalle meines Gürtels geöffnet. Ich empfinde nichts dabei, bin weder von ihr betört noch verfalle ich dieser einfachen Chance auf Sex. Nein, darum geht es mir schon lange nicht mehr, ging es mir nie, und ich kann es nicht abstellen.

»Annika … hör auf. Bitte hör auf«, keuche ich, doch sie hört es nicht, hat ihre Hand schon in meiner Hose, und ich ziehe sie zurück.

»Was ist? Was hast du?«, fragt sie außer Atem.

»Ich kann das nicht. Ich … ich habe getrunken und du auch. Wir … wir sind nicht ganz klar, das ist zu schnell.«

Als hätte ich mir auch diesen Satz zurechtgelegt, aber der ist improvisiert.

»Es ist alles gut, Leon, ich will es. Küss mich.«

Sie entzieht mir ihre Hand und lässt sie wieder in meine Hose gleiten, doch mein Kopf hält seine verdammte Fresse nicht und beschimpft mich wütend und will mich davon abhalten, es einfach geschehen zu lassen.

»Das ist nicht richtig Anni, das geht nicht.«

»Ich weiß, wie du dich fühlst. Ich habe das auch nicht erwartet, aber es ist okay.«

Ich bin kollidiert, doch nicht mit meinen Überresten, die lebendiger zu sein scheinen denn je, sondern mit dem Ding in mir, was mir Moral und Anstand bewahren will. Es brodelt über und mit der Wucht eines Tsunamis überrollt mich die heiße Wut und ich funkle sie an, während sie hinzufügt: »Ich habe nur Wasser getrunken. Ich bin klar und ich will dich.«

Sie presst sich an mich, doch ich reiße mich geradezu von ihr los. Verärgert schaut sie mich an, doch ich vergeude keine Zeit und springe auf. Während ich in den Flur laufe und meine Schuhe suche, ziehe ich den Reißverschluss meiner Jeans zu und den Gürtel ebenfalls.

»Was ist los mit dir?«

Unbeholfen steht sie da und sieht zu, wie ich mir die Schnürsenkel zubinde. Meine Hände zittern und es dauert mir zu lange, bis ich es endlich geschafft habe.

»Du … ich weiß … ich weiß, dass du was mit Jonas hattest. Du lügst mich an«, unternehme ich einen Fluchtversuch aus dieser bizarren Situation.

»Was … was … Leon, das ist …«

»Nicht wahr? Ich habe euch doch gesehen, hast dich schön mit ihm vergnügt. Das habe ich allerdings nur gehört. Gereicht hat es mir trotzdem.«

»Es tut mir leid!«

»Warum hast du es getan?«

Wütend reiße ich den Parka vom Haken.

»Es ist einfach passiert.«

Was für eine schwache Ausrede.

»Bitte bleib … es … war doch gerade so schön.«

Der Schock ist ihr anzusehen. Ich fange an zu lachen, und das macht das alles noch grotesker.

»Was willst du von mir, Annika? Wenn du untervögelt bist, such dir jemand anderen.«

Damit verlasse ich das Haus und bin wieder umhüllt von dem mittlerweile strömenden Regen. Ich schaue auf die Uhr. Es ist kurz vor halb elf und ich muss mich richtig konzentrieren, geradeaus zu laufen und nicht hinzufallen.

»Verschwinde, du Arschloch! Und lass dich bloß nicht noch einmal hier blicken!«, höre ich ihr wütendes Rufen in meinem Rücken.

Sie soll sich nicht so anstellen, schließlich hat sie mich noch dazu überreden wollen, mit ihr in die Kiste zu springen. Nicht mit mir. Soll sie sich doch wieder von Jonas nehmen lassen.

Irgendwie schaffe ich es zur Bushaltestelle und sehe die Scheinwerfer der Autos vorbeirasen. Ich bin allein und wieder am gleichen Punkt angelangt wie vor dieser bescheuerten Idee. An einem Ort wie diesem hat es angefangen, das erste Kreuz auf einer riesigen, verschlüsselten Karte mit der Beschriftung: Begegnung mit der Liebe meines Lebens.

Was ist mit mir passiert?

Was hast du bloß mit mir gemacht?

KAPITEL 13

SIE

13:57 Uhr und ich mach heute keine Minute länger. Gleich kommt Nelle vorbei, endlich. Viel zu viele Tage sind vergangen, seitdem ich ihr geschrieben habe, und jetzt hat sie endlich ein Zeitloch in ihrem Kalender gefunden, sodass ich heute die Gelegenheit dazu habe, mit ihr zu reden. Es ist bitternötig. Ihr letzter Stand beruht auf einer WhatsApp-Nachricht, die auch schon wieder eine Woche alt ist. Was soll ich ihr aber vorwerfen? Sie hat viel zu tun, hat Abschlussprüfungen in Chemie und ist nur am Lernen. Ich vergesse immer den fachlich korrekten Ausdruck ihres Studiengangs, aber das, was ich gesehen habe, ist schon zu anspruchsvoll für mich.

Noch ist sie nicht da und ich will fertig sein, wenn sie hier ist, also zwänge ich mich an Johanna vorbei zu Astrid.

»Hey, ich würde dann Schluss machen. Braucht ihr was aus dem Lager?«

Sie wirft einen Blick unter den Tresen.

»Zweimal große und zweimal kleine Becher.«

Bitte. Aber egal, Hauptsache, ich kann gehen.

»Okay, alles klar. Dann bis gleich. Ich bin oben.«

Ich drücke Johanna kurz.

»Wieso gehst du schon?«

»Ich treffe Nelle.«

»Ah, verstehe. Wir sehen uns morgen?«

»Ja, auf jeden Fall.«

»Macht einer Kasse, bitte?«

Miss Keine-Privatgespräche-Astrid. Jedes Mal könnte ich bei ihr kotzen, doch ich darf mich jetzt nicht beschweren, nachher spannt sie mich sonst doch noch fürs Getränkeholen ein.

»Ja, ich mach das. Hallo, was darf es sein für euch?«, springt Johanna ein.

»Tschüss, Jenny!«, rufe ich einer anderen Kollegin zu, die in der Ecke das Geld vom Abschlag zählt und die ich doch glatt übersehen hätte, wenn ich mich nicht so unnötig unbeholfen noch einmal um mich selbst gedreht hätte, um an Johanna vorbeizukommen – direkt in Lukes Arme.

»Hey, was ist das denn? Du willst schon gehen?«

»Ja, ich treffe mich mit einer Freundin. Sie muss aber um 15 Uhr schon wieder los.«

»Ich dachte, wir machen beide bis drei ...«

»Machen wir ja auch, nur du arbeitest und ich nicht.«

Er zieht mich zu sich (oh je, wenn das jetzt Astrid sieht), schaut mich lange an und senkt dann den Kopf.

»Luke? Ist das Geschirr schon unten?«

Natürlich! Natürlich muss sie stören.

»Kaffee neu«, ruft Johanna und damit sollte unser Big Boss jetzt kurz beschäftigt sein.

»Ich kümmere mich gleich darum«, ruft Luke zurück.

Das wird uns ein paar Sekunden einbringen. Luke verdreht die Augen, sieht mich dann fragend an und zieht mich noch einmal zu sich.

Er kann mich so vereinnahmen, dass ich den Boden unter

den Füßen verliere. Die Euphorie strömt mir in jede Faser und stellt mein Denken ab, als setzte er mich unter Strom. Deswegen habe ich die letzten Nächte auch bei ihm verbracht. Es ist leichter, Leons Stimme in meinem Kopf zu ignorieren, wenn Lukes Hände über meine Haut streichen und er mich mit seinen Küssen zum Schweigen bringt. Bei dem Gedanken an gestern wird mir immer noch heiß.

Ich schaue nicht weg, lege meine Arme kurzerhand um seinen Hals, komme seinem Gesicht mit meinem entgegen und öffne den Mund, um ihn zu schmecken. Kurz nur, dann bin ich weg, ehe er es überhaupt mitbekommen hat, greife mir den Schlüssel und mache mich auf den Weg die Treppe hoch. Hoffentlich hat Astrid es gesehen. Und Johanna auch, damit sie mich nicht weiter davon zu überzeugen versucht, dass alles gut werden wird. Ich sehe nach vorne und will den Rest einfach nur hinter mir lassen.

Oben angekommen, die Tür geschlossen und den Schlüssel gedreht, muss ich erneut ein paar Stufen nehmen, bis ich in der Lager-Umkleide stehe und endlich aus meinen nach Essen riechenden Klamotten raus kann. Ich muss mich kurz setzen. Vielleicht wären ein paar Stunden mehr Schlaf doch gut gewesen. Und ich muss mehr trinken. Ich kaufe mir gleich noch 'ne Flasche Wasser und auf jeden Fall noch etwas zu essen. Mir knurrt schon seit Stunden der Magen.

Einmal kurz durchatmen, die Augen schließen, dann geht es weiter. Schnell ziehe ich mich um und wechsle meine Schuhe. Ich versuche keinen Gedanken daran zu verschwenden, dass ich ihn vor all den Leuten geküsst habe. Vor Freunden, Kollegen und der Kundschaft, egal, wie gut sie hingesehen haben oder nicht. Ich mache das mit uns öffentlich, obwohl es da gar nichts Offizielles gibt.

Wir sind jetzt seit zwei Wochen … zusammen, keine Ahnung, wie ich es anders nennen soll. Eigentlich will ich darüber auch nicht nachdenken. Wir haben einfach Spaß, was Lockeres ohne Verpflichtungen, und es hilft mir oft genug, nicht an Leon zu denken. Ich sehne jetzt schon den Abend herbei, wenn wir wieder alleine sind.

Fertig machen und raus. Ich nehme mir den Rucksack und meine Jacke, ziehe noch schnell die gewünschten Becher aus einem Karton, tripple die Stufen hinab und muss mich noch einmal abstützen, bevor ich die Tür öffne. Ich sollte mir echt angewöhnen, 'ne Zwei-Liter-Flasche mit mir rumzutragen, damit mein Kreislauf diesen Mist mitmacht.

»Ich packe den Schlüssel in den Schrank.«

»Du bist ein Engel.«

Luke, schon wieder macht er es.

»Ich weiß.«

Ich zwinkere ihm zu, drehe mich um und setze mich an den Tisch hinter der Säule, vor der der Jet Spray mit dem Homemade Ice Tea steht, und habe die Tür perfekt im Blick. Ich breite meine Jacke über der Lehne aus, platziere meinen Rucksack auf dem Stuhl neben mir und fange damit an, Löcher in die Luft zu starren. Wo bleibt sie denn? Sonst ist sie immer überpünktlich …

Plötzlich tippt mich jemand an der Schulter an, und als ich mich umdrehe, steht auf einmal Nelle vor mir. Komisch, ich habe gar nicht gesehen, wie sie den Laden betreten hat. Aber ehrlich gesagt interessiert mich das nicht länger als eine Sekunde. Endlich ist sie da und ich schließe sie erst mal in meine Arme.

»Hey, wo kommst du denn her?«

»Na, durch die Tür.«

»Haha, sehr lustig. Seit wann bist du da?«

»Seit zwei oder drei Minuten, war noch auf Toilette. Wollen wir was trinken?«

»Klar und ich will auch 'ne Kleinigkeit essen.«

»Klingt gut.«

Keine fünf Minuten später sitzen wir wieder am Tisch. Sie hat einen Tee und ich einen Vanilla Latte, beides groß, natürlich, und dazu noch jeweils ein Stück von diesem sagenhaft leckeren Apfelkuchen. Nelle hat sich für die Mandelecke entschieden.

»Ist schön kalt draußen und das Ende März! Ich habe mir den Arsch abgefroren auf dem Weg hierher.«

»Na hier ist es ja zum Glück warm. Alles klar bei dir?«

»Ach, nur der übliche Stress. Sind solche Zicken in meinem Kurs, die gehen mir so auf die Nerven. Aber mit denen werde ich schon fertig.«

»Sicher?«

»Was anderes bleibt mir doch nicht übrig, also ja. Du könntest mir da eh nicht helfen.«

»Da hast du auch wieder recht. Prüfungen sind gut gelaufen?«

»Bisher waren sie okay, aber ich denke, ich muss noch ein paar Nächte durchmachen, um auf das Level zu kommen, das ich haben will.«

»Nicht, dass du dir zu viel vornimmst.«

»Wird sich zeigen. Bisher war ich am Ende immer zufrieden.«

»Ich drücke dir die Daumen.«

Kaum sitzen wir, sind wir auch schon in ein Gespräch vertieft. Kein Oh-mir-geht's-so-schlecht, weil ihr ein Fingernagel eingerissen ist oder sonst was Banales. Anders als bei Julia, Miss-Ach-hör-dir-erst-mal-meine-Probleme-an.

Du hast 'nen Job, du hast ein Studium und du hast einen Freund, der dich abgöttisch liebt! Deine Eltern würden alles für dich tun, egal, welchen Mist du baust, Papis Kreditkarte regelt das schon, also wo ist dein Problem? Du hast keins.

Aber Nelle ist nicht so. Sie braucht niemanden, der ihr ein Taschentuch reicht, höchstens 'nen Fuß, der ihr den nötigen Tritt verpasst, damit es losgehen kann. Keine Dramaqueen, sondern ein ganz normaler Mensch. Danke, dass es auch solche gibt.

Wir führen noch eine Weile diesen relativ belanglosen Small Talk fort, zupfen ab und zu einen Krümel vom Kuchen ab, bis sie auf das Thema zu sprechen kommt, weswegen ich sie in erster Linie hergebeten habe.

»Also, du hast mir geschrieben.«

»Wann hab ich dir was geschrieben?«

»Vor zwei Wochen? Und vor 'ner Woche noch mal vielleicht?«

»Ah, das.«

Klar weiß ich, worum es geht, aber ich war noch nie ein großer Fan davon, ins Wasser zu springen, ohne vorher die Temperatur zu testen, also warte ich auf ihre Worte, um darauf zu reagieren. Sie kennt das. Ein prüfender Blick in mein Gesicht, schon zieht sie etwas aus ihrer Handtasche heraus, pustet sich das dunkle Haar aus dem Gesicht und schraubt kurze Zeit später den Verschluss einer kleinen Flasche auf.

»Feuerwhiskey«, flüstert sie.

»Bester Stoff«, beende ich unseren Insider, ein Mix aus Harry Potter und einfachem H_2O.

Wir summen *Hedwig's Theme*, rühren unser jeweiliges Getränk mit der Kuchengabel um und schaffen es wie immer nicht zum Ende, weil wir vorher lachen müssen. Zum Glück kann Luke mich gerade nicht sehen und vor allem nicht hören.

»Coole Farbe«, sage ich und deute auf ihre lackierten Nägel.

»Blut«, sagt sie trocken und wir lachen wieder.

»Du? Wer ist das an der Bar?«, fragt sie plötzlich.

Ich lehne mich zu ihr rüber, um besser sehen zu können.

»Du meinst am Barista?«

»Wie auch immer das Ding heißt.«

»Luke.«

»Aha.«

»Wieso fragst du?«

»Trink erst einmal.«

Also trinke ich, bevor sie mich schubst, ich falle und ins kalte Wasser eintauche. Kommentarlos nehme ich es hin, schließlich habe ich sie durch dieses Treffen darum gebeten, genau das zu machen.

»Ich muss dir sagen, dass er dich auf 'ne gewisse Art und Weise ansieht.«

»Kann er doch gar nicht, wenn ich hier sitze.«

»Das meine ich auch nicht. Du weißt, dass ich nicht ein Ansehen im jetzigen Zeitraum gemeint habe.«

Ich spüre den Puls an meiner Schläfe; fühle, wie mein Herz immer mehr Blut in die obere Etage pumpt, und hoffe, dass ich nicht rot werde. Ich werde eigentlich nie rot, aber die Hitze spüre ich trotzdem in meinen Wangen.

»Was meinst du dann?«, weiche ich aus.

»Du hast doch was mit dem, oder? Mal ehrlich, so vertraut,

wie ihr miteinander umgegangen seid, als ich reinkam. Als hätte er dich nackt gesehen.«

»Wie … also bist du doch schon länger da?«

»Ja. Und die Blicke sind mir auch nicht entgangen. Nicht nur von ihm, deine Augen klebten ja geradezu an seinen. Hältst du das für eine gute Idee? Noch vor 'ner Weile hast du mir regelrechte Abhandlungen über Leon geschrieben und nun dieser Typ?«

»Was ist daran falsch?«

»An sich nichts. Er sieht verdammt gut aus, keine Frage. Nicht mein Typ, aber er hat was. Das ist ja der Punkt.«

»Das verstehe ich nicht.«

Nicht, dass ich schwer von Begriff bin, aber ich bin ein Meister darin, mich herauszureden.

»Der könnte jede Nacht 'ne andere haben und du schmeißt dich ihm auch noch an den Hals.«

Ich habe ihr bisher nichts von Luke und mir erzählt, das wollte ich heute machen. Woher hat sie dann die Auffassung, dass ich mich …

»Du hast alles gesehen, oder?«

»Wie du ihm in die Arme gefallen bist und ihr rumgemacht habt? Ja, allerdings habe ich das.«

Die Flut in meinem Kopf ist vorüber und eine Eiszeit von kurzer Dauer, aber überaus präsent, macht sich breit.

Konzentration. Ich wollte dieses Gespräch und ich muss da durch, aber dafür muss ich funktionieren. Endlich taut es und der Mond in meinem Inneren kann die Gezeiten wieder spielen lassen, das Blut aus meinem auftauenden Kopf ziehen und zum Zirkulieren bringen.

Eine Pause entsteht, in der wir essen, und ich schmecke die Äpfel nicht einmal. Eben hatte ich solch einen Hunger, jetzt ist mir fast schlecht bei dem Gedanken an Essen. Wieso wollte ich mit ihr reden? Das alles wieder aufzuwärmen und durchzudiskutieren, das führt doch zu nichts.

Ich muss was trinken, das Feuerwasser mit Kaffee vor mir. Ich brauche es jetzt, um den Mund aufzubekommen.

»Also?«

»Ach Nelle, ich weiß doch auch nicht, was ich sagen soll. Ja, wir sind zusammen, aber das ist was Lockeres.«

»Seit wann gehst du denn bitte lockere Sachen ein?«

»Du hast meine Texte doch gelesen. Ich schaff es einfach nicht anders. Luke ist ..., er ist eine gute Ablenkung.«

»Eine Ablenkung, die dir noch mehr zusetzen wird, wenn du nicht aufpasst.«

»Das glaub ich nicht.«

»Mann, Vio, ich kenn dich doch, und das bist nicht du. Seitdem das mit ...«

»Sag es nicht!«

»Aber du weißt, worauf ich hinaus will. Seitdem er dich so eiskalt abserviert hat, hast du voll die Bindungsängste und vertraust echt keinem mehr. Was war denn mit Noah? Nach dem Fiasko hast du dich doch nur mit dem Zeug zudröhnen wollen, das er vertickt hat, und bist dann irgendwie mit ihm zusammengekommen, nur weil er ein paar nette Worte gesagt hat. Er wäre ganz anders, wenn man ihn kennen würde.«

Ich hatte irgendwann einfach kein Geld mehr, um das Gras und die Pillen zu bezahlen, und er bot mir eine andere Art der Bezahlung an. Klar, ich hätte meine Eltern um Geld bitten können, aber wie hätte das denn ausgesehen: »Hey, hier ist Viola, eure Tochter. Tut mir leid, euch zu stören, aber könnt ihr mir Geld leihen? Ja, ich habe ein 2,4er-Abi, keinen Studienplatz und neben meiner Anwalts-Schwester in Paris stehe ich echt schlecht da, aber genau deswegen brauche ich es ja. Immerhin lässt mich das Zeug vergessen, was für eine Enttäuschung ich für alle bin.«?

Noahs Angebot war da verlockender, als mich auf dieses Gespräch einzulassen. Und ich hatte genug Dinge zu verdrängen, inklusive eines gebrochenen Herzens. Seine netten Worte haben mich darin nur bestärkt, sodass es sich für eine Zeit lang tatsächlich so anfühlte, als wären wir zusammen.

»Oder David? Er hatte sich so lange um dich bemüht, bis du ihn dann grundlos abgeschossen hast. Ich glaube dir auch immer noch nicht, dass er einfach nicht dein Typ war und du deswegen Schluss gemacht hast. Nach Monaten.«

Wie sollte ich dir auch erklären, dass es dabei von Anfang an um eine Wette zwischen ihm und Noah ging? Ich hatte ja nicht einmal gewusst, dass sie sich kannten, ich dachte, David wäre einfach nur ein Kunde von ihm. 50 €, ob er es schaffen würde, uns beim Sex zu filmen. Ich habe das Video später auf seinem Handy gefunden, die Nachrichten gesehen und festgestellt, dass er es noch nicht verschickt hatte – die Datei hatte nicht geladen. Ich löschte es, schmiss sein Handy in die Elbe und schämte mich in Grund und Boden, dass ich offenbar nichts dazugelernt hatte. Wie hätte ich dir sagen sollen, dass sie mich schon als Schlampe abgestempelt hatten? Mit meinem ersten Freund war ich bei Noah gewesen, wenn er sich ein bisschen Gras holte. Nachdem wir Schluss gemacht hatten, kam ich dann mehr oder weniger freiwillig mit Noah zusammen, über den ich David kennenlernte. Sie alle wussten, was passiert war, und es machte ihnen trotzdem nichts aus, sich einen Spaß daraus zu machen, mich herumzureichen.

»Leon war die ganze Zeit für dich da und hat den Scheiß mitgemacht, auch wenn er die anderen über ein paar Ecken kannte und ungefähr wusste, was los war. Und ich habe ehrlich gesagt gehofft, dass er die Initiative ergreifen würde.«

»Du hast *was?*«, entfährt es mir ungläubig.

»Ja! Das mit Noah hat verstanden, wer will, und David … er war ein netter Kerl, sportlich, gebildet, ein Bild von einem Freund, aber so was hast du offenbar nie gesucht.«

Es kostet mich alle Beherrschung, nicht laut zu lachen, als sie das sagt. Ich denke, es war richtig, ihr nicht zu erzählen, was wirklich passiert ist, niemandem habe ich es bisher gesagt, und das wird so bleiben. David war der Letzte, bei dem ich mein Herz ausgeschüttet hatte und das Risiko eingegangen war, Vertrauen zu fassen. Er war ruhig und verständnisvoll, hat mich in den Arm genommen und gesagt, er werde mich beschützen, damit so was nie wieder passieren könne. Ein makabrer Scherz, der den letzten Rest meines Selbstwerts zerstörte, und den Fehler begehe ich kein zweites Mal. Lieber bin ich komisch, anstatt auch bei meinen Freunden als Schlampe abgestempelt zu werden. Vor allem jetzt, wo es um Luke geht und darum, ob etwas Lockeres zu mir passt. Wie interessant wäre es, diese Frage mit dem Wissen, das ihr fehlt, zu beleuchten. Ich schüttle den Kopf. »Das Gespräch hatten wir schon.«

»Das hatten wir schon zweimal, ich erinnere mich noch an meinen Vortrag. Aber ich habe das Gefühl, dass du mir nicht zuhörst. Bei dem einen hat es zwei Monate und bei dem anderen drei gehalten, dazwischen hast du mal mit anderen Typen rumgemacht oder dich an Leon geklammert.«

»Habe ich überhaupt nicht!«

»Ich habe die Nachrichten alle noch, gib mir ein paar Tage und ich sag dir, wie oft du zu ihm bist, um dich trösten zu lassen.«

Ich schnaube verärgert und kneife die Augen zusammen, um nicht zu weinen.

»Hey.« Nelles Stimme ist auf einmal ruhiger, hat aber keine Spur ihrer Ernsthaftigkeit verloren. »Ich will dir ja nur noch einmal zeigen, worauf du da gerade zusteuerst mit … Luke, richtig?«

»Ja.«

»Was ist denn vorgefallen? Du wolltest es mir nicht schreiben, aber jetzt kannst du es mir erzählen. Wieso wieder ein anderer Mann? Und das so plötzlich?«

»Ach Nelle, ich mag es gar nicht sagen.« Atmen, verdammt, ich muss atmen. »Ich drücke es mal so aus: Leon hat die Initiative ergriffen und ich bin voll darauf eingegangen.«

Die Verwirrung ist ihr ins Gesicht geschrieben. Soll sie sich freuen oder nicht? Und warum strahle ich nicht wie das berühmt-berüchtigte Honigkuchenpferd?

»Du meinst, er hat dir gesagt, dass er dich mag? Also dass er in dich verliebt ist?«

»Auch.«

»Und er hat dich geküsst?«

»Auch.«

»Mann, jetzt lass dir doch nicht alles aus der Nase ziehen. Sag, was los ist.«

»Wir waren doch auf dem Konzert.«

»Ja, von Kodaline, ich weiß.«

»Genau, und ich hatte meinen Schlüssel nicht mit.«

»Komm bitte zum Punkt.«

»Also wir waren da und haben uns die Show angesehen und so weiter, und das war auch alles richtig schön. Wir haben danach unsere Jacken geholt und ich meinen Rucksack, und als ich kontrollieren wollte, ob alles da ist, merkte ich, dass der Schlüssel fehlt. Also habe ich Leon gefragt, ob ich mit zu ihm kann, weil meine Eltern ja bei meiner Schwester in Paris sind, und die Nachbarn sollten auch erst am nächsten Tag wiederkommen, die hätten 'nen Ersatzschlüssel gehabt. Die waren im Skiurlaub. Er sagte, es wäre kein Problem, und während er noch kurz auf Toilette ging, habe ich mir ein Glas Wein gegönnt. Vielleicht auch zwei, guck mich nicht so an! Und … und dann sind wir halt zu ihm und er hat meine Hand gehalten, als wir von der Bahn aus gelaufen sind. Dann hat er mich auf so einer Brücke geküsst und später, als wir dann bei ihm waren …, also da …, kannst du es dir nicht denken?«

»Ihr wart im Bett?«

»Ja, verdammt! Sag's doch noch lauter.«

»Wer von uns beiden schreit denn hier rum? Komm mal wieder runter!«

Ich atme durch und bemerke das leichte Zittern in mir. Ich bin angekommen und stehe am Rand, will springen und zu Luke und ihn mit mir ins Lager ziehen und küssen und einfach nur vergessen, was ich gerade erzählt habe. Ich will die Gedanken und Erinnerungen schnell zurück in eine dunkle Ecke schieben, wo ich so tun kann, als würde es sie nicht geben. Nelle schiebt mir meine Tasse zu, ich trinke sie leer und beruhige mich ein wenig.

»Du bist doch schon ewig in ihn verliebt, wo ist denn das Problem bei der Sache?«

»Ich liebe ihn nicht.«

Was für eine Lüge! Ich bekomme es nicht einmal glaubwürdig über die Lippen.

»Viola, ich verstehe, dass dich die anderen Typen fertiggemacht haben, aber das hat doch nichts mit Leon zu tun. Ich meine, du schreibst mir die ganze Zeit davon, was du über ihn denkst, dass ihr euch geküsst habt, dass du mit ihm zusammen sein willst, und jetzt machst du die komplette Kehrtwende? Klar, es kann auch schiefgehen, aber das Risiko hast du überall. Warum das mit Luke?«

»Mit Leon, da ist es so … ich kann es nicht ausdrücken. Er ist mir so unheimlich wichtig, immer noch, auch wenn ich seit Wochen nicht mit ihm geredet habe.« Ich atme einmal tief durch. Kein einziges Wort kommt mir einfach über die Lippen. »Es würde mich kaputt machen, wenn es ihm nicht so ginge wie mir. Ich habe die ganze Scheiße schon einmal durchgemacht« – drei Mal – »und als ich wusste, dass ich mit zu ihm gehen würde, habe ich solch eine Panik bekommen, weil ich eigentlich genau das wollte. Doch was ist, wenn er nur darauf gewartet hat?«

»Deswegen hast du getrunken?«

Ich zucke mit den Schultern.

»Ja. Und dann waren wir bei ihm und es ist einfach passiert. Ich wollte es, er hat mich zu nichts gezwungen und nichts falsch gemacht, aber als ich dann aufgewacht bin, hatte ich plötzlich eine solche Angst, dass ich alles kaputt gemacht habe, und bin abgehauen. Nelle, was soll ich machen? Selbst wenn ich mir sicher wäre, dass er es ernst meint, wie kann ich ihm jetzt noch unter die Augen treten?«

Sie nimmt meine Hand und streicht mir beruhigend über den Handrücken. Diese Berührung gibt mir Mut, den Rest zu erzählen und den Kreis damit zu schließen.

»Ich vermisse Leon die ganze Zeit. Je mehr Tage vergangen sind, desto schwerer ist es geworden, und dann hat Luke mich nach 'nem Date gefragt. Ich war mir nicht sicher, überhaupt nicht, aber dann sagte er, wir müssten keine große Sache daraus machen. Ganz locker. Und ich dachte, dass es mich vielleicht ablenken könnte, wenn sonst nichts funktioniert. Ich war schon so kurz davor Leon anzurufen und wollte das nicht riskieren. Es ist besser, wenn wir es einfach dabei belassen, damit keiner von uns noch mehr verletzt wird als nötig.«

Ich schlucke und schürze die Lippen. Auch wenn ich den letzten Satz ernst meinte, rebelliert mein wundes Herz rigoros dagegen an.

»Vielleicht solltest du dann besser mit gar keinem zusammen sein, wenn du über Leon nicht hinweg bist, nicht einmal zur Ablenkung. Du kannst nicht davon reden, dass du ihn liebst, und gleichzeitig mit Luke ins Bett gehen, das funktioniert nicht. Und wer verspricht dir, dass Luke dich nicht auch verletzen wird?«

»Es ist nichts Ernstes zwischen uns, das sagte ich doch schon. Keine Ahnung, wie lange es noch laufen wird, aber nur dank ihm habe ich zum ersten Mal seit einer Ewigkeit wieder Spaß und denke nicht pausenlos nach. Er ist klug und witzig und ich muss mich nicht verstellen. Außerdem weiß er, dass ich mich gerade getrennt habe und mich in nichts Neues stürzen will.«

»Wenn du meinst«, sagt sie wenig überzeugt und zieht die Augenbrauen hoch. Wie sie das sagt und die Art, wie sie das Gesicht verzieht, lassen es bei mir aussetzen.

»Warum ist es eigentlich okay, wenn du von einem Typen zum nächsten stolperst und deinen Spaß hast, und bei mir ist es eine große Sache?«, fahre ich sie in gedämpftem Ton an und habe die Hände geballt.

Sie beugt sich zu mir und lächelt mich bedächtig an.

»Weil ich das so will, Süße. Du auch?«

Ich streiche mir mit der Hand die Haare zurück und wende das Gesicht ab. Luke ist nach wie vor bei den Siebträgern und ich weiß nicht, was ich sagen soll. Gerade würde ich dieses Gespräch so gerne gegen seine Berührungen eintauschen. Nelle holt alles wieder hoch, was ich so mühevoll in den Hintergrund geschoben habe, und ich zwinge die Tränen zurück, die in meinen Augen brennen.

»Luke und ich arbeiten zusammen, und das schon seit ein paar Monaten. Wir haben miteinander geflirtet und es hat sich dann so ergeben. Es macht mir Spaß. Und ich kann es ja jederzeit beenden«, weiche ich ihr schließlich aus.

Der Blick, den wir daraufhin tauschen, könnte deutlicher nicht sein. Eine präzisere Antwort wird sie von mir heute nicht bekommen. Trotzdem stellt sie mir die nächste Frage.

»Was wäre denn, wenn du dir sicher sein könntest und Leon das Ganze einfach vergessen würde? Dass du abgehauen bist, meine ich.«

Ja, was wäre, wenn? Ich hasse diese Art von Fragen. Klar, ich würde das mit Luke sofort beenden und zu Leon gehen und ihm alles erklären. Aber was ist mit der nächsten Frage? Was wäre, wenn ich damit einen großen Fehler beginge? Was, wenn ich von Anfang an recht gehabt hätte, vor dem Ganzen wegzulaufen? Was, wenn diese Romanze von Anfang an nur in meinem Kopf existiert hat und er schon längst mit einer anderen zusammen ist?

»Das kann ich nicht, oder? Vielleicht bin ich einfach nicht für eine Beziehung geschaffen und habe das nur nicht wahrhaben wollen. Kann sein, dass ich mit Leon so gegen die Wand fahren musste, um das zu kapieren.«

»Ich denke, du solltest ihm eine Chance geben«, sagt sie, streichelt meinen Arm und lächelt mir aufmunternd zu. »Wenn du sagst, er hätte nichts falsch gemacht und du hättest es gewollt, dann hat das doch einen Grund. Nimm dir Zeit und denk darüber nach.«

Sie stellt die Teller zusammen. Irgendwie habe ich den Kuchen doch in mich reinstopfen können. Ich werfe einen Blick auf die Uhr: Es ist Viertel vor drei.

»Ich kann das nicht. Leon würde wissen wollen, was ich die ganze Zeit gemacht habe, und dann müsste ich ihm von Luke erzählen. Es würde ihm das Herz brechen. Wenn das alles echt war, dann habe ich ihm schon genug wehgetan. Ich kann es nicht wiedergutmachen. Und wenn es ihm tatsächlich von Anfang an nur darum ging, mich rumzukriegen, habe ich noch einen Grund mehr.«

Trotzdem kann ich es immer noch nicht bereuen. Seine Lippen an meinem Hals rauben mir selbst in meiner bloßen Vorstellung den Verstand. Seine Küsse und Hände, alles erscheint mir, als hätte ich einen wundervollen Traum gehabt, in dem alles stimmte und aus dem ich mich selber herausgerissen habe. Mein ganzer Körper ist davon eingenommen, wenn ich die Erinnerung auch nur für einen Moment zulasse, und ich bekomme eine Gänsehaut. Mir ist heiß und ich kneife die Augen kurz zusammen, um wieder klar zu werden.

»Ich an deiner Stelle würde ihm die Entscheidungsmöglichkeit lassen. Das kostet ein wenig Überwindung, aber vielleicht musst du ihm da einfach vertrauen.«

»Und Luke?«

»Du sagst doch selber, es sei nichts Ernstes. Und Leon muss ja nicht alles wissen, oder?«, zwinkert sie mir zu und ich beiße mir auf die Unterlippe.

Das hat doch keinen Sinn. Zu ihm zurück und ihm ins Gesicht lügen will ich nicht. Irgendwann kommt so was immer raus und wie stehe ich dann da? Kaum weg von ihm gehe ich mit dem Nächsten ins Bett. Er würde mich für eine Schlampe halten, und wie falsch würde er damit liegen? Ich könnte es nicht ertragen, vor ihm zu einem noch schlechteren Menschen zu werden, als ich es ohnehin schon bin. Das würde mich endgültig zerstören.

»Mal sehen, ich denk drüber nach«, sage ich und zwinge mich zu einem Lächeln. Ihr Blick wird weich und sie nickt mir zu.

»Du schaffst das! Ich bin ganz sicher. Und wenn was ist, kannst du mich immer anrufen, okay?«

»Okay«, stimme ich ihr zu. »Danke.«

Ich will nur, dass dieses Gespräch endlich vorbei ist.

»Ist doch klar.« Sie macht eine Pause und schaut auf ihre Uhr. Seufzend verzieht sie das Gesicht. »Du, ich muss los. Ich treffe mich noch mit meiner Mum. Ich bin froh, dass wir geredet haben, und ich bemühe mich, mir bald noch ein bisschen Zeit freizuräumen, okay?«

»Ist schon okay, ich sagte ja, dass eine Stunde passt, und du warst schließlich die letzten zwei Wochen im Dauerstress, und dass es dann doch so schnell geklappt hat, da bin ich schon froh drüber.«

»Okay, danke.«

»Wir setzen das fort.«

Sie greift nach den Tellern, doch ich schüttle entschieden den Kopf.

»Lass nur, ich bringe die gleich weg.«

Nelles Blick huscht zur Theke hinter dem Durchgang, wo Luke sich gerade den Schlüssel für oben holt.

»Denk noch einmal über alles nach. Sei bitte vorsichtig, ehe du dich da noch weiter reinstürzt. Er ist hübsch anzusehen und ich glaube dir, dass er dich gut ablenkt, aber sei ehrlich zu dir und auch zu ihm. Stell dir vor, er ist doch einer von den Guten und am Ende tust du ihm auch noch weh. Ist es das wert? Eigentlich weißt du doch, was du willst.«

Ich schüttle den Kopf. Sie zieht sich ihre Jacke über, streicht das lange Haar aus dem Kragen und schultert ihre Tasche. Wir umarmen uns.

»Du bist gerade mal zwanzig. Mach dich nicht so verrückt. Das Leben wird dir noch viele Steine in den Weg legen. Bau lieber was draus, als dagegen zu treten.«

»Das hast du jetzt nicht gesagt!«

Wir lösen uns voneinander und lächeln uns an.

»Ich habe doch recht«, sagt sie, dann geht sie.

Als sie aus der Tür ist, schlendere ich zur Treppe und warte auf Luke, der nur Sekunden später runterkommt. Mein Herz macht einen Satz und hämmert dann laut weiter. In meinem Kopf ist so viel los, dass ich meine Hände in den Hosentaschen vergrabe, damit er das Zittern nicht sieht. Ich räuspere mich und schlucke die Nervosität in mir herunter. Mein Herz weiß nicht mal ansatzweise, was es fühlen soll, und ich könnte auf der Stelle in Tränen ausbrechen.

Ich räuspere mich erneut: »Können wir los?«

»Ja, ich bring nur kurz den Schlüssel weg.«

Wenig später verlassen wir den Laden, meine Hände haben sich wieder beruhigt und meine linke liegt in seiner. Wir sind das verliebte Paar für alle, die mich nicht kennen. Er schlägt vor, in die Boberger Dünen zu gehen und zum See und danach bei ihm eine DVD zu schauen. Nach Allermöhe sind es etwa zwanzig Minuten mit der Bahn, genug Zeit hoffentlich, meine Gedanken zu ordnen und mich wieder voll und ganz auf ihn zu konzentrieren. Das Gespräch hat seinen Zweck erfüllt und mich zum Nachdenken angeregt und lässt alles in meinem Kopf rotieren.

Richtig und falsch. Doch ich bin so ratlos wie vorher, was was ist.

KAPITEL 14

ER

»Was machst du da? Und wieso lachst du?«

»Weil ich lebe. Wie bist du reingekommen?«

»Die Tür war offen.«

»Ah.«

»Warum liegst du auf dem Boden?«

»Ich höre Musik.«

»Ich höre nichts.«

»Korrigiere: Ich hörte Musik.«

»Und was?«

»Keine Ahnung. Das Cover liegt da irgendwo auf dem Tisch.«

»Tut mir leid, den kann ich nicht sehen, ist zu vollgemüllt.«

»Mann, das ist kein Müll, das ist echt gut.«

»Ja, Smiths sind schon nicht schlecht, aber ich meine den anderen Kram.«

»Hey, sei vorsichtig! Die Platte habe ich von Viola.«

»Ah, hätte ich mir ja denken können.«

»Mach, was du willst.«

Ticktack. Ticktack. Ticktack. Meine Armbanduhr liegt direkt neben meinem Ohr. Genauer gesagt ist sie an meinem Handgelenk, das neben meinem Ohr liegt, die andere Hand unter meinem Kopf, die Beine hoch aufs Bett gelegt, was gut für den Kreislauf sein soll. Ich habe keine Ahnung, welcher Tag heute ist oder wie spät es ist. Warum steht meine Tür offen und tut sie das schon die ganze Zeit?

Ich höre etwas klirren und ein Rascheln.

»Hast du mal geduscht?«

»Wann?«

»Diese Woche?«

»Ich weiß nicht. Eher nicht.«

Er schnaubt aus. Finn, der gute Kerl, mein bester Freund. Zu ihm bin ich vor Wochen gefahren und er hat mir noch von seinem Spielzeug erzählt. Wie hieß er noch? Ach, keine Ahnung, ist bestimmt eh wieder vorbei.

»Lass das. Du brauchst hier nicht aufzuräumen. Macht eh keinen Sinn.«

»Ach ja?«

»Ja.«

Klirren. Rascheln. Er kann es nicht lassen.

»Lass aber die Flaschen stehen, die noch nicht leer sind.«

»Hast du das alles allein getrunken?«

»Ich schätze schon.«

»Hm.«

Er ist nicht begeistert. Armer Finn, tut mir echt leid. Aber ich habe ihn nicht gebeten, herzukommen und aufzuräumen. Am liebsten wäre es mir sogar, wenn er einfach gehen und seine plappernde Klappe mitnehmen würde. Er soll still sein, mehr verlange ich doch nicht, sonst hätte ich ihn angerufen oder wäre zu ihm gefahren ... oder was weiß ich?

»Was ist das?«

Ich bewege mich nicht. Es ist mir egal, was was ist. Ticktack. Ticktack. Vielleicht kann er das, was auch immer es ist, ja gebrauchen. Er soll es haben, solange er nur verschwindet. Aber er macht das Gegenteil, bleibt in der perfekten Rolle eines guten Freundes und lässt sich neben mir nieder. Er sitzt da, starrt mich an und ich schaue ins Nichts und ignoriere ihn. Ticktack.

Auf einmal schiebt sich etwas in mein Blickfeld, eine Plastiktüte gefüllt mit irgendwas Grünem. Oder ist es braun? Na ja, die einen würden sagen grün, die anderen braun, mir ist nur die Wirkung wichtig, die dieser Stoff bei mir auslöst. Ist lachhaft, oder? Trinken, kiffen, und das sind noch die harmlosen Sachen.

Keine Ahnung, was Noah mir da verkauft hat. So hat es aber doch ein Gutes gehabt, dass er mir nach jenem Samstagabend geschrieben hat. Dadurch hatte ich seine Nummer, als ich sie brauchte und ihm angetrunken eine Nachricht schickte, ob er immer noch Kontakte hätte. »Klar« war seine Antwort und ein paar Stunden später traf ich ihn. Würde man gar nicht von ihm denken. Aus gutem Hause, ordentlich gekleidet, studiert wohl Jura oder so was, würde jedenfalls zu seinem Image passen. *Wie macht er das?*, fragt man sich da und die Antworten darauf hat sein Dealer.

Wenn irgendwo eine Party stattfand, war Noah dabei, jeder kannte ihn, weil er der Einzige in der Schule war, der die Leute mit Stoff versorgen konnte, jedenfalls der Einzige, den ich kannte. Kurz nachdem ich Viola kennengelernt hatte, war sie mit ihm zusammengekommen, auch wenn ich niemals gedacht hätte, dass einer wie er wirklich zu ihr passte. Ich kannte einige von Noahs Leuten und seine Exfreundinnen, da passte sie einfach nicht rein. Ob sie denn nichts von den Gerüchten gehört habe, die um ihn kursierten, warnte ich sie, aber sie sagte, ich würde mir unnötig Sorgen machen. Um ehrlich zu sein, habe ich ihr das nicht ein einziges Mal wirklich abgekauft, aber ich wollte mich da auch nicht zu sehr einmischen. Was, wenn die Gerüchte stimmten? Doch sie stritt es vehement ab.

War das der, der sie drei Monate vögelte, oder nur zwei? Ich weiß einfach nie, wer wie lange mit ihr zusammen war. Ist ja auch nicht wichtig, in jedem Fall hatte er mehr von ihr, als ich je bekommen werde.

Die Pillen, was immer da auch zusammengemixt war, haben ihre Wirkung nicht verfehlt. Da habe ich noch mal Glück gehabt, dass ich die letzten genommen habe, als es noch dunkel war und ich das Zimmer mit dem Mondlicht teilte. Immerhin das kann ich bestimmen. Jetzt ist es taghell.

Die Tüte schwankt vor meinen Augen hin und her und Finns Stimme dringt durch die stehende Luft zu mir durch.

»War die mal voll?«

»Ja.«

»Und du hast alles geraucht?«

»Wer bist du, meine Mutter? Ach ne, warte, die ist ja tot.«

»Sehr nett, Leon, wirklich.«

»Ja, Papi, ich habe die ganz allein geraucht. Ha, waren bestimmt nur zwei, drei oder so.«

Wenn der wüsste, was gerade noch alles in meinem Blut zirkuliert.

»Wenn dir nicht passt, was ich sage, dann geh. Wieso bist du eigentlich hergekommen?«

»Ist das 'ne Fangfrage? Du antwortest nicht auf meine Nachrichten und gehst nicht ans Telefon. Da denk ich mir erst nichts bei, aber nach zwei Wochen wird's schon merkwürdig.«

»Habe ich was verpasst oder sind wir neuerdings zusammen? Ah ne, du bist ja schwul und nicht ich. Und läuft's gut mit Timo? Oder ist schon wieder Schluss?«

Er zieht seine Hand mit der Wunderkrauttüte zurück und steht auf. Will er jetzt weiter aufräumen?

Plötzlich verliere ich den Boden unter den Füßen. Sie liegen nicht mehr auf der weichen Matratze, mein Kopf nicht mehr neben der tickenden Armbanduhr an meinem Handgelenk und mein Magen ist auf einmal zwei Etagen tiefer gesunken und ich habe das Gefühl, brechen zu müssen. Ich kann mich noch beherrschen, presse den Mund zu und halte an mich. Kurz darauf pocht meine linke Gesichtshälfte, als hätte der Blitz eingeschlagen, und mein Blickwinkel ändert sich erneut, als ich zusammengeklappt den Boden küsse und mir die Hände an den Schädel presse.

»Bist du behindert oder was?«

»Was? Hat der arme Leon etwa ein Aua?«

»Leck mich, Finn.«

»Sorry, ich steh nicht auf dich. Steh jetzt auf.«

Ich denk gar nicht daran. Was will er denn tun? Mir noch mal eine reinhauen? Soll er doch!

»Steh auf.«

»Verpiss dich, Finn.«

»Halt's Maul und steh auf jetzt.«

Ich mache keine Anstalten mich zu bewegen, halte mir nur den Kopf und kneife die Augen zusammen. Ich will ihn nicht sehen und nicht hören. Ich will nur eine Person hier bei mir haben, aber die ist nicht da.

»Hey, wenn du glaubst, dass ich mich jetzt zu dir auf den Boden lege, deine Hand nehme und dich schweigend bemitleide, dann kannst du das vergessen!«

Seine Stimme ist so nah und ich zucke zusammen, voll

gegen den Bettpfosten. Noch mal fragt er nicht, sondern packt mich und zieht mich einfach kurzerhand auf die Beine. Was bin ich? Sein Stehaufmännchen?

»Stress doch nicht so rum.«

»Weißt du, welches Datum wir haben?«

»Was hat das jetzt damit zu tun, dass du hier die Putzfrau, entschuldige, den Putzmann spielen musst?«

»Du hast Uni, mein Lieber. Hast du das vergessen?«

»Es ist schon April? Der Wievielte?«

»Der Erste.«

Erleichtert atme ich aus.

»Für mich geht's erst am Sechsten wieder los.«

Finn verdreht die Augen, reicht mir einen Müllbeutel und ich halte ihn auf, während er allerlei Zeug darin versenkt, inklusive meines Wunderkrauts. Schade drum, aber es war definitiv kein rausgeworfenes Geld. Die Handschuhe und der zerkleinerte Stuhl landen ebenfalls im Abfall und allerlei Zeug, an das ich mich gar nicht erinnere. Warum liegen zwei Handtücher hier rum und haufenweise zerknülltes Klopapier? Einiges davon mit roten Flecken. Blut? Und wieso habe ich keinen Spiegel mehr? Ah, der Stuhl und der Spiegel, ich vergaß. Und dann das Dilemma mit Annika. Zu blöd, dass ich das vermasselt habe. Tja, ist nicht mehr zu ändern.

»Das passt nicht zu dir, weißt du?«

»Was denn?«

»Dass du hier rumliegst, dich selbst bemitleidest und solche Musik hörst. Wo hast du überhaupt die Anlage her und seit wann hörst du Vinyl?«

»Du warst etwa ein Jahr nicht mehr hier. So lange habe ich das Zeug schon.«

»Ich war Anfang Januar bei dir.«

»Gut, ich habe mir die Anlage vorletzte Woche gekauft.«

»Die war doch sauteuer.«

»Na und?«

Er versteht mich nicht, aber wer kann's ihm verübeln? Ich bin nicht mehr ich. Finn mustert mich intensiv und starrt mir in die Augen, als würde er mich mit seinem Blick durchbohren wollen.

»Was hast du genommen?«

»Ich weiß nicht, was du meinst.«

»Hast du dir noch irgendwas eingeschmissen?«

»Was willst du von mir?«

»Alter, deine Augen sind riesig und du guckst wie ein gehetztes Kaninchen.«

»Ja, ich habe was mit ein bisschen Bordeaux runtergespült, wenn du es genau wissen willst. Steht mir gut, oder?«

Er schüttelt den Kopf, lässt mich stehen und verschwindet mit den Putzmitteln kurz um die Ecke. Endlich Ruhe, immerhin für ein paar Sekunden. Warum bin ich nicht einfach taub? Ich tausche gerne. Soll sich doch jemand anderes mit dem Scheiß auseinandersetzen. Ich sitze in dieser Wohnung und bin der verlorenste Mensch auf dieser Welt.

Kann man der Verlorenste sein? Ich meine, man kann auch nicht der einzigste Mensch sein. Wenn ich der einzige Mensch auf der Welt bin, bin ich allein. Was bin ich dann, wenn ich der Einzigste bin? Die Steigerung von der Einzige ist, niemand mehr zu sein. Wenn ich also verloren bin, ist das dann nicht schon der Superlativ von weg sein? Nicht mehr auffindbar? Wo bin ich eigentlich?

»Du musst raus. Komm, geh unter die Dusche, zieh dir was Sauberes an und wir laufen 'ne Runde. Ich mach sie dir an und bring dann den Müll runter.«

Wo kam er denn plötzlich wieder her? Ich bekomme gar nichts mehr mit. Er geht aus dem Raum und kurze Zeit später vernehme ich ein leises Rauschen aus dem Bad.

»Bis gleich!«

Ich kratz mich am Kopf und schaue mich um. Es sieht aus wie immer, was hat er sich denn so aufgespielt? Gut, der Stuhl ist weg und der Spiegel fehlt, aber sonst?

Mir ist schlecht, ich brauche unbedingt frische Luft. Ich kann nicht warten, Gott, ich ersticke. Ich stürze nach vorne, rüttle am Griff und schaffe es irgendwie nach endlosen Sekunden, das Fenster aufzureißen.

Das ist das Problem, jede Sekunde erscheint so quälend lang. Wo ist sie? Mit wem ist sie zusammen? Hat sie einen Neuen? Ist sie bei jemandem zu Hause? Schläft sie mit ihm? Ist sie ihm so nah wie mir? Sagt sie ihm das Gleiche wie mir? Und kann er sie so lieben, wie ich es tue? Kann er das? Oder wird er sie nur benutzen und wegwerfen? Er muss sich um sie kümmern, nett zu ihr sein, sie anlächeln, sie aufrichtig lieben und sie verstehen. Er muss verstehen, dass sie etwas ganz Besonderes ist. Und wenn er das nicht tut, soll er beten, mir niemals über den Weg zu laufen, damit ich ihm nicht die Seele aus dem Leib prügle.

Frische Luft, ich muss einatmen, ein und aus und ein und wieder aus und ich brauche mehr davon. Ich beuge mich immer weiter vor, schaue raus und sehe die Sonne, die mir in den Augen brennt. So schönes Licht …

Plötzlich reißt mich etwas zurück in den Raum und die Luft ist weg. Der kühle Windhauch hat sich verzogen.

»Bist du verrückt? Was sollte das werden?«

Wütend schaut Finn mich an, erschrocken und panisch und so, als hätte ich gerade irgendetwas falsch gemacht.

»Du meintest doch, ich muss raus.«

»Was war denn dein Plan? Aus dem Fenster ganz bequem auf die Straße zu fliegen? Aus dem dritten Stock?«

»Nur ein bisschen frische Luft schnappen, nichts weiter.«

»Du bist doch nicht mehr ganz dicht. Du wärst da locker runtergefallen, wenn ich dich nicht ...«

»Gerettet hätte? Such dir ein neues Projekt.«

»Ich renne dir nicht mehr lange hinterher, nur dass du's weißt.«

»Na endlich. Endlich hast du es begriffen. Ich will nicht, dass mir irgendwer hinterherrennt, der Besseres zu tun hat.«

»Gerade ist das aber mein Job, okay? 'ne kleine Weile halt ich das schon noch aus.«

Mein Handy klingelt. Die Dusche rauscht. Ich gehe nicht ran.

»Ich bin dann im Bad.«

Finn lässt mich kommentarlos durch und ich gehe ins Badezimmer, ziehe mich aus, steige in die Wanne und lasse das Wasser mich säubern. Es kommt mir vor, als hätte ich nur einmal kurz die Augen geschlossen, mich um die eigene Achse gedreht – wie bei den Sims – und bin beim Öffnen plötzlich sauber. Nur bin ich nackt, das passt nicht dazu. Ich nehme mir ein Handtuch, wickle es mir um die Hüfte und öffne die Tür. Finn hat mir ein paar Klamotten davorgelegt. Ich greife sie mir, werfe das Handtuch in die nasse Wanne und ziehe mich an. Ich krame noch schnell mein Handy aus der Hosentasche der schmutzigen Jeans, und als hätte es nur darauf gewartet, klingelt es erneut und der Name Jonas erscheint im Display. Eine SMS.

Willst du mit aufn Kiez? Treffen uns in 'ner Stunde bei mir zum Vorglühen.
Bis später
Jonas

Ich gehe aus dem Bad, suche meine Schuhe und ziehe sie an. Wo zum Teufel ist meine Jacke?

»Hey, schön, dass du's dir anders überlegt hast.«

»Ja, ich geh zu Jonas.«

Verdutzt schaut mich mein Best Friend Ever an.

»Was willst du? Ich sollte doch raus. Hast doch, was du wolltest.«

»Ich halte das nicht für eine so gute Idee.«

»Nach deiner Meinung fragt auch keiner. Jetzt geh mir aus dem Weg.«

Er sagt nichts, steht nur da und lässt mich meine Jacke vom Haken nehmen, in deren Tasche ich den Autoschlüssel ertaste, dann schiebe ich mich an ihm vorbei. Was ist nur los mit mir? Wieso rede ich so mit ihm? Was hat er mir denn getan? Aber ich halte es nicht aus. Ich muss hier weg und zu Jonas. Da wollen sie doch alle, dass ich trinke, rauche und mich gehen lasse. Sie bekommen ihren Willen. Nur was mache ich jetzt die Stunde? Ich brauche vielleicht eine halbe, wenn ich wirklich scheiße fahre, um nach Boberg zu kommen. Wenn ich einen großen Umweg fahre. Also muss ich vorher noch woanders hin. Egal wohin, nur weg von hier.

Ich setze mich in mein Auto, das ich fast nie nutze, nur wenn ich keine Menschen um mich herum ertrage. Ich will eine halbe Stunde nichts hören, eine Stunde, wenn ich nur einen Weg finde, die Zeit totzuschlagen. Ich fahre einfach fünfzehn Minuten in die andere Richtung und kehre dann um, halte mich penibel ans Tempolimit und an jedes Stoppschild und beachte sogar die roten Ampeln. Ich werde ein Paradebeispiel für jeden Fahrschüler sein, nur um mit dem Auto nicht gegen die nächste Wand zu donnern. *Wenn es dir schlecht geht, musst du anderen damit nicht wehtun.*

Ich fahre los, obwohl ich nicht fahren sollte, und sehe im Rückspiegel, wie Finn auf die Straße tritt und mir den Vogel zeigt. Soll er doch denken, ich hätte sie nicht mehr alle, dem ist ja auch so. Ich bin verrückt, verrückt nach ihr, und wie es bei jedem ist, der seine Droge nicht bekommt, so habe auch ich die schlimmsten Entzugserscheinungen, angefangen bei psychischen Qualen bis hin zum körperlich spürbaren Schmerz.

***

Es ist halb eins. Vielleicht auch später. Mein Handy ist in der Jackentasche an der Garderobe. Wir sind in der China Lounge, nicht weit von der S-Bahn-Station Reeperbahn entfernt, und haben uns in eine dieser Sitzecken gezwängt, trinken und vergessen, trinken und vergessen. Na zumindest ich tue das. Wow, und das tun die anderen jedes Wochenende? Würde ich nicht durchhalten, aber für heute ist es okay. Ich habe Viola verloren, Annika scheiße behandelt, Finn beleidigt, meine tote Mutter als Spitze gegen ihn benutzt und jetzt sitze ich hier mit der schlimmsten Art von Mensch, die ich kenne.

Jedes Wochenende stehen sie auf dem Platz und träumen von der großen Fußballkarriere, aber die wird nie kommen. Saufen und Sport passt in Maßen zusammen, aber nicht im

Gleichgewicht. Ich bin schon vor Jahren ausgestiegen, wieso hänge ich also noch mit diesen Pfeifen ab? Ach ja, um zu trinken. Und zu vergessen.

Jonas und Nico haben sich mit mir hier niedergelassen und ihre Eroberungen der feiernden Meute zurückgegeben. Und wenn sie sie nicht wiederfinden, schauen sie sich eben noch mal um. Kein Ding. Wird schon irgendwie passen. Und mit denen muss ich nachher noch in der Bahn sitzen, um mein Auto zu holen. Scheiße.

»Leon, was machst du überhaupt schon wieder hier?«, fragt Jonas bestimmt schon zum dritten Mal.

»Du hast 'ne Nachricht geschickt, vergessen?«

»Nee, habe ich nicht, aber das war so an alle im Verteiler. Ich dachte nicht, dass ausgerechnet *du* noch mal vorbeischaust.«

»Hast, denke ich mal, ein gutes Timing.«

Nun wird Nico neugierig.

»Was war 'n los? Stress gehabt?«

»So in etwa.«

»Hat deine Freundin dich zu hart rangenommen, oder was?«, feixt Jonas.

»Nee, eher anders herum. Jetzt will sie mich nicht mehr sehen.«

Was für ein Spruch. Die beiden sind begeistert und grölen. Normalerweise sehe ich sie, wenn es hochkommt, zwei oder drei Mal im Jahr. Dass wir uns jetzt schon das zweite Mal binnen ein paar Wochen sehen, fällt offenbar auf.

»Erzähl, was ist gewesen? Du warst also mit einer zusam', ja?«

»Na, nicht wirklich. Ich dachte ... also ich dachte, dass sie halt was, ähm, ich meine jemand für mich ist. Und dann gehen wir ins Bett und sie lässt mich … also ihr wisst, was ich meine mit ›ins Bett‹, oder?«

Sie grinsen über beide Ohren. Boah, ich muss aufpassen, dass das mein letztes Bier ist. Meine Artikulation ist total im Arsch.

»Na, jedenfalls war sie weg, und als ich … also ich habe sie dann wiedergesehen und da sagt sie, ich wollte sie nur flachlegen und so. Und dabei bin ich nicht so einer, echt nicht.«

»Ich auch nicht«, sagt Jonas sofort.

»Und ich mit Sicherheit nicht«, äfft Nico ihn nach.

»Ey, komm, sie ist es nicht wert, Mann. Ich war auch mal mit so einer zusammen, also eine, die meinte, ich wär 'n Arsch, und dabei war sie einfach nur richtig anstrengend. War am Anfang echt süß und dann hat die sich wie eine Klette an mich gehängt und sich dann noch gewundert, dass ich keinen Bock mehr auf sie hatte. Ich wette, deine ist auch so eine.«

Nein, ist sie nicht. Wenn er sie nur kennen würde. Er würde es verstehen. Aber nein, er kann ja nicht aus seiner Haut.

»Aha, klingt ja spannend«, sage ich und schätze, dass sie meine Ironie nicht verstehen.

»Erzähl ihm die Geschichte doch«, stachelt Nico ihn an.

Bitte nicht.

»Meinst du? So gut ist sie nicht, da gab es bessere«, überlegt er und schiebt genüsslich die Lippen vor.

»Wenn's dabei hilft, die Schlampe zu vergessen … Wäre doch echt zu schade um das hier«, bekräftigt ihn Nico und macht eine ausladende Handbewegung um sich herum.

Ich kneife kurz die Augen zusammen und verziehe das

Gesicht. *Schlampe.* So ist sie nicht, das weiß ich genau! Sie würde sich niemals mit jemand x-Beliebigem einlassen, der ihr nichts bedeutet. Oder doch? Nein, ausgeschlossen.

»Gut, gut, erzähl ich es also«, lässt sich Jonas breitschlagen und Nico bekommt leuchtende Augen vor Aufregung.

Hat der seine *Bravo* verlegt und keine Vorlagen mehr?

»Ist schon länger her, war meine zweite Freundin. 'ne ganz süße Brünette. War in meiner Indie/Emo-Phase und haben uns da bei so 'nem Konzert getroffen. Ey, fragt mich nicht, wie die Band hieß, ich habe so 'nen Schrott gehört. Ne warte, da war ich gar nicht mit der. Wo habe ich sie noch mal gesehen? Ach egal. War auf jeden Fall nicht schlecht, sah gut aus und alles, ihr versteht.«

Erneut lachen sie und um nicht aufzufallen, lache ich mit. Was für Idioten. Die wissen überhaupt nicht, wie man eine Frau behandeln sollte. Aber ich muss da reden nach der Sache mit Annika. Na ja, wir alle machen Fehler, oder nicht?

»Also, kam ich halt mit der zusam', da war ich siebzehn oder so und war auch am Anfang alles richtig schön. Also sie war so 'ne Süße, *richtig* süß, wie sie immer mit ihren Haaren gespielt hat und so, das hat mich echt angemacht.«

Automatisch denke ich an Viola, ihr Haar, ihre Hände darin, wie sie die Strähne loslässt und ich meinen Mund auf ihren presse, sie ihren Mund öffnet und ich sie so nah spüre, wie noch nie zuvor. Ich schlucke.

»Na, sie war echt klasse, hat einen nicht zugetextet, war immer da, und erwähnte ich schon ihren Wahnsinnskörper? Echt, glaubt ihr nicht.«

Nico läuft schon fast der Sabber aus dem Mund und Jonas führt sich auf, als wäre er der Größte und würde gerade die heftigste Geschichte erzählen. Er brüstet sich richtig damit, dass er ein Arschloch ist, und als er zur Pointe ansetzt, freut er sich wie ein kleines Kind an Weihnachten.

»Wir waren dann einen Abend bei mir und haben 'nen Film gesehen, da haben wir heftig rumgemacht und ich war so kurz davor, über die herzufallen ... da sieht sie mich an und meint, sie wäre noch Jungfrau.«

Nico grinst über das ganze Gesicht und hält sich die geballte Faust vor den Mund. Ich bin einfach nur erstarrt und kann mich nicht bewegen.

»Und dann habt ihr's getrieben, oder was?«, frage ich tonlos und schaue in mein Glas.

Jonas schüttelt den Kopf und leckt sich über die Lippen.

»Nicht sofort, aber ich wollte es dann noch mehr. Ich wette, sie hat es gewusst. Sie hat mich ewig zappeln lassen, andauernd so 'nen Pärchenkram vorgeschlagen, doch darauf hatte ich irgendwann keine Lust mehr. Und dann kam diese ... wie hieß die noch, die in unsere Klasse kam?«

»Sophie?«

»Ja richtig, Sophie. Hat mich einfach umgehauen ... na ja ... du weißt ja, wovon ich rede, Nico.«

Beide lachen.

»Ich musste dann jedenfalls mit ihr Schluss machen. Sie wollte eh vorbeikommen, also dachte ich, tu ich's einfach, wenn sie kommt, damit sie mir nicht dazwischenfunken kann. Ewig habe ich gewartet, aber sie hat mich einfach nicht rangelassen, Sophie schon.«

Mein Herz schlägt bis zum Hals.

»Sie kam dann also bei mir an, und als ich die Tür aufgemacht habe, ist sie mir praktisch an den Hals gesprungen. Ich dachte eigentlich, wir wechseln ein paar Worte, ich mache Schluss und habe freie Bahn, aber dann flüstert sie mir ins Ohr, dass sie es tun will und zwar sofort. Dass sie nicht mehr warten will. Ihr glaubt nicht, wie hart ich da geworden bin.«

Meine Hände fangen an zu zittern und angewidert schlucke ich die Galle runter, die aus meinem Magen aufgestiegen ist.

»Ich wusste nicht, ob ich jemals wieder die Gelegenheit dazu bekommen würde, jemanden wie sie zu haben. Ich habe sie nur gefragt, ob sie sicher ist, und da hat sie mir ihre Zunge in den Hals gesteckt. Total verrückt. Sonst immer so zugeknöpft und *ich bin noch nicht bereit* und dann das. Ich konnte mir das doch nicht entgehen lassen. Sie wollte es schließlich.«

»Das wäre herzlos gewesen«, unterstützt ihn Nico.

Mir ist speiübel, ich bin aber zu betrunken, um das auch auszudrücken, und die Schwerkraft hält mich auf den Polstern.

»Ich habe ihr halt den Gefallen getan. Ihr glaubt nicht, wie geil das war, sie war wie ausgewechselt und hat echt alles mit sich machen lassen und … verdammt war sie eng.«

Er zieht die Augenbrauen hoch und formt den Mund zu einem O, als er ausatmet.

»Und danach war ich auch richtig nett zu ihr, habe sie im Arm gehalten, mit ihr gekuschelt, ihr gesagt, wie unglaublich das war. Und dann musste ich ihr halt sagen, was Sache ist. Ich meinte, ich würde mich geehrt fühlen, dass ich ihr Erster war, doch dass ich nicht mehr mit ihr zusammen sein wolle und es jemand anderes gebe. Habe ihr alles ganz in Ruhe erklärt. Sie stand dann aber nur auf, hat sich ihre Sachen geschnappt und mir eine reingehauen, was für ein

Arsch ich doch sei, wie ich mit ihr schlafen konnte, wenn ich doch gewusst hätte, dass es ihr erstes Mal ist. Ist das fair? Ich hatte sie doch vorher gefragt, huh? Dann hat sie losgeheult und nur geschrien, wie ich ihr das hätte antun können.«

»Du hast sie entjungfert und dann einfach rausgeschmissen?«, frage ich und er starrt mich verwirrt an.

»Nein, ich wollte mit ihr reden. Sie hatte mich total überrumpelt, als sie aufgetaucht ist, und wäre es besser gewesen, ich hätte ein paar Tage gewartet? Wäre doch aufs Gleiche hinausgelaufen und ich wollte es einfach hinter mich bringen.«

Es einfach hinter sich bringen. Sie einfach hinter sich bringen. Als wäre es nichts. Das könnte ich nie jemandem antun, der mir dieses Vertrauen schenkt. Oder habe ich es getan? Habe ich ihr Vertrauen derart missbraucht, als ich mit ihr geschlafen habe?

»Sie hätte sich mal nicht so anstellen sollen. Wenn sie so darum bittet, muss sie auch damit klarkommen. Hat sich nur unnötig aufgeregt, die Schlampe«, meint Nico.

»Sie ist keine Schlampe«, entfährt es mir und zu meiner Verwunderung fangen sie, wie sollte es auch anders sein, an zu grölen.

»Stimmt«, sagt Nico, »'ne Schlampe hättest du bezahlen müssen.«

Das muss man sich mal geben. Das meinen die ernst. Ich muss kotzen.

»Ach, die hat nur eine Show abgezogen, ein paar Wochen später hat sie schon 'nen Neuen gehabt. Ihr kennt doch Noah, oder?«

Bum-Bum. Bum-Bum.

»Hat sich wohl nach der Geschichte ordentlich abgeschossen und konnte dann nicht mehr zahlen. Da war sie sich dann auch nicht zu schade für, die Beine breitzumachen.«

Bum-Bum. Stille. Mein Herz setzt aus und Hitze kriecht meinen Nacken hinauf.

»Hat sie es dann nicht noch mit David getrieben, als bei den beiden Schluss war?«

»Keine Ahnung. David meinte dann ja plötzlich, dass er die Wette abbrechen will, und hat sich dann doch wieder umentschieden. Glaube aber immer noch nicht, dass er sein Handy verloren hat, bevor er uns das Video schicken konnte.«

Nico reibt sich die Hände und leckt sich über die Lippen.

»Zu schade, dass ich sie nicht kennengelernt habe. Hätte auch gerne gewusst, wie sie im Bett ist.«

Nico und Jonas klatschen sich ab. Der Hall ist nicht zu hören, aber es versetzt mir einen solchen Schlag. Die Worte. Die Blicke. Dieses Abklatschen. Noah. David. Eine Wette? Ich will es nicht hören, ich will mir das nicht vorstellen. Unmöglich! Es ist unmöglich, dass sie von ihr sprechen.

»Lola. Hieß sie nicht Lola?«, überlegt Nico.

»Nein, halt!«

Nein, bitte. Sag etwas anderes. Sag einen anderen Namen. Sag, dass sie doch Lola hieß, sag irgendwas, aber nicht ihren Namen. Das Zittern hat sich von meinen Händen auf die Arme ausgebreitet und ich presse die Kiefer zusammen. Die Sekunden vergehen wie in Zeitlupe und ich starre ihn an, registriere die Bewegungen seines Mundes, als er die Laute formt und mir zehntausend Kugeln durchs Herz jagt. Und ihren Namen sagt.

»Viola.«

Jetzt muss ich mich wirklich übergeben.

»Ich muss mal kurz raus«, presse ich hervor und Nico haut mir auf den Rücken, als ich mich an ihm vorbeizwänge und zur Toilette renne.

»War wohl doch zu viel für ihn.«

Ich schaffe es gerade noch rechtzeitig, mich in eine Kabine zu werfen, die Tür notdürftig zu verschließen und mich in die Schüssel zu erbrechen. Der beißende Geruch steigt mir in die Nase und ich zittere am ganzen Leib.

Wer macht so was? Welches kranke Arschloch tut so was einem Mädchen an? Mein Brustkorb hebt und senkt sich und ich schlage mit der Faust so hart auf den Boden, bis der Schmerz mich durchzuckt. Meine Sicht verschwimmt und ich breche neben der Toilette zusammen.

* * *

Nach einer Weile komme ich wieder zu mir. Ich bleibe noch einen Moment mit dem Kopf auf dem Boden liegen, dann greife ich mit tauben Fingern nach dem Klodeckel und ziehe mich mühsam hoch. Mein ganzer Körper ist von einer Taubheit eingenommen, dass ich gar nicht richtig merke, was ich mache. Ich muss spülen und hebe die Hand. Ich muss aus der Kabine und drücke die Klinke runter. Ich muss zum Waschbecken und meine Hände waschen. Ich muss mich im Spiegel ansehen. Ich muss mir in den Kopf schießen und feststellen, dass das alles nur ein Albtraum ist. Ich reiße ein bisschen Papier aus dem Behälter neben der Tür und wische mir den Mund sauber. Ich schaue mich im Spiegel an und kann es nicht fassen.

Einige Männer tätowieren sich den Namen ihrer Liebsten auf die Haut, direkt über dem Herzen, aber ihr Name ist *direkt* in meines hineingestochen, dass die Tinte sich mit dem Blut gemischt hat und nun überall ist. Unwiderruflich. Ich brauche eine Laterne, einen Leuchtturm, irgendwas, das mich durch diese undurchsichtige Scheinwelt führt. Wo zur Hölle bin ich da nur reingeraten?

Ich habe das Gefühl, ich bin immer noch high, obwohl ich den letzten Joint irgendwann heute Morgen geraucht habe, bevor Finn aufgetaucht ist. Ach, stimmt, da war ja noch eine dieser Pillen, die ich gefunden habe, von denen ich dachte, ich hätte sie schon längst alle geschluckt. Hält die Wirkung so lange an? Ich würde es ja googeln, aber ich weiß nicht mal, was es war. Doch auch ohne meine Wundermittel steige ich höher und höher in die Luft. Mit der richtigen Mischung geht es nur noch nach oben und jeder weiß, dass wer hoch fliegt, tief fällt. Ich bin zehntausend Meter über dem Abgrund. Ohne Gurt. Ohne Seile. Kein Fallschirm. Ich rase nach unten und keiner fängt mich auf, und es nimmt meine ganze Kraft in Anspruch, nicht auf der Stelle ein zweites Mal zusammenzubrechen.

Ich habe keine Ahnung, was gerade passiert ist. Wie soll ich überhaupt diese Nacht überstehen? Ich bin ein einziges, pulsierendes Wrack und ich kann sie plötzlich so gut verstehen. Ich begreife irgendwo in mir, wie alles zusammenhängt, und bekomme keine Luft mehr. *Ich bin wie sie. Ich bin genau wie die beiden.* Ich hätte es besser wissen müssen, was habe ich getan? Sie mit zu mir genommen. Ich habe nicht gewartet. Ich habe sie angesehen, sie geküsst, sie ausgezogen und mit ihr geschlafen. Nach all dem, was passiert ist. Als wäre ihr Herz nichts wert. Ich hätte eins und eins zusammenzählen müssen, ich kannte doch die Gerüchte. Ich hätte besser auf sie aufpassen sollen, sie beschützen, ein besserer

Mensch sein, der Gute, doch das bin ich nicht. Ich bin schuld. Ich habe ihr das angetan und ich bin der einzige Grund, dass sie weg ist.

Mein Herz bricht. Laut lösen sich die einzelnen Splitter und durchbohren mich gnadenlos. Jonas, Noah, David ... Leon. Ich bin der Vierte auf dieser verdammten Liste und schlage mit der Faust gegen den Spiegel. Es knackt laut. Doch nichts kann dieses kreischende Toben in mir übertönen.

Ich gehe wieder zurück und sie sind noch genau da, wo ich sie zurückgelassen habe.

»Na, ist's besser?«

»Ja, klar.«

Ich setze mich mechanisch auf die gepolsterte Bank.

»Mit den Frau'n ist's eben manchmal stressig. Chill einfach. Die kriegt sich schon wieder ein.«

»Oder auch nicht.«

»Alter, glaub mir, wenn sie nicht will, dann such dir 'ne Neue.«

Ich überlege und die Pause gibt Nico die Gelegenheit, sich über mich lustig zu machen.

»Jonas, er hatte doch Pläne mit ihr. In den nächsten Flieger und ab nach Las Vegas, sie heiraten und dann einen Haufen Kohle gewinnen. Auf Rot oder Schwarz, Liebster?«

»Sie würde Rot nehmen«, sage ich leise.

Rot, weil sie ein schwarzes Kleid anhaben würde, und das wäre zu viel Schwarz. Also Rot. Doch es ist unwichtig, ob wir gewinnen, weil wir zusammen sind und das das Einzige ist, was zählt. Nur sie und ich. Jeden Tag würden wir im Bett beginnen und uns vorstellen, wo wir als Nächstes hinwollen, egal wo das Ziel liegt. Ich will ihr alles geben, jeden

Wunsch erfüllen, der Mann sein, den sie verdient und der sie heile macht.

Ich bin schuldig.

Ich wünschte, es entspräche der Realität. Immer wieder kommen und gehen diese Szenen schubweise und bringen mir die tollsten Traumsequenzen. Zu süß, um ausgiebig davon zu kosten. Mein Kopf ist in den Wolken, wo ich sie sehe und wo wir über allem schweben, losgelöst selbst von der Schwerkraft. Ich würde sofort mit ihr nach Vegas fliegen. Ich weiß einfach, dass ich keine andere Frau mehr will als sie. Aber ich spinne mir da nur etwas zurecht, ein Wegweiser, der mich in eine Sackgasse führt, ungenau und von unerfahrenen Händen geschaffen. Als würde man einen Regenbogen in den leuchtendsten Farben malen wollen, doch tatsächlich hat man nur eine Auswahl von Grautönen. Damit kann man einem Regenbogen kein Leben einhauchen.

Ihr Lachen holt mich zurück in die Wirklichkeit.

»Hey, ich muss los.«

»Mann, wir haben nur Spaß gemacht, bleib doch noch, ist doch gerade mal zwei.«

Zwei Uhr morgens? Wie lange habe ich in dieser Kabine gelegen?

»Ne, ernsthaft Leute, ich muss ja auch noch mein Auto holen. Ich sollte langsam mal los«, presse ich die Worte heraus.

»Morgen ist Donnerstag, hast du da was Wichtiges vor, oder was? Sind nicht noch Semesterferien?«

»Ja schon, aber ...«

»Kein Aber«, mischt Nico sich wieder ein, der Jonas wohl doch nicht ganz das Sprechen überlassen kann.

»Ganz genau, kein Aber. Wir bleiben auch nur noch 'ne

halbe Stunde oder so. Und ich habe eben noch 'ne Runde bestellt. Okay?«

Erwartungsvoll sehen mich beide an. Ich bin unschlüssig. Ich sollte mich bei Annika entschuldigen, bei Finn auch, Blumen für meine Mutter kaufen und auf ihr Grab legen, und vor allem sollte ich Viola finden. Wo zur Hölle ist sie? Wer ist bei ihr? Was machen sie? Wer verletzt sie als Nächstes?

Eine Bedienung kommt und stellt ein Tablett mit Kurzen ab.

»Also?«, fragt Jonas und hält mir eines der Shotgläser vor die Nase.

Tja, Leon würde den nicht nehmen. Leon würde nicht einmal hier sitzen und hätte sich gar nicht auf das alles hier eingelassen. Darauf, ihr das Herz zu brechen. Er gehört zu ihr, ist gut genug für sie und weiß ganz genau, dass er diese Grenze nicht überschreiten darf. Ich habe es nicht gewusst. Ich sitze hier und bin auf einem anderen Planeten, die schlechteste Version von mir, die überhaupt existiert. Ich weiß nicht mehr, was passiert, und bleibe verdammt noch mal hier und trinke weiter. Ich ertrage es einfach nicht, auch nur noch einen Gedanken in meinem Kopf zu haben.

Ich bin schuld. Ich und sonst niemand.

Keiner wartet auf mich.

Und am allerwenigsten sie.

KAPITEL 15

SIE

Ich kann es nicht ab, wenn mir jemand sagt: Das wird schon! Das ist so ein Schwachsinn. Nichts wird schon. Man muss immer etwas tun, sich für oder gegen etwas entscheiden und alles hat Konsequenzen. Ich kann alles kontrollieren, fünftausendmal nach hinten schauen und mich versichern, dass wirklich kein Messer dort auf seinen Einsatz wartet. Ich war mir immer so sicher, dass ich jemand bin, die lieber zweimal nach links und rechts schaut, wenn sie eine Straße überquert, für den Notfall ein Pflaster einpackt, man weiß ja nie, und abwartet und die Lage einschätzt, anstatt sich blind ins Wasser zu stürzen, das vielleicht nur ein paar Zentimeter tief ist.

Ja, und ich dachte auch mal, dass ich nie in so eine Lage kommen würde. Mir geht's einfach nur schlecht und ich habe keine Lust mehr auf den ganzen Mist. Mein Kopf läuft Amok und mein Körper badet es aus. Es schlägt mir auf den Magen und ich muss mich dazu zwingen, etwas zu essen, und gleichzeitig ist mir bewusst, dass ich es nicht bei mir behalte. Doch zum Arzt will ich nicht, es wird mit der Zeit vergehen, wie alles andere auch. Ist ja nicht das erste Mal, dass ich mich in so einer Situation wiederfinde.

Ich bin bei Luke. Ich kann zu Hause nicht schlafen. Gestern habe ich es tatsächlich getan und Leons Nummer gewählt. Ich weiß auch nicht, was in mich gefahren ist. Nelles Worte hatten mich offenbar so ins Wanken gebracht, dass ich doch tatsächlich für eine Sekunde dachte, es könnte ganz einfach sein. Anrufen. Reden. Es klären, und dann habe ich ihn zurück und muss ihm nur noch vertrauen. So leicht. So lächerlich.

Ich schloss die Haustür auf und wollte mir in der Küche etwas zu essen machen. Meinen Rucksack ließ ich im Flur liegen, direkt neben dem Küchendurchgang, öffnete den Kühlschrank und holte mir ein paar Eier raus, Käse und Schinken. Dann noch ein paar Nudeln aus dem Eckschrank, Wasser in den Topf und den Herd angestellt. Ich wollte Musik hören, also stellte ich das Radio an, und was müssen sie spielen? John Legend mit seinem überromantischen Lied *All of Me*. Was soll einem da in den Kopf kommen? Ich hasste ihn dafür, dass er dieses Lied sang, und mich dafür, dass ich das Radio eingeschaltet hatte. Was sollte ich tun? Es ignorieren? Kopf hoch, *das wird schon wieder*? Die Luft anhalten? Wie lange noch? Irgendwann laufe ich blau an und dann atme ich und ziehe den Sauerstoff in meine Lungen und es ist vorbei.

Ich halte es nicht durch, nicht mehr lange.

Und in diesem Moment gab ich das erste Mal auf. Vielleicht war es ja wirklich so einfach, wenn ich ihm alles erklärte. Sollte ich nicht zumindest die Chance nutzen, es herauszufinden? Ich vermisste unsere Gespräche, mit ihm zu lachen, mich beschützt zu fühlen und irgendwie angekommen. Seine Hände, mit meinen verschränkt, und seine Küsse, die meine Angst für eine Weile verdrängten. Nichts konnte uns trennen, seine Haut lag an meiner und ich genoss es so sehr, von ihm geliebt zu werden, und wollte am nächsten Morgen neben ihm aufwachen, endlich dazu bereit, es neu zu versuchen, und diesmal richtig. Er war anders.

Doch was, wenn nicht?

Zum allerersten Mal war ich meiner altbekannten Panik dankbar, als sie das Kommando wieder übernahm und die Verbindung unterbrach. Bei David war ich so dumm gewesen, hatte ihm alles gesagt und was war passiert? Das machte alles nur noch schlimmer.

Ich starrte das Display an, in dem ich mich spiegelte, als das Licht automatisch erlosch. Mein eigenes Gesicht wirkte so, als hätte ich einen Geist gesehen, und mein Körper wurde so schwer, dass ich das Gefühl hatte, jeden Moment umzukippen. Meine Hand verkrampfte sich, und erst als das sprudelnde Wasser unter dem Topfdeckel hervorquoll, wachte ich wieder auf. Alles nur wegen dieses beschissenen Songs.

Ich stellte den Herd aus, schüttete das Wasser samt Nudeln ins Klo und räumte alles zurück in den Kühlschrank. Statt etwas zu essen und noch ein zweites Mal seine Nummer zu wählen.

Ich stürmte in den Keller, zog meine Sporttasche aus dem Regal und sprintete die Stufen wieder nach oben. Die zweite Treppe war ebenfalls schnell geschafft und ich stand in meinem Zimmer, riss die Schranktüren auf und warf wahllos ein paar Klamotten in die Tasche. Als ich fertig war, hastete ich wieder nach unten, griff mir meinen Rucksack vom Boden und verließ das Haus nach nur zehn Minuten wieder. Länger habe ich es alleine nicht ausgehalten, bevor es mir zu viel wurde. Nach einer halben Stunde war ich zurück in Allermöhe. Luke war nicht abgeneigt, dass ich so schnell wieder vor seiner Tür auftauchte. Er war überrascht, aber viel protestieren konnte er nicht, da steckte ich ihm schon meine Zunge in den Hals und dirigierte ihn Richtung Schlafzimmer.

Er ist perfekt für mich und reagiert genau so, wie ich ihn haben will. Dass ich mir bei jeder seiner Berührungen, Bewegungen und jedem seiner Küsse mit allen Fasern meines Körpers vorstelle, es wäre Leon, weiß er nicht und er wird es nie erfahren. Und auch nicht, dass es jedes Mal so ist, wenn wir zusammen sind.

Doch jetzt geht auch das nicht mehr, ich halte es nicht *noch* länger aus, das musste ich auf ernüchternde Weise feststellen.

Ist das nicht verrückt? Nur wegen Nelle und diesem blöden Gespräch. Sie hat die richtigen Sachen gesagt. Will ich mit jemandem zusammen sein, der jede Nacht eine andere haben kann, oder will ich das Risiko mit Leon eingehen? Auch wenn mein Herz bricht? Ja, ich denke schon. Ich habe Jonas vertraut und er hat mich verarscht. Ich wollte mich betäuben und habe dann mit meiner Würde bezahlt. Und ich wollte wieder aufstehen und wurde zurückgestoßen für gerade mal 50 €.

Leon hat damit nichts zu tun, ich weiß es, *ich weiß es,* da ist nur diese allumfassende Panik, die die ganze Zeit schreit: WAS WÄRE, WENN? Leon kennt sie, er und Jonas haben mal zusammen im selben Team gespielt, mit Noah ist er auf dieselbe Schule gegangen wie ich und vielleicht gibt es auch wieder so eine Verbindung zu David. Er würde mir nie wehtun, er liebt mich, Gott, er hat es mir so oft gesagt, und doch ist dieses Was-wäre-wenn? um ein Vielfaches lauter. Ich vertraue ihm nicht, ich will es so sehr, doch ich kann es nicht. Nur ist meinem Herzen das egal und es verlangt von mir, ihm die Chance zu geben, es wieder ganz zu machen.

Aber würde er überhaupt mit mir reden wollen? Nachdem ich einfach gegangen bin, ohne ein Wort zu sagen, und ihn dann später auch noch beschimpft habe? Ich könnte es ihm nicht verübeln, wenn er nie mehr ein Wort mit mir wechseln wollte.

Ich hatte so eine Angst davor, dass er mich benutzt, mich nicht liebt, doch sie hat nicht mehr die Oberhand. Ich weiß genau, er kann mich zerstören, mich in Stücke reißen und die Fetzen verbrennen, aber ich sehne mich nach ihm mit allem, was mich ausmacht. Seine Worte sind wie Gift. Seine Hände brennen mich nieder. Mein Körper und meine Seele gehören ihm. Er macht mich ganz. Und das ist mir vorher noch mit keinem anderen passiert. Die fehlenden Teile machen mich kaputt.

»Du schläfst noch nicht.«

Es ist die Hölle, ich kann gar nicht klar denken.

Ich mache die Augen auf und sehe Luke an. Er ist meinem Gesicht so nahe. Luke.

Noch ein einziges Mal will ich es ausprobieren. Werde ich wieder *sein* Gesicht sehen, *seine* Hände spüren und *seine* Küsse schmecken? Selbst, wenn ich mich mit aller Macht auf Luke konzentriere?

Ich ziehe sein Gesicht zu mir, küsse ihn und ziehe ihn über mich. Er lässt sich nicht bitten, ist sofort da und ist gewillt, mir das zu geben, wonach ich verlange. Ich muss es herausfinden und, o Gott, er küsst so wahnsinnig gut. Seine Hände wandern meinen Körper entlang und hinterlassen heiße Spuren auf meiner Haut. Er ist mir so nah, mein Körper an seinem und meine Lippen scheinen sich nicht mehr von seinen lösen zu können. Und dann fängt er an. Er ist wundervoll, nicht zu schnell, ist mit mir zusammen und nicht nur für sich. Wir sind alleine, zusammen, im Einklang und … nur diese stille Hoffnung in meinem Kopf. Ein allerletztes Mal.

Genauso ist es mit den Sternen. Nacht für Nacht schauen wir in den Himmel und wollen daran glauben, dass die strahlenden Dinger da oben wirklich da sind und leuchten und wir uns an ihnen erfreuen können. Dabei können wir uns dessen gar nicht sicher sein. Die Quelle des Lichts, das bei uns ankommt, ist vielleicht schon längst erloschen, verblasst in der Unendlichkeit des Universums und ist nur noch ein trügerischer Schein, der uns die Illusion der Freude bringen soll. Jedes Lächeln, das ich zeige, jeder Augenaufschlag und jedes Wort, das aussagt, wie glücklich ich bin, sind falsch und gespielt, ich bin nicht ehrlich und versuche mir einzureden, dass das richtig ist. Aber das stimmt nicht. Ich mache es schon wieder und weiß, ich will es nicht. Luke ist nicht der Richtige und ich ramme mir das Messer selber in den Rücken. Ich presse mich an ihn, schlinge die Beine um ihn und spüre ihn tief in mir, konzentriere mich ganz auf das Gefühl und zittere leicht.

»Du willst es wirklich? Sicher?«

»Ja.«

Ich bin voller Euphorie und strahle Jonas an, überwinde all meine Ängste und ziehe mir das Top über den Kopf.

»Verdammt«, murmelt er und scheint unsicher, ausgerechnet er … dann tritt Entschlossenheit in seinen Blick.

Er wartet nicht. Es tut weh. Er liegt zwischen meinen Beinen, redet nicht, schaut mich an und macht dann die Augen zu, als er in mich stößt. Wieder und wieder.

»Ah ... Au«, keuche ich und beiße mir auf die Unterlippe.

»Schsch ...«, macht Jonas und im nächsten Moment wird der Schmerz noch schlimmer.

»O Gott!«, stöhnt er und wird schneller.

»Es tut weh ...«, wimmere ich.

»Ich komm gleich ... nur noch ein bisschen, Baby«, drückt er meine Handgelenke runter und stößt noch ein paarmal kräftig zu.

Ich beherrsche mich, nicht vor Schmerz aufzuschreien, aber bekomme es hin. Rede mir ein, dass es mir gefällt. Eine Viertelstunde später macht er Schluss.

»Stell dir einfach vor, ich wäre dein Freund«, grinst Noah und zieht sich aus.

»Ich weiß nicht ...«, gestehe ich und fühle mich unwohl.

»Hey, ich mag dich, okay? Du bist mir schon 'ne Weile im Auge, hast eh nicht wirklich zu Jonas gepasst.«

Au!

»Und außerdem zahlt meine Freundin bei mir nicht. Also?«

»Du fragst mich, ob ich deine Freundin sein will?«

»Klar.« Er zuckt mit den Schultern.

Ich glaube ihm. Er zieht mir die Bluse aus. Öffnet meine Hose.

Es passiert wirklich, und das zwei Monate lang. Dann komme ich einmal früher zu ihm, weil mein Termin beim Zahnarzt ausgefallen ist. Seine Schwester lässt mich rein und verdreht die Augen.

»Er ist oben.«

Ich gehe an ihr vorbei und auf sein Zimmer zu, schaue durch den Türspalt und ... sehe ihn mit einer anderen.

»Da kommt gleich noch ein Kunde, ich muss dich leider schon verabschieden«, sagt er und streicht ihr das blonde Haar zurück.

»Du bist verdammt scheiße, Noah«, lacht sie und dann küsst er sie.

»Wieso? Hat doch eindeutig Vorteile, meine Freundin zu sein, oder?«

Ich stehe da wie erstarrt und sehe, wie er über sie auf seinen Schreibtisch langt und ihr etwas hinhält.

»Hier«, sagt er.

»Ich liebe dich«, sagt sie.

»Ich habe das noch nie gemacht«, gestehe ich und schaue David an.

Er nimmt meine Hand, führt sie zu seinem Mund und küsst sie.

»Wir müssen nicht«, sagt er. »Aber ich wollte dir einfach sagen … was ich mir vorstelle.«

Ich beiße mir auf die Unterlippe. Jonas war scheiße, aber dafür kann David nichts. Noah hatte nicht nur eine, aber von ihm habe ich David nichts erzählt. Er weiß nur, was passiert ist, und nicht, wer es war, und ist trotzdem noch mit mir zusammen. Ich habe das erste Mal so weit hinter mir gelassen und David ist gut zu mir. Er bringt mich zur Arbeit, er holt mich ab, kocht für mich und hat mich zu nichts gedrängt. In unserer ersten Nacht hat er sich Zeit genommen, es hat nicht wehgetan und er hat mich geküsst, mir gesagt, dass er mich liebt, und mir sein Herz geöffnet. Ich war weder zugedröhnt, noch verdrängte ich, was gewesen war, und ich traute mich wieder, verliebt zu sein.

»Ich überlege es mir«, sage ich und merke die Hitze in den Wangen.

Er drückt mir einen Kuss auf die Schläfe und ich fühle mich so geborgen. Jonas und Noah sind vielleicht nur passiert, damit ich hier bei ihm lande.

Ein paar Tage später haben wir es dann getan. Er war ganz behutsam, hat mir gesagt, wie ich mich hinhocken muss und mir die ganze Zeit gesagt, wie schön ich bin. Ich habe ihm seinen Wunsch erfüllt und mich vor ihn gekniet, sodass er nur auf meinen Po und den Rücken schaute, sich festkrallte ... und filmte. Ich wusste nicht, dass ich nur eine Hand auf meinem Rücken spürte, es fühlte sich tatsächlich gut an.

Dann sah ich das Video auf seinem Handy. Und zerbrach in Millionen schmerzhafte Einzelteile.

»Ich liebe dich«, flüstert Leon und sein Blick ist alles, was ich brauche.

Ich greife nach seinen Schultern, klammere mich an sie und mache ihm Platz, bedeute ihm mit meinen Bewegungen, dass ich es will, und küsse ihn.

»Du bedeutest mir alles«, seufzt er und streichelt mein Gesicht.

Es ist mir unmöglich, einen klaren Gedanken zu fassen, während alles in mir nach ihm schreit. Nach seinen Händen, seinen Lippen. Als hätte ich ewig darauf gewartet, dass er kommt und diese Lücke in mir schließt, die alle anderen in mir geschaffen haben. Er will mich, mein Herz, alles, und ich kann es endlich zulassen. Ihn nur zu sehen, reicht mir nicht mehr, und ich öffne meine Beine und mir schlägt das Herz bis zum Hals.

»Sicher?«, flüstert er ganz dicht an meinem Ohr.

»Ja.«

»Ich will so viel mehr als das, Vio«, verspricht er mir und eine Wärme durchflutet mich.

Ich lächle ihn an.

»Ich liebe dich«, kommt aus meinem Mund und ich spüre, wie sich seine Lippen an meinem Nacken verziehen.

Dann sagen wir nichts mehr und er gleitet an meinem Körper hinab, verbrennt meine Haut und nur zwei Sekunden später merke ich, wie er in mich eindringt. Ganz langsam und vorsichtig, als könnte ich zerbrechen, wenn er es zu schnell täte. Meine Hände wandern zu seinem Haar, umfassen seinen Kopf und bringen ihn dazu, mich endlich wieder zu küssen.

Leon ist nicht wie sie. Er liebt mich, er hat es mir gesagt, es mir gezeigt, verdammte anderthalb Jahre gewartet. Und er war der Erste, dem ich jemals gesagt habe, dass ich ihn liebe. Die anderen haben mich glauben gemacht, dass ich verliebt wäre, aber ich habe es nie sagen können, bis ich bei ihm war und wir die Nacht zusammen verbracht haben. Er hat nie etwas falsch gemacht.

Luke drückt sein Becken gegen meins, greift mit seinen Händen nach meinen und drückt sie runter. Das Messer in meinem Rücken schneidet eine klaffende Wunde und ich wimmere. Es sticht, sticht, sticht und ... raubt mir den Atem. Meine Beine zittern, mein Magen zieht sich zusammen und ich greife ins Laken. Ich presse meine Beine um seine Hüften, spüre, dass es bei ihm nur noch ein paar Sekunden dauern kann, und merke dann das Pulsieren in mir.

Es ist vorbei und ich kann mich von ihm wegdrehen. Damit er mein Gesicht nicht sehen kann. Er atmet laut, klingt glücklich, erleichtert und erschöpft. Nicht lange bleibt er so liegen, er dreht sich zu mir und umarmt mich, liegt ganz nah bei mir. So habe ich es mir immer vorgestellt, als ich noch die romantische Vorstellungskraft einer unberührten Seele hatte. Doch nun könnte ich in Tränen ausbrechen.

Er umarmt mich und ich habe seinen Atem im Nacken, der mir eine Gänsehaut verpasst, und ich bekomme Panik. Wieso mache ich das? Nelle hatte doch recht, das bin ich nicht. Ich lenke mich nicht von einem Mann ab, indem ich mit dem nächsten in die Kiste springe. Und er denkt, wir sind zusammen, ja, er hat am Telefon zu einem Freund gesagt, seine *Freundin* sei bei ihm, irgendwann am Nachmittag war das. Ich war in der Küche und habe irgendwas in die Mikrowelle geschoben und da hörte ich ihn reden.

Es ist warm in seinen Armen.

Wie soll ich es ihm sagen?

Ich kann ihm nicht wehtun, ich will es nicht. Ich habe nur das Gefühl, dass das nicht mehr in meiner Hand liegt. Wenn Luke mich wirklich gernhat, ist es unausweichlich und ich habe das Messer in meinem Rücken selber geschliffen.

Kopf hoch. Was für eine bescheuerte Floskel. Mach dir keine Sorgen, es wird sich schon alles richten. Wann denn? Es werden immer mehr Fragen. Mein Stern leuchtet nicht mehr, er ist schon längst tot. Ich atme laut aus und rolle mich zusammen.

Luke versteht mein Stöhnen falsch und küsst meinen Nacken, doch das löst nur noch mehr Gefühle in mir aus, und als er seine Hand hebt, sie an meine Wange legt, um mein Gesicht zu sich zu drehen, merkt er, dass ich weine.

»Hey, was ist denn los?«

Ich habe das nicht verdient. Er sollte mich rausschmeißen, aber er nimmt mich stattdessen in den Arm. Ich kann nicht anders und klammere mich an meine Boje. Er setzt sich auf, zieht mich hoch und legt den Arm um mich und versucht mich zu beruhigen. Er streicht mir über den Rücken, während er mir irgendwelche Dinge zuflüstert. Ich schluchze laut und mein ganzer Körper bebt von diesen unterdrückten Schreien. Luke weiß gar nicht, was er machen soll, außer mich im Arm zu halten. Ich verdiene ihn nicht, ich verdiene niemanden. Er hält mich noch fester, versucht mir den Halt zu geben, den er mir nicht geben kann, und ich lasse mich einen Augenblick fallen. Mein ganzer Körper ist so erschöpft, dass ich mich für ein paar Sekunden nicht dagegen wehren kann. Er wird es früh genug erfahren.

Schritt für Schritt.

Ich bringe meine Schluchzer unter Kontrolle und beruhige mich langsam. *Meine Freundin.* Ich habe das selber durch und ich will ihm nicht so wehtun, wie es mir passiert ist. Ich muss es ihm sagen, nicht alles, aber ich kann hier nicht länger liegen und seine Nähe suchen und ihn so belügen.

Ich kann mich dazu bringen, mich von Luke zu lösen, aber die Tränen fließen weiter.

»Hast du dich vor irgendwas erschreckt?«

Er flüstert und ich kann den Kopf weder schütteln noch kann ich nicken. Ich habe Angst. Was soll ich denn sagen? Wie soll ich anfangen?

»Was hast du?«

Seine Hand auf meinem Rücken schiebt das Messer noch tiefer rein. Ich zucke vor der Berührung zurück und schwinge die Beine über die Bettkante. Ich kann nicht ändern, wer ich bin und was ich fühle, und habe Angst, mit Luke zu sprechen. Er wird kaum sagen: »Hey, wenn du Leon noch liebst, dann viel Glück.«

So viel Verständnis hat kein Mensch auf diesem Planeten. Na ja, hoffentlich einer. Vielleicht erlöschen Sterne nicht nur, nein, vielleicht erglühen sie auch wieder. Wer weiß schon, ob es im ganzen Universum keinen Stern gibt, der erloschen ist und dann wieder anfing zu leuchten?

»Luke, es … o Gott, ich kann es … es dir nicht sagen.«

Mehr Tränen, neue Schluchzer und das Gewissen wird noch schwerer. Ich habe mir den Slip schon angezogen und bemühe mich nach Leibeskräften, den Verschluss meines BHs zuzubekommen. Es will nicht klappen. Ich sinke zusammen, mein Körper bebt und auf einmal merke ich erneut seine Hand an meinem Rücken, die ihn mir schließt. Warum zieht er mich an? Man schaut Filme und liest Bücher, in denen der Typ das Mädchen auszieht, aber nie, wie er es anzieht. Ich traue mich nur für ein paar Sekunden, ihm in die Augen zu sehen, dann wende ich den Blick ab. Er lächelt. Wie kann er das denn machen? Endlich ist er mich los? Ist es das? Kommt jetzt der nächste Twist, der mich umwirft?

»Warte kurz«, sagt er und steht auf.

Ich bewege mich nicht und starre nur auf das Karomuster der Bettwäsche. Kurze Zeit später ist er wieder da. Er hat sich eine Hose angezogen und hält mir mein T-Shirt hin. Da ich keine Anstalten mache, es zu nehmen, zieht er es mir kurzerhand über den Kopf. Die Arme stecke ich selber durch die Ärmel, dann habe ich wieder das Muster vor Augen, von dem er mich ablenkt, indem er meinen Kopf hebt.

»Es ist aus, oder?«, fragt er ruhig.

Kein Spott in der Stimme, keine Erleichterung und kein tiefer Niederschlag. Eine simple Feststellung. Ich kann nicht antworten, fühle mich wertlos und schmutzig und warte nur darauf, dass er mir einen Fünfziger in die Hand drückt und mir ein Taxi ruft. Hat er *seine* Wette wenigstens gewonnen?

»Das ist merkwürdig. Ich glaube, ich habe es die ganze Zeit gewusst. Ich müsste sauer auf dich sein, aber ich bin es nicht.«

Ich ziehe die Augenbrauen hoch, denn ich verstehe nicht, was er meint. Er *muss* sauer auf mich sein, daran besteht kein Zweifel. Doch er kann unmöglich wissen, was in mir vorgeht.

»Vor ein paar Wochen, als ich dich gefragt habe, ob du mit mir ausgehst, da hast du mir gesagt, dass du gerade was beendet hast. Ich komme mir richtig blöd vor. Du bist noch gar nicht über ihn hinweg.«

Ich kneife die Augen zusammen.

Luke, warum habe ich dir so wehgetan? Und warum tut es mir *so weh? Und warum nimmst du mich in den Arm?*

Er hält mich fest, so wie ein Freund eine Freundin, nicht wie *mein* Freund *seine* Freundin. Ich nicke. Er hat recht, es ist aus und ich wüsste zu gerne, woran er das erkannt hat.

»Es tut mir so leid, dass ich das nicht gesehen habe.«

»Luke ... was ... was erzählst du da?«

Er löst sich von mir und betrachtet mich.

»Ich bin nicht blind, Vio.«

»Was meinst du? Es geht mir gut. Ich ... ich bin nur ...«

Er schüttelt den Kopf.

»Sie haben dir wehgetan. Das hast du nicht verdient.«

»Ich habe dir doch gar nichts von ...« Mir bleibt sein Name im Hals stecken.

»Ich verstehe dich. Du musstest das tun, aber es hat nicht geklappt«, versucht er mich zu beruhigen, und das steigert nur meine Verwirrtheit.

»Warum machst du das? Woher weißt du es?«, frage ich ihn.

»Ich weiß alles«, sagt er und ich stehe auf.

Was heißt, er weiß alles? Ich drehe mich zu ihm, doch er lächelt mich nur ermutigend an. Mir wird heiß. Soll das bedeuten, er weiß von Jonas? Und Noah? David? Hat er es gehört und dachte, ich bin so einfach zu haben? Und eben sagt er noch, er wüsste, dass ich mich getrennt hatte und dass *sie* mir wehgetan haben.

Ich suche meine Sachen, finde meine Hose, ziehe sie an und kann meine verdammten Strümpfe nicht finden. Wo ist meine Tasche? Und ich muss die Zahnbürste einpacken und mein Shampoo. Verdammt, ich muss sofort hier raus!

Wo ist mein Handy? Ich muss Leon anrufen! Ich mache die Tür auf und will ins Bad laufen, aber auf halber Strecke liegt sie da, meine Tasche, und ich stolpere.

***

Ich schrecke zusammen und öffne die Augen. Draußen ist es schon hell. Vor dem bodentiefen Fenster läuft eine Katze herum und miaut. Sie hat mich geweckt. Was war das für ein seltsamer Traum? Ich zittere richtig und mir ist eiskalt. Alles auf einmal, Luke, Jonas, Noah, David und Leon, und ich spüre, wie mir das Herz gegen die Rippen schlägt. Das Schlimmste ist aber, dass ich kurz dachte, dass das wirklich passiert. Dass Luke es aus irgendeinem Grund versteht, ohne dass ich auch nur ein Wort gesagt habe. Und ich wollte Leon anrufen und wusste, dass ich wieder mit ihm zusammen sein könnte. Jetzt entreißt mir diese blöde Katze die paar Sekunden, die einzigen, in denen ich Luft bekommen habe, und lässt mich in diesem Bett aufschrecken.

Luke hat mich tatsächlich gestern als seine Freundin bezeichnet und mir dreht sich der Magen um, weil ich es nicht mehr lange aufschieben kann. Keine Ahnung, ob man ein Herz brechen kann, ohne dass das eigene davon Schaden nimmt.

Ich will Leon zurück. Ich habe keine Ahnung, ob es einen Sinn hat, aber ich muss es versuchen. Die Ahnungslosigkeit macht mich verrückt und ich will sie endlich hinter mir lassen.

Er wird darüber hinwegkommen, rede ich mir ein.

Wie Nelle schon sagte, er könnte jede Nacht eine andere haben.

Meine Freundin.

Doch ich weiß, ich tue ihm weh.

Ich stehe auf, ziehe mir Slip und T-Shirt an und gehe in die Küche. Da steht er und gießt sich einen Kaffee ein. Er dreht sich zu mir um und lächelt. Ich lächle zurück, gehe zu ihm und gebe ihm einen Kuss.

»Morgen.«

»Guten Morgen, meine Schöne.«

»Ich bin nicht deine Schöne.«

»Ach nein?«

Ich deute ein Lächeln an, muss dann aber gähnen.

»Ich habe Frühstück gemacht«, sagt er und ich nicke verschlafen in seine Richtung. Er lacht.

Eine Sekunde starre ich ihn an. Ich habe ihn nicht *einmal* traurig erlebt, nicht mal nachdenklich.

»Ist irgendwas? Oder habe ich dich tatsächlich sprachlos gemacht?«

Ich lache schnell und überspiele, dass meine Gedanken um Worte ringen. Worte, um mit ihm Schluss zu machen.

»Nein, alles in Ordnung. Was ist das?«

Ich deute auf das Glas vor mir, das mit irgendeinem roten Saft gefüllt ist.

»Probier doch mal.«

Ich mache, was er sagt. Tatsächlich bin ich ziemlich durstig und leere das Glas in einem Zug. Erst, als ich das Glas absetze, nehme ich den leicht gärenden Geruch wahr und verziehe das Gesicht.

»Bist du dir sicher, dass der noch gut war?«

Ich huste und ein widerlicher Geschmack setzt sich in meinem Mund fest, den ich versuche herunterzuwürgen. Vergebens. Mein Magen zieht sich zusammen und Panik überkommt mich. Es passt doch so perfekt ins Bild, wenn das hier kein Zeichen ist, was denn dann? Ich kann doch nicht hier sitzen und mit ihm frühstücken, das geht nicht. Wir essen ein paar Brötchen und führen Small Talk und dann gehe ich einfach? Als wäre das alles halb so wild? Mir ist regelrecht schlecht, ich spüre die Magensäure meinen Hals nach oben klettern und ich hab's auch nicht anders verdient.

Ich laufe ins Badezimmer, knalle die Tür hinter mir ins Schloss und erbreche mich Sekunden später in die Schüssel.

Mein Traum holt mich ein.

Ich weine und kann mich einfach nicht mehr beherrschen. Ich habe total die Kontrolle verloren und presse mir die Hände an den Kopf.

Leon war und ist es immer gewesen und ich habe das einfach weggeschmissen. Und ich sehe Luke zweimal die Woche im Laden. Ach, verdammt. Aber es sind jetzt gerade mal drei Wochen, wie sehr kann er sich da schon in mich verliebt haben?

Ich habe die Nase voll von den Lügen. Ich habe Leon angerufen und ich will es wieder tun. Knapp sechs Wochen sind seit dem Konzert vergangen, fünf seit unserer letzten Begegnung, und es hat sich nichts geändert. Plötzlich ist der Schalter der Erkenntnis da, wie ein Augenaufschlag am Morgen, und ich weiß, was zu tun ist. Vielleicht ist es noch nicht zu spät und ich habe nicht alles kaputt gemacht.

Es klopft an der Tür.

»Alles okay?«

Ich betätige die Spülung, das Wasser rauscht und ich wische mir die Tränen mit dem Handrücken weg. Ein tiefer Atemzug, die Hände noch einmal waschen und los geht's.

Ich öffne die Tür zum Badezimmer und Luke steht vor mir. Hübsch, tolle Augen, toller Körper, schöne Stimme – aber sie hat diese rauchige Spur nicht. Er ist einfach nicht der, den ich will. Es schmerzt so sehr, ihn anzusehen, ich befinde mich im freien Fall und schlucke den Geschmack herunter, der sich schon wieder aus meinem Magen hinaufkämpft.

»Luke, ich muss mit dir reden.«

»Worum geht's?«

Und ich ertrage es kaum, dabei zuzusehen, wie sehr etwas *Lockeres* zerbrechen kann.

KAPITEL 16

ER

Es ist furchtbar, wieder nüchtern zu sein. Es ist so viel einfacher gewesen, als ich noch zugedröhnt war und nicht ganz bei Sinnen. Ich habe nicht mehr ganz im Kopf, was ich alles gemacht habe, nachdem ich mich von Jonas und Nico losgerissen hatte. Ich erinnere mich dumpf an irgendwelche Arme, die mich packten und auf die Straße zerrten. An das Pochen, das durch meinen ganzen Körper gejagt ist und das ich betäuben wollte. *Ich bin schuld*, dachte ich. *Ich und Jonas und Noah und David, wir alle haben sie kaputt gemacht.* Und jetzt muss ich alles tun, es wiedergutzumachen. Sie haben es aus purer Bosheit getan, weil sie sie nicht kannten, aber ich weiß, wie sie ist. Sie hatte Angst, aber ich kann für sie da sein, ich muss, um ihr zu beweisen, dass ich *doch* anders bin. Dass ich sie retten kann.

Meine Hände sind ganz kalt, ich habe das Gefühl, dass jeder im Bus mich anstarrt und weiß, was mit mir los ist. Ich bin nicht abhängig oder süchtig, aber nach den Exzessen von Gras, Pillen und Bordeaux auf das symbolische Brot und Wasser umzuschlagen ist etwas, das ich niemandem wünsche.

Ich habe Finn vor circa einer Stunde angerufen und gefragt, ob wir uns treffen können. Er war etwas kurz angebunden, doch wahrscheinlich konnte man es meiner Stimme anhören, dass ich schon genug gestraft war, denn seine Worte wurden weicher, als ich meine Bitte ausgesprochen hatte. Ich habe es nicht geschafft, ihm schon am Telefon zu erzählen, was ich erfahren habe, ich habe es ja selbst nicht mal ansatzweise verstanden.

Der Wunsch sie zu sehen, zieht sich wie eine Schlinge immer enger um meinen Hals und je mehr Zeit vergeht, desto schwerer fällt es mir, frei zu atmen. Es muss doch irgendwie möglich sein, sie zu finden, und dafür brauche ich Finns Hilfe. Hoffentlich gibt er sie mir, auch wenn ich jedes Recht darauf verloren habe.

Ist schon komisch, dass die Ratschläge der Eltern auch dann noch gelten, wenn sie nicht mehr da sind. *Wenn es dir schlecht geht, musst du anderen damit nicht wehtun.* Wie recht du hattest, Ma, und jetzt mache ich es wieder gut. Mir geht es furchtbar, aber sie ist wichtiger. Ich habe eine Menge wiedergutzumachen.

Nächster Halt: Stephansplatz.

Hier muss ich raus. Es ist unangenehm, dass ich keine Ahnung habe, worüber Finn mit *mir* reden wird. Womit werde ich konfrontiert? Ich war so durch, dass ich nur noch weiß, dass er bei mir zu Hause war, ich eine Nachricht bekommen habe und danach wie ein Schatten durch die Stadt gefahren bin, alleine. Habe ich ihn einfach bei mir stehen lassen? Ich kann von Glück reden, dass ich keinen Unfall gebaut habe. Am meisten Sorgen bereitet mir aber, dass ich nicht weiß, wie ich *zurück* nach Hause gekommen bin.

Ich wachte am Sonntag auf und lag nackt in meinem Bett. Ich war alleine, Gott sei Dank, und meine Klamotten waren unachtsam über den Stuhl gehängt worden. Ich hatte unheimlich starke Kopfschmerzen und einen kompletten Filmriss. Merkwürdig war auch, dass ich mein Auto vom Fenster aus sehen konnte. War ich wirklich noch gefahren und kann mich daran nicht mehr erinnern?

Der Bus hält und ich steige aus. Es ist etwas windig, aber nicht kalt. Suchend drehe ich mich nach links und rechts. Irgendwo hier muss es doch sein. Finn hatte mir noch geschrieben, dass ich hier aus dem 5er aussteigen muss und es dann rechts an der Ecke finden würde. Ich zwänge mich an einem Hippiemädchen mit buntem Tuch im Haar und weitem Rock und einem groß gewachsenen, durchtrainierten Schwarzen vorbei und dann sehe ich den Laden, in dem er arbeitet, die Campus Suite. Komisch, sie ist mir bisher noch nie aufgefallen. Schnell überquere ich noch die Straße, bevor die Autos losfahren. Zwar leuchtet schon das stehende Männchen im warnenden Rot, aber ich sehe großzügig darüber hinweg. Dann zögere ich trotzdem, bevor ich den Laden betrete, bin nicht sicher, ob ich wissen will, was hinter dieser Tür auf mich wartet, doch dann stolpere ich geradezu hinein, als sich eine Gruppe von drei Anzugträgern an mir vorbeidrängen will, mich jedoch stattdessen mit ins Innere zieht. Es sind zwei Etagen, eine Treppe führt hoch und eine runter zum Tresen und zur Kasse. Es ist nicht viel los, die Anzugträger bilden alleine die Schlange. Ich nehme ein paar Stufen nach oben und werfe einen Blick in den Raum, doch Finn ist nicht da, also gehe ich nach unten und frage ein blondes Mädchen mit Nerdbrille, das an der Kaffeemaschine steht, ob sie ihn kennt.

»Finn? Ja, der ist ein Kollege von mir.«

»Arbeitet er gerade?«

»Ja, er ist im Keller und holt Getränke. Oh, einen Moment.

Ein Caramel Macchiato! So, also wie gesagt, er ist im Keller, sollte aber in ein paar Minuten zurück sein.«

»Alles klar.«

»Soll ich was ausrichten?«

»Nein, ich warte einfach. Danke.«

Ich stelle mich an die Seite, weg von den geschäftig aussehenden Männern, die dabei sind, ihre Bestellung aufzugeben, und auch weit genug vom Tresen entfernt, dass man mich nicht für einen wartenden Kunden hält. Ich bin so gespannt und aufgeregt, dass es mich sogar ärgert, dass ich warten muss. Es wird nicht angenehm sein, ein Pflaster reißt man schnell ab, damit es vorbei ist, und genauso ist es bei Entschuldigungen. Doch ich bin es Finn so was von schuldig, bei der ganzen Scheiße, die ich gebaut habe.

Gedankenverloren lehne ich an dem Schrank, höre mir dabei zu, wie ich atme, schaue auf die Uhr, sehe, dass nur ein paar Sekunden vergangen sind, und es fühlt sich elendig lang an. Es ist gleich drei und um voll wollten wir uns treffen. Noch zwei Minuten. Wo bleibt der denn? Aber ich verhalte mich ruhig, balle nicht die Hände zu Fäusten, fange auch nicht an, in einem unregelmäßigen Rhythmus zu atmen oder gar zu schnaufen, und überlege, ob ich mir nicht doch etwas zu trinken holen soll, damit die Minuten schneller rumgehen. Ich schaue auf mein Handy. Keine neuen Nachrichten. Dann wieder zu der blonden Barista, zu den Schildern mit den Angeboten über ihrem Kopf und wieder zurück.

Mein Blick bleibt hängen, ist eingerastet und ich kann nicht weggucken. Plötzlich friert der eben noch regelmäßige Strom in meine Lunge fest und ich werde schließlich komplett von einer erbarmungslosen Kälte eingenommen.

Vielleicht ein Schock? Nennt man das so, wenn man sprachlos und bewegungsunfähig ist? Mechanisch schaffe ich es irgendwie, mich an den Tisch zu setzen, der hinter dem Schrank steht, an dem ich gelehnt habe, halb versteckt hinter einer Säule, neben der er aufgestellt wurde.

Ich kann sie immer noch sehen – ihre sündhaft verführerischen Haare, die kleinen, schlanken Hände, die dünnen Finger – und starre sie an. Sie schaut sich um, der Mund offen, die Wangen blass wie immer, die Augen suchend im Raum herumwandernd. Eigentlich sollte ich aufstehen und zu ihr gehen, aber ich klebe am Stuhl fest und bin unfähig, mich zu bewegen. Ich beobachte, wie sie an der Theke entlanggeht und kurz um die Ecke verschwindet. Es ist unmöglich, meinen Blick von ihr zu lösen, so lange habe ich mich danach gesehnt sie wiederzusehen, gleichzeitig wirkt es so irreal, dass ich mich nicht traue, mich zu bewegen. Ich habe inzwischen so viel über sie erfahren, Dinge, über die sie nie mit mir gesprochen hat, dass ich nicht weiß, wie ich damit umgehen soll. Am liebsten will ich sie umarmen und sagen, dass ich alles weiß und es mir leidtut, doch was wird sie von mir denken, wenn sie erfährt, dass es Jonas war, der mir alles erzählt hat? Falls es überhaupt noch irgendein Vertrauen zwischen uns gibt, würde ich es mit diesem Geständnis zunichtemachen.

Doch während sich diese Sackgassen in meinem Kopf bilden und ich der Hilflosigkeit ausgeliefert bin, dreht sie sich um, geht einen Schritt und stockt auf einmal in ihrer Bewegung, weil sie mich entdeckt hat. Überrascht und erschrocken weiten sich ihre Augen und ich schließe den Mund. Ich wusste nicht, wie sehr es wehtun würde, sie zu sehen. Ich glaube, ich habe in meinem Leben noch nie so viel Wut, Mitleid und Angst auf einmal verspürt wie in diesem Moment. Mein Herz macht einen Satz und drückt mir augenblicklich die Kehle zu.

Sie blinzelt ein paarmal, scheint hin- und hergerissen zu sein, zu mir zu kommen oder die Flucht zu ergreifen, und starrt mich an. Dann entspannen sich ihre Schultern und sie macht vorsichtig ein paar Schritte in meine Richtung. Mein erster Impuls ist, sie sofort in meine Arme zu schließen und zu sagen, dass alles gut wird. Mein zweiter ist, aufzustehen und aus dem Laden zu rennen, um mich diesem Gespräch nicht stellen zu müssen. Doch nichts dergleichen passiert, stattdessen bleibe ich auf meinem Stuhl sitzen und merke, wie sich die Taubheit langsam aus meinem Körper zurückzieht und einem unkontrollierten Kribbeln Platz macht. Ich zähle die Sekunden und genau nach sieben ist sie am Tisch angekommen, setzt sich hin, acht, schaut mich an, neun, zehn, elf, zwölf. Kein Wort, nur der Blick, den ich nicht deuten kann.

»Leon. Was machst du hier?«

Was ich hier mache? Ich habe es bisher nicht einmal in Erwägung gezogen, dass du hier sein könntest. Woher sollte ich das wissen? Denkst du nicht, ich wäre schon längst hier gewesen, wenn ich diesen Scheißladen mit dir in Verbindung hätte bringen können, und hätte mir das Ganze erspart?

Sie sieht mich an, wartet, mustert meinen Gesichtsausdruck und schaut mir direkt in die Augen. Ich blinzle, muss mich konzentrieren, und so sehr mich die Wärme ihrer Augen auch anzieht, ganz so, wie das Licht es mit den Motten tut, muss ich weggucken, damit ich ihr eine Antwort geben kann.

»Ich hatte keine Ahnung, dass du hier bist«, flüstere ich.

Ich traue mich nicht, den Kopf zu heben, und spiele mit dem Reißverschluss meiner Jacke herum. Was soll ich sagen? Die Wahrheit oder doch besser gar nichts?

»Vielleicht sollte ich lieber gehen …«

»Nein.«

Bist du verrückt?

Ich muss ihr so viel sagen: wie scheiße es mir ging, was sie alles angerichtet hat, dass ich die Art von Mensch war, die sie abstößt, ein Säufer, ein Kiffer und ein Arschloch. Dass ich weiß, dass Jonas es war, der ihr das Herz gebrochen hat, und auch unter welchen Umständen. Dass sie *mir* das Herz gebrochen hat und es mir egal ist. Dass ich von Noah weiß und dass die Gerüchte nicht bloß Gerüchte waren. Und dass ich bete, dass es dieses Video nie gegeben hat, das David von ihr gemacht haben soll. Ich will ihr sagen, dass sie der einzige Mensch ist, dem ich vertraue, die Einzige, die ich liebe. Ich will ihr sagen, dass ich weiß, was es heißt zu leiden. Will ihr erzählen, wieso ich das eine Mal so fertig war, dass ich die Beherrschung verlor und sie küsste, und dass dieser Kuss mich mehr beruhigen konnte, als all die Bemühungen von Finn es getan haben. Ich will ihr sagen, dass meine Mutter sich umgebracht hat und ich meine Zimmertür seitdem nie wieder geschlossen habe, bis zu dem Tag, als ich mit ihr geschlafen habe, weil sie mir jede Angst genommen hat. Zum ersten Mal seit vier Jahren. Ich will ihr all das sagen und noch viel mehr, will jeden Satz damit beginnen, dass ich sie liebe und mir alles so unendlich leidtut.

Doch ich tue es nicht. Meine Kehle ist ausgedörrt und ich bringe kein Wort heraus. Das Braun ihrer Augen … Ja, ich gucke sie wieder an, denn was soll ich auch anderes tun?

Ihre Augen weiten sich, die Mundwinkel hängen herunter. Sie sieht fast ängstlich aus, dann beugt sie sich vor und auf einmal merke ich ihre Arme, die sich um meinen Hals schlingen, die Haut ihrer Wange, die sich an meine schmiegt, und lausche ihrem Atem. Ich träume, anders kann es nicht sein. Sie war so energiegeladen, wütend und verletzt, als sie mich das letzte Mal sah, und ich dachte, sie würde mich lieber umbringen, als mich noch einmal zu berühren. Doch nun sucht sie die Nähe und ich bin ahnungslos, was sie von mir erwartet.

»Es tut mir so leid, ich habe alles falsch gemacht.«

Das Kribbeln in meinem Körper wirbelt alles durcheinander und macht jeden anderen Gedanken unwichtig. Die Kälte verschwindet und macht einer Wärme Platz, die mich einhüllt und mir für einen kurzen Moment das Gewicht von den Schultern nimmt.

»Bitte ...«, flüstert sie mit bebender Stimme an meinem Hals und ich halte sie noch fester.

Muss ich es überhaupt aussprechen? Die Wut und die Angst, die mich so lange beherrscht haben, sind heruntergeschraubt und ich überlege, ob man die Zeit nicht einfach anhalten könnte. Vielleicht ist es möglich, doch ich bekomme es nicht mit. Als hätte man kurz auf Zeitlupe gedrückt und drei Sekunden später vorgespult, vergeht diese Umarmung und ich löse mich von ihr.

Sie sieht so schön aus wie beim letzten Mal, als ich sie sah, vielleicht ein klein wenig blasser. Sie hat sich ihre Tasche auf den Schoß gezogen und klammert sich an sie wie an eine Rettungsboje. Irgendwie rechne ich immer noch damit, dass sie sich einfach in Luft auflöst, weil ich nur einen wunderbaren Traum habe, doch da macht sie den Mund auf.

»Wusstest du, dass ich hier bin?«

»Nein. Ich … Finn ist mein bester Freund und ich wollte ihn abholen.«

»Oh, okay«, sagt sie und schaut runter auf ihre Hände.

»Hätte ich gewusst, dass du hier bist, dann …«, beginne ich, doch schüttle den Kopf.

»Was?«, will sie wissen.

Keine Ahnung. Die ganze Zeit dachte ich, dass wir nur reden müssen, ein Missverständnis klären, irgendwas, aber all die neuen Dinge, die ich weiß, halten mich zurück, sodass ich mir überlegen muss, was ich sage.

»Ich habe dich vermisst. Seit dem Abend auf dem Kiez habe ich dich nicht mehr gesehen.«

Sie schluckt und fährt sich mit einer Hand durchs Haar. Verdammt, kann sie das nicht lassen?

»Ja, das weiß ich noch. Es war … ich weiß auch nicht. Es ist schwer zu erklären, was passiert ist.«

Sie schürzt die Lippen und ihre Augen glänzen. Dass sie mich so plötzlich wiedersieht, scheint sie mächtig aufzuwühlen, ebenso wie mich. Auf einmal höre ich eine Stimme von weiter weg, die ihren Namen ruft.

»Viola? Kommst du noch mal, bitte? Ich verstehe hier etwas bei der Abrechnung nicht.«

Verärgert zieht sie die Augenbrauen zusammen und greift nach meinen Händen.

»Geh nicht weg, okay? Bitte warte.«

Ich nicke und sie gleitet vom Hocker und zur Theke. Meine Augen folgen ihr und ich sehe, wie sie sich zu einer Frau mit kurzen Haaren und Tattoos beugt und ihr mit ein paar schnellen Handbewegungen etwas auf einem Zettel erklärt. Immer wieder schaut sie sich nach hinten um, ob ich noch da bin, doch diese Sorge müsste sie gar nicht haben.

Als würde ich mich einfach so aus dem Staub machen, wo ich sie doch gerade erst gefunden habe. Als sie zu meinem Tisch zurückkehrt, sieht sie mich eindringlich an.

»Können wir bitte reden?«, fragt sie.

»Natürlich«, antworte ich.

»Nicht hier, ich will nicht, dass uns jemand stört. Lass uns rausgehen.«

Ohne zu warten, komme ich ihrer Bitte nach. Sie greift nach meiner Hand und zieht mich die kurze Treppe nach oben und raus aus dem Laden. Es ist recht mild heute und ich folge ihr zu einer der Sitzgruppen, die draußen vor dem Laden stehen. Gut so, ich will auch niemandem die Gelegenheit bieten, unser überfälliges Gespräch zu unterbrechen, das uns beiden das Herz zerreißen könnte. Ich sehe sie an und betrachte sie mit ganz neuen Augen, so sehr hat sich alles in mein Gedächtnis eingeprägt, was ich von Jonas erfahren habe. Ich balle meine freie Hand zur Faust. Die andere hält sie immer noch fest. Sie wirft ihren Rucksack auf den Tisch, steigt über die Bank und ich tue dasselbe. Wir setzen uns, die Köpfe einander zugewandt, und ich warte darauf, dass sich der Knoten in meinem Hals löst. Nach ein paar Sekunden der Stille fängt sie dann an zu sprechen.

»Ich muss dir so viel sagen. Es tut mir so leid, alles! Das musst du mir glauben. Ich wollte das nicht. Ich habe dich einfach weggestoßen und das … ich kann dir nicht mal sagen wieso.«

Ich atme tief durch, doch anlügen kann ich sie nicht.

»Das hast du. Ich mochte dich schon so lange, Vio. Ich bin verrückt nach dir und dann waren wir endlich zusammen. Ich wollte, dass es der Anfang von etwas ist, aber dann bist du einfach verschwunden und hast mich alleine gelassen.

Wieso hast du nicht mit mir geredet? Dachtest du, dass es nichts bedeutet hätte?«

Unsicher schaut sie sich um, als würde sie sichergehen wollen, dass außer uns wirklich niemand zuhört. So leise, wie sie die nächsten Worte spricht, unterstreicht es meine Vermutung.

»Es hat mir alles bedeutet.«

»Und wie ist es jetzt?«, frage ich vorsichtig.

Vielleicht sollte ich mir mehr Zeit nehmen und mich vorsichtig an die ganzen Fragen herantasten, aber die Worte sprudeln ungeduldig und wie von selbst aus meinem Mund.

»Ich weiß es nicht. Es gibt so viel, das du nicht weißt und das ich dir erzählen müsste, aber ich habe keine Ahnung, ob du es hören willst.«

Ich drücke ihre Hand etwas fester.

»Rede mit mir.«

Sie presst die Lippen zusammen und hat den Blick gesenkt. Ich stelle mir vor, was gerade alles in ihr vorgehen muss. Habe ich überhaupt das Recht dazu, dass sie es mir erzählt, oder setze ich sie gerade unnötig unter Druck? Und dann ist da noch meine Rolle, die ich beigesteuert habe und über die wir reden müssen. Oder kann es sein, dass sechs Wochen einfach zu viel sind, um darüber zu reden? Den Small Talk haben wir gepflegt übersprungen und sind gleich ins kalte Wasser gesprungen. Langsam sickert es in meinen Kopf und ich bin mir der Leute bewusst, die um uns herumlaufen und keinen blassen Schimmer davon haben, wie sehr unsere Welten gerade von diesem einfachen Gespräch abhängen. Ist uns eigentlich vollends klar, was gerade passiert?

»Du hast nichts falsch gemacht. Ich bin es, ich habe es verbockt, weil ich so eine Panik hatte.«

Sie fühlt sich sichtlich unwohl in ihrer Haut und die Tatsache, dass keiner von uns auch nur ansatzweise auf das hier vorbereitet war, verstärkt ihre Unsicherheit noch mehr. Meine auch.

»Vielleicht war es einfach zu früh. Ich meine, ich will das nicht zurücknehmen, um nichts in der Welt, aber … ich konnte mich einfach nicht mehr beherrschen. Ich wollte das schon so lange und dachte, dass es dir ähnlich geht.«

»Das stimmt auch, nur … Ich weiß nicht, ob ich das schaffe. Ich habe Angst, verstehst du? Ich weiß, dass du jemand Besseres haben kannst, und wenn du wüsstest, was passiert ist, wärst du …« Sie kann nicht weiterreden. Ihre Unterlippe zittert und ihre Hand spannt sich immer mehr an. Ich hebe meine und lege sie an ihr Gesicht. Ich muss es ihr sagen, ich kann sie nicht so leiden sehen.

»Ich weiß, was passiert ist, Vio.«

Augenblicklich hebt sie den Kopf und hat die Augen geweitet. Sie sagt nichts und schaut mich nur fragend an, was ich damit meine. Ich hole tief Luft und kann die Aufregung in meiner Brust kaum unterdrücken.

»Ich war nicht mehr ich selbst. Mir ging es echt beschissen und ich habe mich mit allem Möglichen abgelenkt, getrunken, gekifft, mir irgendwelche Pillen eingeschmissen und konnte keine Stunde allein zu Hause sein, ohne dass es mir zu viel wurde. Also war ich aus, habe mich mit ein paar Leuten getroffen und bin mit ihnen in einen Klub gegangen. Sie haben gemerkt, wie ich drauf bin, und sich darüber lustig gemacht und dann hat einer eine Geschichte erzählt. Sie wussten nicht, dass es mir wegen dir so dreckig ging.«

»Was für eine Geschichte?«, fragt sie zittrig.

»Er dachte, wenn er mir erzählt, was er abgezogen hat,

merke ich, wie dumm es ist, dass ich mich wegen einer Frau so hängen lasse. Dass ich meinen Spaß haben sollte und ich sie eh irgendwann vergessen würde. Wahrscheinlich wäre sie schon längst bei wem anders. Und dann …«

Erwartungsvoll blickt sie mich an. Mein Herz schlägt bis zum Hals und ich muss schlucken, um das Nächste über die Lippen zu bringen.

»Dann hat er gesagt, was er getan hat. Dass er mit einem Mädchen zusammen war, sich trennen wollte und vorher noch mit ihr im Bett war. Dass er sie entjungfert hat. Und dass sie danach mit Noah zusammen war und die Gerüchte gestimmt haben. Und noch etwas über jemanden namens David. Dann hat er den Namen gesagt und ich habe gebetet, dass er irgendeinen anderen ausspricht.«

Sie hatte meine Hand schon losgelassen, als ich den ersten Satz ausgesprochen habe. Jetzt hat sie sich zurückgelehnt, die Hände vor den Mund geschlagen, die Schultern fallen gelassen und schaut mich schockiert an. Ihr ohnehin schon blasses Gesicht ist kreidebleich und sie schüttelt kaum merklich den Kopf.

»Du hast es gewusst«, flüstert sie.

»Nein! Ich habe es da erst erfahren. Bitte, das musst du mir glauben.«

»Dir glauben?«

»Ja.«

Ich greife wieder nach ihren Händen, doch sie zieht sie zurück.

»Ich soll dir glauben, dass du diese Geschichte zum ersten Mal gehört hast und vorher nie ein Wort darüber verloren wurde?«

»Wir sind keine Freunde, Vio! Ich wollte mich einfach nur

ablenken, weil ich es zu Hause nicht ausgehalten habe. Und dann kam diese Nachricht, wer Lust hat, mit auf den Kiez zu kommen. Ich habe nicht nachgedacht.«

»Bei wem hast du das Zeug gekauft?«, fragt sie plötzlich.

»Was?«

Ich bin verwirrt.

»Du meintest doch eben, du hättest gekifft, dir was eingeschmissen. Wo hast du es gekauft?«

Mir läuft es eiskalt den Rücken hinunter. Sie kennt die Antwort, auch wenn ich sie nicht ausspreche. Mein Schweigen genügt ihr.

»Also: Du gehst mit meinem Ex, der mich gefickt und weggeworfen hat, feiern. Bei meinem anderen Ex kaufst du dir deine Pillen. Und was hast du mit David zu tun? Ist da auch irgendeine Verbindung zwischen euch?«

»Nein! Vio, bitte, sag mir, dass es dieses Video nicht gibt, von dem Jonas gesprochen hat. Bitte, sag mir das.«

Sie schnaubt und ihre Augen glänzen.

»Das würdest du gerne sehen, oder?«, sagt sie mit bebender Stimme.

»Ich habe nichts mit ihnen zu tun. Du hast mir ja nie erzählt, was wirklich passiert ist.«

»Jetzt bin ich schuld?«

»Mein Gott, nein! Aber ich wäre doch nie dort hingegangen, wenn ich gewusst hätte, was er dir angetan hat. Ich wäre für dich da gewesen, ich hätte dich beschützt.«

Sie lacht auf und hebt den Kopf.

»Mich beschützt? Für wie blöd hältst du mich eigentlich?«

»Ich liebe dich, Vio! Nur aus diesem einen Grund war ich mit dir zusammen und ich will dich nicht wieder verlieren.«

Einen Moment starren wir uns an. Sie ist so weit weg, dass ich mich nicht traue, mich zu bewegen, aus Angst, sie endgültig zu vertreiben. Ich musste es tun. Ich musste ihr sagen, was ich weiß, und irgendwie muss ich es hinkriegen, dass sie mir glaubt. Doch ich habe keine Ahnung wie.

Jemand tritt hinter ihr an den Tisch und ich schaue auf. Finn.

»Hey, ich bin gleich ... störe ich etwa?«

Ich blicke zu ihm auf und flehe ihn stumm an zu gehen. Es ist überflüssig, ihm irgendwelche Erklärungen zu geben, mein Gesicht muss Bände sprechen. Seine Augen weiten sich kurz, als er die Zusammenhänge begreift, sie anschaut, eins und eins zusammenzählt und kaum merklich nickt. Er geht weiter, ohne ein weiteres Wort zu sagen, und zieht einen klirrenden Wagen voller Getränke hinter sich her in Richtung Eingang. Dann sehe ich sie wieder an.

»Vio, ich weiß, dass sie an allem schuld sind, aber ich gehöre nicht dazu. Du würdest nie irgendwas eingehen, wenn es dir nicht wichtig wäre, und das haben sie ausgenutzt, weil sie nicht wissen, wer du bist. Du hast das nicht verdient, aber so muss es nicht weitergehen.«

»Ach nein? Das habe ich mir nach Noah auch gesagt. Und dann kam David und hat mir denselben Scheiß verkauft! Am Anfang ist es immer schön und dann kommt etwas Hässliches zum Vorschein.«

»Ich weiß, dass du nicht so bist. Ich bin daran kaputtgegangen, als du plötzlich verschwunden bist, aber es ist mir egal.«

Sie hat die Arme vor der Brust verschränkt.

»War es für dich nicht genauso?«, frage ich.

Sie starrt auf die Tischplatte und kaum merklich zuckt

es um ihre Mundwinkel. Sie denkt angestrengt über etwas nach, und als sie den Kopf hebt, hat sie eine undurchdringliche Maske aufgesetzt.

»Tja, das tut mir leid für dich. Ich habe mich nämlich ebenfalls gut abgelenkt.«

Schmerzhaft zieht sich mein Magen zusammen.

»Nur ein paar Tage, nachdem das mit uns war, hat Luke mich um ein Date gebeten, ein Kollege. Er … kann sehr überzeugend sein.«

Ich schüttle den Kopf über das, was sie da offensichtlich andeuten will. »Das ist nicht wahr. Das könntest du nicht«, bringe ich heraus und klinge nicht wirklich überzeugt von meinen eigenen Worten.

»Doch. Er hat genau das bekommen, was du haben wolltest, doch im Gegensatz zu dir, wird er es für sich behalten.«

Die ganzen Fragen kehren zurück in meinen Kopf: Ist sie mit jemandem zusammen? Wer ist es? Liebt er sie? Liebt sie ihn? Behandelt er sie gut? Kennt er sie? Was sagt sie ihm? Schläft sie mit ihm und gibt ihm die gleiche Nähe wie mir?

Sie fängt an zu weinen und betrachtet ihre Füße. Es ist offensichtlich, dass sie mir wehtun will, und ihr ist auch klar, dass sie es geschafft hat. Denn sie lügt mich nicht an, das merke ich an dem Zittern, das ihren Körper überkommt. Genauso gut hätte sie mir einen kräftigen Tritt in die Magengrube verpassen können.

»Was hat er dir getan?«, frage ich, doch sie antwortet nicht.

Ich lehne mich vor, nehme ihr Gesicht in meine Hände und zwinge sie mich anzusehen. Ihre Augen glänzen und ich weiß, dass sie die Wahrheit sagt. Ich weiß nur nicht wieso.

Ich senke meinen Kopf, lege meine Lippen auf ihre und

merke, wie viel Verzweiflung in diesem Kuss steckt. Sie legt ihre Hände um meinen Nacken und erwidert den Kuss, doch ich hatte noch nie im Leben etwas so Zerbrechliches in meinen Händen. Die Schuldgefühle übermannen mich und gleichzeitig bin ich so unglaublich wütend auf sie. Während ich durch die Hölle gegangen bin und sie mehr gebraucht hätte als je zuvor, war sie mit einem anderen zusammen. Zur Ablenkung. Anstatt mit mir zu reden, ging sie mit ihm ins Bett und bricht mir das Herz zum wiederholten Mal, doch ich gewöhne mich nicht daran. Ich weiß, was sie durchgemacht hat, und will damit alles rechtfertigen, doch ich kann es nicht. Ich liebe sie und ich habe nie zu dieser Gruppe von Arschlöchern gehört, die ihr das angetan haben. Sie hätte bei mir sein müssen, als ich sie brauchte!

Doch ich bin auch wütend auf mich, dass ich ihr nie davon erzählt habe. Woher hätte sie es wissen sollen? Sie war nie in meinem Elternhaus, weil ich nach dem Abi sofort ausgezogen bin. Wenn sie nach meinen Eltern gefragt hat, sagte ich ihr nur, sie würden nicht hier leben. Sie hat mir so viel verschwiegen, doch auch ich habe nicht alles gesagt. Und vielleicht, ja vielleicht hatte das einen Grund.

Ich höre es splittern.

In meinem Kopf war sie nie die Art Frau, die es mit einem anderen treibt. Sie war nie oberflächlich und hat sich nie unter Wert verkauft. Ich liebe sie, doch ich bin mir fast sicher, dass ich der Auslöser dafür war, dass sie diesen Schritt gegangen ist und sich selbst nicht mehr wahrgenommen hat.

Vielleicht kann ich sie nur retten, indem ich etwas tue, an das ich in den letzten Wochen nicht *einmal* gedacht habe. Ich löse mich von ihr und sie hält ihre Augen geschlossen.

»Er hat mir nichts getan, ich habe einfach nur nichts mehr fühlen wollen.«

Ein neuer Stich.

»Ich habe das auch versucht«, gestehe ich ihr, »aber ich konnte nicht. Du warst die ganze Zeit in meinem Kopf und ich wollte dir das nicht antun.«

Sie hadert mit sich.

»Ich weiß nicht, was wir jetzt machen sollen, Leon.«

»Vielleicht können wir gar nichts mehr machen«, überlege ich traurig und nehme ihre Hand. Diesmal zieht sie sie nicht zurück.

»Als ich alles gehört habe, habe ich mich so schuldig gefühlt. Und dann wollte ich zu dir und dich überzeugen, dass ich niemals absichtlich so etwas tun würde. Aber ... ich weiß, wieso du dich ablenken wolltest und dass ich diesen blöden Schalter umgelegt habe. Doch mir vorzustellen, dass du mit jemand anderem zusammen warst, während ich dich gebraucht hätte ...«

Mir bricht die Stimme. Jetzt müsste ich es ihr sagen, die Karten auf den Tisch legen und ehrlich sein. Dass meine Mutter sich umgebracht hat und sie es erträglich gemacht hat, damit zu leben. Und wie unerträglich es war, ohne sie zu sein, während sie sich mit diesem Luke abgelenkt hat und nichts gegen meine Schmerzen unternahm. Wie auch? Sie wusste es nicht. Doch das lindert das Feuer in mir nicht eine Sekunde.

»Du hättest mich gebraucht«, murmelt sie und ich weiß nicht, in welche Richtung sie das einordnet.

Ich drücke ihre Hand, hebe mit der anderen ihr Kinn an und sehe ihr in die Augen. Es tut so weh, diese Wärme zu spüren, aber ich kann nicht so tun, als würde sich alles wieder einrenken. Sie hat ihre Narben, die nicht zu meinen passen, und vielleicht haben wir uns nur gewünscht, dass es irgendwann mal funktionieren würde, weil wir nicht wissen wollten, wie aussichtslos es in Wahrheit ist. Sie vertraut mir nicht, egal was ich sage, und auch ich habe es nach eineinhalb Jahren nicht geschafft, ihr alles zu erzählen. Unser Timing ist grausam und möglicherweise haben wir uns auch nur etwas vorgemacht.

»Es ist aus, oder?«, frage ich und spüre die Hitze in den Augen.

Sie drückt meine Hand noch fester und ihr Körper bebt. Kein Ton kommt aus ihrem Mund, doch ich habe recht, das ist ihr bewusst. Sie wird sich nie sicher sein, ob da neben Jonas und Noah nicht auch noch eine Verbindung zu David besteht und ich nur der nächste Part eines abscheulichen Spiels bin. Ich bin ratlos, wie ich sie davon überzeugen soll, dass dem nicht so ist. Sie will es vielleicht nicht einmal.

Langsam löse ich meine Hand aus ihrer und stehe von meinem Platz auf. Wie automatisch folgt sie mir und wir stehen uns einen Augenblick gegenüber. Ein allerletztes Mal berühre ich sie und verschränke meine Finger mit ihren.

»Bitte pass gut auf dich auf.«

Sie kann die Tränen nicht länger kontrollieren und ich kann sie nicht alleine da stehen sehen. Sie lässt sich gegen mich fallen und ich schlinge meine Arme um sie, während sie sich an mir festhält. Ich sauge ihren Duft ein, versuche mir alles einzuprägen und mich zu erinnern, doch es wird nie dasselbe sein, wie sie tatsächlich bei mir zu haben.

Irgendwann löst sie sich von mir, greift nach ihrer Tasche und ist verschwunden, ich bekomme es gar nicht richtig mit. Erst als Finn plötzlich vor mir steht, mich ansieht und mich dann in eine feste Umarmung schließt, bemerke ich, dass ich eigentlich schon längst hätte zusammenbrechen müssen.

»*Sie* ist deine Viola«, flüstert er und ich nicke. Zu mehr ist mein Körper nicht mehr fähig.

KAPITEL 17

SIE

Ein leichter Wind dringt durch das offene Fenster in den Raum und bewegt die Vorhänge. Ich bin allein, zum Glück, muss mich nicht verstellen und kann mich verkriechen. Keine Fragen, kein Klopfen an der Tür. Dunkelheit umhüllt mich, nur schwach vom Mondschein durchbrochen, der meine Gedanken in undurchschaubaren, nicht greifbaren Nebel hüllt.

Er ist in meinem Kopf, aber ich verstehe es nicht. Diese Szene vom Nachmittag, sie wirkt so irreal. Meine Gedanken kreisen darum, bleiben stehen und rotieren weiter, doch ich merke nicht, dass ich mich mitbewege. Ab und zu flimmert ein Funke vorbei, durchbricht dieses schemenhafte Dunkel, eine Ahnung von dem, was noch Stunden zuvor in mir tobte, doch jetzt bin ich leer, ohne jedes Gefühl.

Ich meine, natürlich spüre ich etwas. Ich könnte mir jetzt keinen Nagel ins Knie rammen und würde nicht merken, wie das Metall durch Haut, Sehnen und Knochen schlägt, offensichtlich meine ich nicht das körperliche Empfinden. Mein Magen ist leer, ich habe es nicht geschafft, etwas zu essen. Der Appetit ist mir vergangen und trotzdem ist mir schlecht.

Wieso sieht man immer nur, was man hat, wenn es nicht

mehr da ist? Wieso habe ich es kaputt gemacht? Mir war doch klar, was ich tue, mit Leon, mit Luke, bei dem ich nur war, weil ich das Risiko nicht eingehen wollte, dass Leon mir wehtun könnte. Ergibt das überhaupt einen Sinn? Ich müsste erleichtert sein, jetzt, wo ich mir darüber keinen Kopf mehr machen muss. Endlich habe ich es geschafft und ihn vollkommen und unwiderruflich von mir weggestoßen. Doch nichts.

Es ist aus, oder? Dieser Satz kommt am häufigsten in meinen Gedanken vor. Seine Stimme kommt in meiner Erinnerung nicht richtig durch, ich kann sie nicht so klar hören und auch seinen Kuss auf meinen Lippen nur noch undeutlich schmecken.

Jonas. Dieser Mistkerl, mit ihm hat es doch alles angefangen. Da, da ist er, der wütende Funke, für ein paar Sekunden lässt er sich blicken und mir wird heiß. Niemand, der diese Geschichte kennt, könnte mich danach noch ernst nehmen, geschweige denn, ernsthaft was von mir wollen. Leon durfte es einfach nicht wissen, das merke ich jetzt umso deutlicher. Wenn er es nicht erfahren hätte, hätten wir einfach weitermachen können, ich hätte mir irgendetwas ausgedacht. Doch diese Tür ist unwiderruflich zugeschlagen.

Ich habe Leon und Jonas sehr oft zusammen gesehen, meistens im Bus, wenn sie miteinander sprachen, und ich weiß noch, dass ich mich fragte, woher sie sich wohl kennen.

Als ich sechzehn war, ist Leon mir zum ersten Mal aufgefallen. Ich war nicht wirklich mit anderen Leuten zusammen, meine sozialen Kontakte bestanden hauptsächlich aus Julia, mit einer Handvoll Leuten wechselte ich ein paar

Worte, gestaltete Small Talk und grüßte sie am Morgen oder in der Pause, wenn man sich zufällig über den Weg lief, aber mehr nicht. Ich war neu an der Schule und hatte zur zehnten Klasse gewechselt und tat mich schwer damit, die Leute besser kennenzulernen. Julia kannte ich schon vom Handball, wir spielten eine Zeit lang im selben Team und daher war es recht einfach, sich bei ihr einzuklinken, um nicht vollkommen alleine rumzuirren. Tatsächlich funktionierte das ziemlich gut, und da ich mich ohnehin lieber aufs Lernen als auf meine Mitschüler konzentrieren wollte, nachdem diese mich aus meiner alten Schule rausgeekelt hatten, war mir das sehr recht.

Es war mitten im zweiten Halbjahr, als mir Leon das erste Mal wirklich auffiel. Ein bleibender Eindruck, den ich nicht mehr richtig loswurde. Er war anders als sonst, das merkte ich, als er nach einer Ewigkeit wieder in der Schule auftauchte. Ich erkannte ihn nur, weil Julia schon seit Schuljahresanfang für ihn schwärmte. In der Sekunde, als er durch die Tür trat, fiel mir auf, wie lange ich ihn hier schon nicht mehr gesehen hatte, und zugleich stellte ich mir die Frage, warum. Er kam in die Pausenhalle und ich saß an einem der Tische, war extrem müde und wartete auf irgendein bekanntes Gesicht, mit dem ich die üblichen Floskeln wie: *Morgen! Wie geht's? Hast du Aufgabe XY gemacht?* tauschen konnte.

Er beachtete mich nicht. Mir fiel er besonders deswegen auf, weil er allein war und nicht wie üblich von einer Traube von Affen umgeben und mit seinem Püppchen Annika im Arm, wie es immer der Fall gewesen war, wenn Julia mich auf ihn aufmerksam machte. Er war der Einzige in unserer Stufe, der rote Haare hatte, immer fröhlich und in der Schule total in seinem Element. Ein buchstäbliches Mitläuferarschloch ohne Rückgrat. So hatte ich ihn gesehen, aber als er an dem Tag in die Schule kam, ich glaube, es war ein Freitag, da hätte ich ihn fast nicht wiedererkannt. Als hätte man ihn geknackt, die Schale abgestreift und sein Innerstes nach außen gekehrt. Wäre er nackt gekommen, er hätte mehr getragen als in diesem Moment. Eine Aufnahme, die schneller vorbei war, als ich sie bewusst erfassen konnte, doch sie blieb hängen und beeindruckte mich auf paradoxe Weise. Der erste persönliche Kontakt, ohne dass er es bemerkte.

Ich sah ihm nach, und obwohl ich bisher kein Wort mit ihm gewechselt hatte (wenn Julia mit ihm sprach, suchte ich schnell und lautlos das Weite), hatte ich den Drang, zu ihm zu gehen und ihn zu fragen, was passiert war.

Ich tat es nicht. In der Sekunde nicht, weil ich rein gar nichts mit ihm zu tun hatte und es komisch gewesen wäre, und ich fragte ihn in den folgenden Jahren auch kein einziges Mal. Was ging es mich auch an? Er hätte es mir irgendwann von selbst gesagt, wenn er wollte, dass ich es wusste, doch dem war nicht so. Aber so viel war sicher, etwas an ihm war anders und seitdem behielt ich ihn im Auge.

Auch wenn ich nicht danach fragte, Julia erzählte mir irgendwann, was sie gehört hatte, dass jemand gestorben war, und sie war drauf und dran, mir alles zu berichten, alle Details, die sie vernommen hatte. Doch ich kapselte mich ab, gab ihr deutlich zu verstehen, dass ich davon nichts hören wollte, denn es ging mich nichts an. Da ich mich dazu entschlossen hatte, nicht mehr den Massen zu folgen und mein Leben nicht nur um das neueste Gerücht kreisen zu lassen, zwang ich mich dazu, mich auf andere, wichtigere Dinge zu konzentrieren. Und so blieb es eine Weile.

Zeitsprung: Ein paar Monate später und es schien so, als würde fast alles in alten Bahnen verlaufen. Leon war von seinen Affen umgeben und lachte wie zuvor auch. Immer seltener sah ich ihn alleine an einem Tisch in der neuen Pausenhalle sitzen, fernab von seinen üblichen Anhängseln.

War sein Lachen aus Plastik? Möglich war es. Julia lag mir in den Ohren, wir müssten endlich mal zu einem von seinen Fußballspielen gehen. Sie wolle nur mal gucken, vielleicht würde sie ihm dann auffallen, wenn er sie dort sah. Und irgendwann waren meine Ausreden ausgeschöpft und ich war so genervt von der Fragerei, dass ich schließlich aufgab und einlenkte. Ich kann mich nicht mal mehr an die Namen der Vereine erinnern.

Wir saßen auf der Tribüne irgendeines Sportplatzes und sahen zu, wie der Ball über den Platz segelte und zweiundzwanzig Leute um dieses runde Ding kämpften, als ginge es um Leben und Tod. Langweilig. Und außerdem arschkalt im Januar. Ich verschwand schnell, als Julia sich nach dem Spiel schleunigst auf den Weg zu Leon machte. Er war mit Annika zusammen, dieser menschlichen Vollpfeife, ein Mädchen, das im Unterricht gerade so durchrutschte und dessen ganze Existenz sich um Aussehen, Beliebtheit und die nächste Party drehte. Was konnte man dann auf den Typen geben, dem das offenbar gefiel?

Ich wartete auf meinen Bus, trat irgendwo in Curslack von einem Bein aufs andere, um mich warm zu halten, und wer musste mir da über den Weg laufen? Natürlich der Teufel persönlich, der seine Worte sorgfältig auswählte, charmant lächelte und mich als nächstes Opfer seiner zuckersüß geflüsterten Lügen aussuchte. Jonas wirkte gar nicht wie ein Mistkerl, fing einfach an mit mir zu reden und sagte, ich sei hübsch. Noch nie hatte ich so was von einem Jungen gehört, deswegen gab ich ihm auch meine Nummer, überrumpelt und dumm wie ich war. Er rief mich ein paar Tage später an, fragte, ob ich nicht was machen wolle, und was sprach dagegen?

Irgendwie hat alles genau da angefangen und doch weiß ich nicht, wie sich aus so einer kleinen Sache etwas so Großes entwickeln konnte. Der erste Kreis schloss sich, als ausgerechnet Leon mich fand, als ich gerade von Jonas rausgeschmissen worden war. Und von da an hatte ich wohl nicht mehr wirklich eine Wahl.

Der Wutfunken ist schon längst verloschen, versunken in der Erinnerung, die mir fast fremd ist angesichts der Tatsache, dass ich mich da noch schlecht fühlte, traurig und zerstört. Ich *fühlte*, jetzt ist da nichts.

Es ist so, als hätte man mich geöffnet und alles aus mir herausgenommen, was mich ausmacht. Es ist einfach nicht mehr möglich für mich, ohne Bedenken zu lieben, und ich bin vollkommen von meiner Angst beherrscht. Ich bin wortlos gegangen, habe nicht einmal einen Zettel hinterlassen, obwohl ich Stift und Papier schon in der Hand hatte. Himmel, ich bin eine Affäre eingegangen, etwas, das ich immer abgelehnt habe. Wer ist Luke? Niemand. Und wer bin ich? Er sagte mir, dass er mich liebt, während er schon feststellte, dass es aus ist. Ich glaube ihm, doch ich habe ihm zu sehr wehgetan. Ich kann ihm nicht verdenken, dass er mich jetzt nicht mehr will, wo er die ganze Geschichte kennt.

Ich ziehe die Decke an mein Kinn, drehe mich auf die Seite und will schlafen. Ich kann nicht mehr. Ich habe mich selbst versenkt, liege auf dem Grund und das Wasser drückt auf mich und lässt mich nicht atmen. Ein vergessener Anker in den Tiefen einer tobenden See.

Du bist es, Leon, du bist der Sauerstoff, unerreichbar für mich. Und ich kann nicht atmen, weil du nicht da bist, ich kann gar nichts machen, nicht aufstehen, nichts! Auch jetzt lässt du mich nicht Luft holen. Jetzt, wo es vorbei ist, kann ich auf die Trümmer schauen und erkenne es und meine grenzenlose Dummheit. Nicht du hast etwas falsch gemacht, sondern ich, weil ich so blöd war, mich auf diese Typen einzulassen. Und weil ich dir nie davon erzählt habe.

Einstein hatte schon recht, als er sagte, dass die menschliche Dummheit unendlich sei.

Gott, ausnahmsweise bin ich sogar froh, dass meine Eltern nicht da sind. Sie sind immer noch bei meiner Schwester in Paris und wollen glücklicherweise fast im Anschluss auf Silberhochzeitsreise nach sonst wohin und ich kann mich alleine meinem Leid hingeben. Wer außer mir sollte auch sonst Mitleid mit mir haben? Also kann ich schreien und die Nachbarn werden denken, ich schaue irgendeinen Horrorfilm. Solange ich weiterhin keinen Studienplatz oder einen »soliden Zukunftsplan« vorzuweisen habe, wird es meine Eltern eh nicht interessieren, was mit mir ist, selbst wenn sie sich gerade nur eine Tür weiter befänden und meine Schluchzer hörten.

Ich habe dir meine Vergangenheit verschwiegen, aber verstehst du nicht wieso? Weil ich dich liebe? Oder interessiert es dich nicht mehr, weil ich das verfluchte Miststück bin, das ich nie sein wollte?

Was habe ich also noch zu verlieren?

Ich umklammere meinen Brustkorb. Mein Magen ist leer und trotzdem muss ich mich dazu zwingen, nicht wieder ins Badezimmer zu hetzen.

Es ist zu spät für uns, meine Schuld. Das passt zu mir. Und

weil ich diese Erinnerung nicht will, ich sie von mir abstoße, bringe ich mich dazu, sie herunterzuschlucken und im Bett zu bleiben.

Allein mit den stummen Hilferufen nach dir, die du nicht hörst.

KAPITEL 18

ER

Ich liege auf meiner weichen Matratze und denke an sie. Was ist in den letzten Tagen nicht alles passiert?

Finn brachte mich gestern nach Hause und wollte noch mit mir reden. Fragen über Fragen, auf die ich keine Lust hatte.

Er ließ mich mit Viola in Ruhe, wahrscheinlich hatte er auch ohne Worte verstanden, dass ich noch nicht in der Lage war, darüber zu reden. Ich war nicht in der Lage, über *irgendwas* zu reden. Etwas ist bei mir, bei uns, gründlich schiefgelaufen und ich denke nicht, dass es nur einen Grund dafür gibt. Es ist eine Kette, jedes Glied greift in das nächste und am Ende legen wir sie uns selbst um den Hals.

Stattdessen klärte er mich über den Abend auf, als ich ihn einfach bei mir zu Hause stehen ließ, weswegen ich mich immer noch mies fühle. Ich konnte gar nicht glauben, was er mir alles erzählte. Zuerst klärte er mich darüber auf, wie ich nach Hause gekommen war. Irgendjemand, vielleicht sogar ich selber, was ich für eher unwahrscheinlich halte, weil ich dazu bestimmt nicht mehr in der Lage war, antwortete auf eine Nachricht von ihm, wo ich sei, die auf meinem Handy angezeigt worden war, und bat darum, mich abzuholen. Er kam zur Reeperbahn, zog mich aus einem der zahlreichen Schuppen heraus, nahm mir die Schlüssel ab und brachte mich nach Hause.

Ob ich irgendetwas Schlimmes gemacht hätte? Nein. Er habe mich nicht aus den Armen irgendeiner Tussi gerissen, aber ich hätte nach Alkohol und Zigaretten gestunken und fast in mein eigenes Auto gekotzt, das er noch zusammen mit mir holte, weil ich einfach nicht lockerlassen wollte.

Nachdem wir zu Hause angekommen waren, zog er mich aus und hievte mich in die Wanne, um mich immerhin ein bisschen sauber zu bekommen und den Gestank wegzuwaschen. Daher auch die Ordnung in meinem Zimmer. Der Gestank war mir gar nicht aufgefallen, aber erstens schätze ich, dass er ohnehin überwiegend aus meinem Mund kam, und zweitens hat Finn meine Klamotten bestimmt mit Deo eingesprüht, so wie er es immer mit seinen Sportsachen tut, damit seine Sporttasche nicht nach Schweiß riecht. Er habe mir dann in mein Zimmer geholfen, mich aufs Bett gewuchtet und zugedeckt und mich dann alleine gelassen.

Es ist nichts Neues, jedes Jahr um diese Zeit drehe ich durch und ich erinnere mich kaum noch an einen einzigen dieser Abende, so gut bin ich im Verdrängen geworden. Ich weiß nur, dass Finn immer da war. Wie hält er das aus? Und jetzt, wo ich noch mehr durchdrehe als sonst, wie kann er das ertragen? Ich bin so ein Idiot, schlechtester bester Freund des Jahres, vier Jahre in Folge.

Jetzt liege ich auf meinem Bett, starre zur Decke, wechsle zum Fenster und bleibe für einen kurzen Augenblick an dem Rahmen hängen, in dem sich einmal ein Spiegel befand.

Es ist aus, oder? Bitte pass gut auf dich auf. Kam das wirklich aus meinem Mund? Ja, so ist es wohl.

Es ist mir ein Rätsel, wie Liebe funktioniert. Ich habe das Gefühl, dass ich nichts über sie weiß.

Sie wohnt nicht da, wo sie uns die Tür aufschloss, eine Wohnung in Winterhude. Nahezu jeden Tag hatten wir Kontakt, sie machte mir sogar Vorwürfe, wenn ich mich nicht meldete, spielerisch, neckisch, aber dennoch Vorwürfe, die man, das weiß man, immerhin ein bisschen ernst nehmen sollte. Dann geht sie auf einmal? Es passte nicht zu ihr. Sie ist wechselhaft, impulsiv, ein Dickkopf, überstürzt Dinge und liebt leidenschaftlich. Und dann erfahre ich, dass dieses Puzzleteil in einen ganz anderen Kontext gehört, und frage mich, mit wem ich die ganze Zeit über zusammen war. Auf einmal hat sich diese Flucht aus meiner Wohnung so gut eingefügt und es wundert mich, wie sie es überhaupt überlebt hat, so erniedrigt zu werden.

Mit Jonas hat alles angefangen. Diese grauenhafte Geschichte habe ich Wort für Wort in meinem Kopf abgespeichert. Wie er seine Freundin, wie er Vio beschrieb und was er mit ihr gemacht hat und es jagt weiter Kugeln durch den Fetzen, der einmal mein Herz gewesen ist.

Ich habe eine gefühlte Ewigkeit gewartet. Ein Warten darauf, dass ich sie wiedersehe, auf eine Antwort, darauf, dass etwas passiert. Und im Endeffekt stehe ich jetzt da und habe nichts. Offenbar kenne ich sie wirklich überhaupt nicht.

Immer wieder balle ich meine Hände zu Fäusten, strecke sie, dann wieder Fäuste. Meine Hände, die alles von ihr so genau kennen. Ihr Gesicht, ihre Lippen, ihren Körper und ich erinnere mich noch ganz genau daran, wie jeder einzelne Finger über ihre Haut strich. Ich drückte sie enger an mich und wollte nie wieder von ihr getrennt sein. Was war das? Ich weiß, was ich fühlte, weiß, dass es richtig war, das zu fühlen, aber ich erkenne sie nicht mehr. Auf einmal sehen wir uns wieder und alles ist anders. Und es ist hart, sie so zu sehen und nicht zu wissen, was in ihr vorgeht.

Ich freute mich, wie man sich nach einem langen Winter auf die ersten Sonnenstrahlen freut, jedes Mal, wenn ich sie wiedersah. Sie war mein kleines Licht, das ich wie ein Glühwürmchen behandelte, nicht drauftreten, es bewundern, es beschützen. Ich habe gewartet und gehofft, dass es sich lohnt, auch wenn das wie Berechnung klingt. Ich wollte, dass irgendwann was aus uns wird, küsste sie das eine Mal, als sie mit David Schluss gemacht hatte und ich nach dem Besuch auf dem Friedhof von der Einsamkeit überrollt wurde. Sie blockte ab, ich nahm die Schuld auf mich und handelte damit so, wie mein Glühwürmchen es wollte, obwohl ich mich mehr nach ihr sehnte als je zuvor und ihre Nähe *brauchte*. Es war, als würde ich auseinanderfallen, wenn ich sie nicht mehr berührte. Ich wollte das Licht in dem ausweglosen Tunnel in meinem Kopf nicht ausgehen sehen und dachte nicht wirklich darüber nach. Vielleicht, weil ich irgendwo in ihren Augen gelesen hatte, dass sie gerade genauso große Schmerzen auszuhalten hatte wie ich.

Ich hätte besser hinsehen und es erkennen sollen, es benennen. Möglicherweise hätte ich dann verstanden, dass ich das Licht nur sehen konnte, weil sie mir den Rücken zudrehte und mir den größten Schmerz ihrer Seele verheimlichte.

Ich folgte diesem kleinen Schein, der mich entflammte, und als ich dachte, dass wir zusammen brennen, entzog sie mir den Sauerstoff. Vielleicht ist es doch besser, wenn es aus ist und wir uns nicht mehr sehen. Vielleicht.

Ich drehe mich im Kreis, hänge ihr Foto an eine Wand

und habe vor, ihm den Rücken zuzukehren, bis es vergilbt ist und ich in Erinnerungen schwelgend wieder einen Blick darauf werfen kann. Doch ich schaffe es nicht ganz, mich umzudrehen, bin viel zu schnell zurück an dieser Wand und reiße das Foto los. Auf einmal ist es keine Farbaufnahme mehr, es ist plötzlich schwarz-weiß wie der Mensch, den ich (nicht) kenne, und es gibt die Farben nur noch in meiner Erinnerung. Wenig später beginnt dasselbe Spiel wieder von vorne.

Draußen ist es dunkel, doch ich bin nicht müde. Wie spät es wohl ist? Doch das ist unwichtig. Es ist Samstag, ich war heute in der Bib, habe hier zu Hause über meinen Büchern gesessen und mein Soll für den Tag erfüllt, sodass ich jetzt hier liegen kann und nachdenken darf. Deswegen kann es mir egal sein, wie spät es ist.

Finn sagte, er sei immer für mich da und ich könne ihn anrufen, wenn ich ihn brauche, doch ich tue es nicht und halte mich von ihm, oder ihn von mir, fern. Ich weiß, dass er meint, was er sagt, nur habe ich keine Ahnung, was er tun kann. Die Zeit zurückdrehen kann er nicht und weder ihr noch mir diese Schmerzen nehmen.

O Gott, ich gehe verloren in der ganzen Sache. Wie viel Zeit ist vergangen, seitdem ich hier liege? Ich kann es nicht einschätzen und habe mich in diesem Geflecht verheddert. Ich will sie – oder nicht? Und wie soll ich ihr wieder nahekommen, wenn das doch unmöglich ist? Ich drehe mich zur Wand, hänge das Bild auf, reiße es runter und immer so weiter. Wie komme ich da nur raus?

Das Licht der Mondsichel erhellt das Zimmer, ich sehe den leeren Rahmen des Spiegels und vermisse sie, liebe sie und bin verwirrt. Was denkt sie? Warum ist sie nicht bei mir? War es richtig zu sagen, dass es zwischen uns aus ist? Ich habe nicht mit ihr Schluss gemacht, sondern nur mit der Ungewissheit. Hätte ich ihr das sagen sollen? Dass ich sie, jetzt, wo ich alles weiß, trotzdem noch will?

Und hatte ich das nicht schon? Ist mir nicht genau dieser Gedanke schon etliche Male durch meinen Kopf gejagt? Ich stelle mir die Frage, wann er den Ausgang endlich findet, den Irrgarten durchquert und das Ziel erreicht, sodass mir ein Licht auf- oder eben ausgeht, weil sie sich endlich umgedreht hat. Es muss doch einen Ausweg geben, warum sonst liege ich hier in der Dunkelheit und zerbreche mir den Kopf darüber? Und das alles fing nur mit dieser anfänglich so harmlosen Nacht an, in der ich scheinbar endlich bekam, was ich wollte! Ich kann einfach nicht glauben, dass all die Küsse, jede Berührung, der Duft ihres Haars, ihre kleinen Hände auf meinem Rücken, die Fingerspitzen, die sich an meine Haut schmiegten, ihr gehauchtes »Ich liebe dich«, jede kleinste Bewegung, die wir zusammen taten … Ich will nicht glauben, dass das das Ende von uns war. Ein sehr übel gelaufener Start, ja, aber kein Ende.

Sie arbeitet mit Finn zusammen, jetzt kann sie mir nicht mehr entgleiten und ich nehme das als Zeichen, dass es weitergehen wird. Wenn meine Wut verraucht ist, mein Kopf klar und ich weiß, dass ich jede Version ihrer Geschichte hören, ertragen und verstehen kann, dann werde ich sie sehen und sie mit allem beschützen, was ich habe. Diese Aussicht ist so wohltuend, dass ich für einen kurzen Moment vergesse, dass ich ihre Finger nie wieder auf meinem Rücken spüren werde.

Ich drehe mich zur Seite, erblicke die offen stehende Tür und sehe, wie du durch sie hindurch verschwindest. Es ist Wochen her, ich habe die Bettwäsche gewechselt und etliche Male geduscht, aber ich nehme es ganz deutlich wahr, dass du hier warst. Auf einmal sehe ich uns, wie wir uns in diesen Laken wälzen, ich über dir, in dir, und gehöre ganz und gar dir. Ich spüre dich, du spürst mich und wir sehen uns in die Augen, wissen, dass es richtig ist, dass wir dasselbe fühlen. Ich küsse dich, du erwiderst es und führst mit deinen Händen diesen Tanz auf meinem Rücken auf, den ich ewig auswendig kennen werde. Deine Küsse machten mich vom ersten Augenblick an süchtig. Sogar als ich sie noch nicht schmeckte, sondern sie nur in meiner bloßen Vorstellung existierten. Der zarte Geruch deines Haars ist meine Droge. Ich liebe dich und kann mich nicht wehren. Ich liebe dich, selbst wenn es mich zerfrisst. Selbst die Hölle, durch die wir seitdem gegangen sind, kann daran nichts ändern.

Damit lande ich wieder in der Wirklichkeit und stelle fest, dass ich alleine im Bett liege und die Tür nicht geschlossen ist.

Es ist knapp sieben Wochen her, Dinge haben sich geändert, das Zimmer ist anders als in der Nacht, als sie hier war, doch ich habe das gleiche Gefühl, den gleichen Duft in meiner Nase und das gleiche pochende Herz in meiner Brust wie in dem Moment, als ich feststellte, dass sie fort war. Hoffnungslos bewege ich mich in diesem Teufelskreis.

Ich habe mich dem Bild zugewandt und es heruntergerissen, erkenne schon wieder, dass es plötzlich schwarz-weiß ist, und während ich noch in der Erinnerung schwelge, die es eigentlich gar nicht gibt, reiße ich mir einen neuen Streifen Tesafilm ab, um es der Wand zurückzugeben. Auf einmal wird das Foto farbig und die Person darauf entwickelt sich zu dem Mädchen zurück, das ich nicht kenne, und ich versuche, mich von ihr wegzudrehen. Vergeblich.

Meine Augen sind nach wie vor auf die offene Tür gerichtet, durch die sie verschwunden ist. Soll ich ihr hinterher oder nicht? Und während ich mich das frage, höre ich das Fauchen des wütendes Tieres, das mich durch die Hölle jagt und sich schon für die nächste Runde bereit macht. Vollkommen ruhig streiche ich durch sein Fell und warte nur darauf, dass es losgeht.

Ich weiß genau, dass ich es tun musste, meine Entscheidung richtig war und wir nicht zusammen sein sollten, aber es dauert länger als nur eine Nacht, das zu akzeptieren. Bis dahin sehe ich dabei zu, wie sich die Sanduhr meiner Gedanken ununterbrochen dreht, und muss ertragen, dass sich die Hoffnung in regelmäßigen Abständen zurück in meinen Kopf schleicht. Es tut weh, weil ich weiß, dass wir rein gar nichts ändern können, um es besser zu machen.

Immer noch liege ich auf meiner Matratze und denke an sie. Was ist in den letzten Tagen nicht alles passiert?

KAPITEL 19

SIE

Dienstagmorgen, Frühschicht. Um fünf vor acht betrat ich den Laden und jetzt, um kurz nach acht, stehe ich an der Kasse. Totentanz, es ist nichts los, aber trotzdem fühle ich mich bereits total erschöpft. Ich ging davon aus, dass ich hereinkomme, Bene und Leonie hinterm Tresen stehen, mich begrüßen und alles seinen gewohnten Gang nehmen würde. Doch anders als erwartet, warf mir nicht Bene ein geradezu ansteckendes Grinsen zu, sondern Astrid einen säuerlich verachtenden Blick. Gott, wie ich sie hasse. Immerhin hat Leonie mich nicht im Stich gelassen und ist da, wie immer ruhig und freundlich. Ist mir ein Rätsel, wie sie das schafft, für mich ist acht Uhr einfach zu früh und ich bin mein eigenes gottverdammtes Wunder, weil ich hier stehe, meine Augen offen sind und ich es schaffe, ein gekünsteltes Lächeln aufzusetzen. Vereinzelt sitzen ein paar Kunden an den Tischen, haben bereits den Kaffee in der Hand oder schlürfen genüsslich ihren Espresso, doch es ist still und die unerträgliche »Musik« der Campus Suite ist als Einziges zu hören. Merkwürdigerweise liegen schon etliche Beutel Nudeln im Kühlregal, die sonst immer erst gegen neun Uhr von Vitaliy, unserem Lieferanten, gebracht werden. Was soll's? Fange ich eben schon mal damit an, wenn sonst nichts los ist.

Ich habe fünf der Schalen mit Soße gefüllt, als ich das Geräusch der sich öffnenden Eingangstür vernehme. *Hoffentlich sind es nicht viele,* denke ich nur, ich habe keine Lust auf Gesellschaft und Astrids kontrollierender Blick in meinem Nacken reicht mir fürs Erste.

Ich höre, wie Leonie den ersten Gast begrüßt, und gehe weiter stillschweigend meiner Arbeit nach, bevor wir nachher in Zeitnot geraten, wie es so oft der Fall ist. Aber nicht mit Astrid. Sie muss es kaputt machen, wahrscheinlich einfach nur, weil ihr langweilig ist. Frustrierte, alte Kuh.

Ich drehe mich kurz um, vier Leute stehen an der Kasse und Leonie ist schnell und nett zu jedem.

»Viola? Kannst du Leonie helfen?«

Ich erwidere nichts, schaue sie nicht einmal an, sondern wende mich an Leonie.

»Hey, sag mir, wenn ich dir was aus dem Tresen geben soll, okay?«

»Alles klar.«

Das wäre dann wohl geklärt.

»Einen Schokomuffin, bitte.«

»Ja.«

Ich wende mich zum Tresen, greife hinein und keine zehn Sekunden später ist der Muffin in einer Tüte verschwunden und dem Kunden übergeben. Die nächsten beiden Anzugträger bestellen nur einen Kaffee, also kümmere ich mich weiter um die Nudeln. Na ja, zumindest habe ich das vor, da öffnet sich schon wieder die Tür. Zwei diesmal, ich kenne sie beide, sie kommen jeden Dienstagmorgen in den Laden, Herr Latte Macchiato und Frau Filterkaffee, da muss ich mich nicht drum kümmern.

»Viola, machst du mal mit Kasse?«

»Leonie und ich haben uns abgesprochen, ich gebe ihr die Sachen heraus.«

Ich lasse es sein, ihr zu erklären, dass ich den Mann und die Frau kenne, sie Stammkunden sind und ich da nicht helfen muss.

Viertel nach acht, es sind gerade mal fünfzehn Minuten vergangen, seitdem meine Schicht begonnen hat, und schon muss sie anfangen, Stress zu machen. Sie, mit ihrem schwarzen Pixie-Cut, den Tunneln und Tattoos, was sie bei uns nie tolerieren würde, und dem eine Nummer zu kleinen T-Shirt, um ihren Vorbau noch mehr zu betonen. Sie soll sich nicht so wichtigmachen. Aber Fehlanzeige.

Astrid kommt zu mir rüber, senkt den Kopf und redet leise mit mir, damit Leonie es nicht mitbekommt.

»Kannst du das jetzt einfach stehen lassen und an die Kasse gehen?«

»Ich verstehe nicht, wo dein Problem ist. Wir haben das geklärt und sie spart sich den Weg von der Kasse zum Tresen und zurück.«

»Kannst du nicht einfach das machen, was die Schichtleiterin dir sagt?«

Wie bitte? Die Schichtleiterin? Wer redet bitte von sich selbst in der dritten Person?

Es ist so viel passiert, was in meinem Kopf herumfliegt und nach Aufmerksamkeit schreit, so viel, was ich mit aller Kraft zu verdrängen versuche, und jetzt kommt dieses Miststück daher und bringt mich dazu, dass sich zu all diesem Kram da oben auch noch eine sinnlose Wut gesellt. Ich ziehe mir die Handschuhe aus, schaue ihr kurz in die Augen, pfeffere sie in den Mülleimer und gehe an die Kasse mit einer überglücklichen, nicht ernst zu nehmenden Miene und versuche, mich in den Griff zu bekommen. Frau Filterkaffee lächelt zurück, scheint davon nichts mitbekommen zu haben und bestellt das Übliche. Leonie ist mit Herrn Latte Macchiato schon längst durch, es macht keinen Unterschied, ob ich nun auch hier stehe oder nicht, Astrid wollte nur mal wieder ihre Macht demonstrieren. Ich wünsche mir die Ruhe zurück, dass die Wut verschwindet und mein Kopf leer ist, doch sie hat sich festgesetzt.

»Kannst du mir bitte Shots ziehen?«

Es sind genau zwei Shots und das schafft sie nicht alleine? Miss Ich-kann-alles-besser-als-du kann keine zwei lächerlichen Shots ziehen, während sie die Milch aufschäumt? Aber gut, bevor sie wieder irgendetwas Dämliches von sich gibt, tue ich es lieber. Ein bisschen schlecht fühle ich mich trotzdem, könnte doch jederzeit jemand in den Laden kommen und Leonie komplett überfordern.

Bis um neun bleibt es still, Vitaliy kommt und bringt die Snacks vorbei und Astrid, liebreizend wie immer, beordert mich, den Tresen damit zu befüllen. Ohne Kommentar leiste ich ihr Folge und eine halbe Stunde später ist alles verräumt, sauber gemacht, beschildert und die Kisten sind ordentlich neben den Jet Sprays gestapelt und warten nur darauf, dass Vitaliy sie gegen elf wieder mitnimmt.

Ich mache eine Runde. Meine Wut ist fast verraucht und mein Kopf wird aktiver, je weiter die Zeit voranschreitet. Routiniert – und mit den bohrenden Blicken von Miss Perfect im Rücken – sammle ich das Geschirr ein, räume es in den ledernen Koffer und trage ihn zur Spüle. Nachdem dieser ausgeräumt und dessen Boden mit IDZ desinfiziert ist, nehme ich mir den oberen vor und wiederhole das Ganze.

Zehn Uhr, Leonie hat Schluss. Was für eine bescheuerte

neue Regelung, dass sie von halb sieben bis zehn arbeiten soll. Lohnt sich doch gar nicht, so früh aufzustehen, wenn man nur dreieinhalb Stunden da ist. Schlimmer ist nur, dass ich jetzt eine ganze Stunde mit Astrid alleine sein werde.

Ist das die Strafe für das, was passiert ist? Dass alles nur noch in eine Richtung läuft, weil das mein einziges Talent ist, und das jetzt noch schneller, weil ich Leon ... Ah verdammt, diese Gedanken, eben waren sie noch stumm, jetzt sind sie endgültig von der Wut geweckt worden und kreisen wie Geier über mir, die nach meinen Überresten lechzen. Wie in den letzten Nächten, als ich schlafen wollte und es nicht konnte, da ihre gierigen Augen mich die ganze Zeit über beobachteten. Ich will immer schlafen, doch mein Kopf ist niemals ruhig.

Ich zähle die Teller, Tassen, Schalen, alles, was sich in dem Koffer befindet. Zu schnell ist das vorbei, zu schnell ist der Koffer wieder oben und ich an der Spüle, und da nun einmal nichts los ist, dröhnt die »Musik« in meinen Ohren. Immerhin kann ich mich auf sie konzentrieren und lausche diesem freudlosen Rhythmus, der mich ablenkt.

»Viola?«

Diese Stimme durchdringt die Monotonie nach nur ein paar Sekunden und reißt mich heraus.

»Ja?«

»Können wir mal ein Mitarbeitergespräch führen?«

Jesus, rede doch einfach mit mir, lass mich zufrieden oder rede einfach, aber ich führe doch kein Mitarbeitergespräch *mit dir.*

Bin ich denn ihre Angestellte? Wir haben ungefähr zur gleichen Zeit angefangen, sie ist nicht einmal länger dabei als ich und behandelt mich wie ihre Bedienstete.

Ja, bitte, was darf es sein?

»Du kannst gerne mit mir reden.«

Ich will aus meiner Haut, aus meinem Kopf, ein ganz normales Mädchen sein, das ganz normale Probleme hat. Der Freund hat den Jahrestag vergessen, die Klausur ist nur 'ne Zwei und keine Eins und so weiter. Meine tatsächlichen Probleme konfrontieren mich jeden Tag, genau drei Sekunden, nachdem ich aufgewacht bin, und jetzt auch noch Astrid und ich kann auch nicht Nein sagen, denn sie wird so oder so ihr Maul aufmachen. Es kann nicht mehr lange dauern, bis der letzte Tropfen fällt und mich endgültig zusammenbrechen lässt.

»Bist du irgendwie krank oder was?«

Aha, jetzt bin ich also gestört? *Du Schlampe hast doch keine Ahnung. Lass mich einfach in Ruhe.* Oh, ich wünschte, ich könnte das sagen.

»Nein, mir geht es gut.«

»Warum hast du dann nicht gemacht, was ich gesagt habe?«

»Ich weiß nicht, was du meinst.«

Tassen einräumen, neues dreckiges Geschirr auf das Brett packen, in die Geschirrspülmaschine und zu.

»Das mit der Kasse?«

»Ich habe mich mit Leonie abgesprochen und habe ehrlich gesagt keine Ahnung, warum das nicht okay war.«

»Ich hab dich doch angewiesen, dass du ihr helfen sollst.«

»Das habe ich auch getan.«

»Aber es müssen zwei an der Kasse stehen, wenn mehr als drei Kunden da sind, und da waren sechs. Ne vier, aber auf jeden Fall mehr als drei.«

Zählen ist wohl nicht ihre Stärke. *Und das als Schichtleiterin.* Sehr interessant.

»Und wo genau war jetzt das Problem?«

Das soll sie mir ruhig ausführlich erklären.

»Ich habe nicht den Eindruck, als ob du mir zuhörst.«

Ich stöhne.

»Hach, ich höre dir doch zu. Ich habe nur auch noch ein paar andere Sachen im Kopf.«

Dass ich ihr nicht in die Augen schaue, wenn sie mich wie einen Vollidioten behandelt, sei mir an dieser Stelle nachgesehen. Abgesehen davon hat sie mir immer noch nicht gesagt, wo denn ihr *fucking problem* liegt.

»Also wenn du dich nicht in der Lage fühlst zu arbeiten, dann musst du dir einen Ersatz suchen.«

Und du suchst dir besser jemand anderen zum Reden!

»Doch, es geht schon. Ich habe jetzt aber auch keine Lust, mit dir darüber zu diskutieren. Sag mir bitte einfach, was ich machen soll, und ich tue es, und damit ist das für mich geregelt.«

Am liebsten würde ich ihr sagen, sie solle sich verziehen, dass es mir beschissen geht und ich jetzt nach Hause gehe. Aber den Gefallen tue ich ihr nicht. Obwohl es schon reizvoll wäre zu beobachten, wie sie eine Dreiviertelstunde alleine den Laden schmeißt und daran kläglich scheitert.

»Also hast du verstanden, was ich dir gesagt habe?«

»Ja, ich habe gehört, was du gesagt hast.«

»Wirst du das dann das nächste Mal auch so machen, wie ich es dir sage?«

Boah, ist die auch irgendwann mal zufrieden?

»Das wollte ich damit sagen.«

»Gut.«

Und das letzte Wort hat sie auch, na meinen herzlichsten Glückwunsch.

Sie geht wieder zu ihrer Kaffeemaschine, ich verteile das Geschirr und stelle mich an die Kasse. Sie hat es geschafft und mich aus meinem Zombietrancezustand befreit und die Windungen meines Gehirns geölt. Die Gedanken jagen nur so hindurch, reden auf mich ein, beschimpfen mich, und auch wenn ich äußerlich ruhig bleibe, die heitere Miene wahre und nicht schreiend auf dem Boden zusammenbreche, dreht sich mir unaufhörlich der Magen um. So schlecht ging es mir noch nie und sie, dieses machtgeile, gefühllose Stück, hat alles hochgebracht. Ich brauche eine kleine Pause und will unbemerkt untergehen. Meine Grenze ist schon längst überschritten und sie ist die Letzte, die das wissen muss.

»Ich bin kurz auf Toilette.«

»Aber nur kurz.«

Ich hänge meine Schürze über das Metallding, an dem die Papiertüten hängen, verschwinde um die Ecke und bin einen Moment später in einer der Kabinen verschwunden, fasse mir mit den Händen an den Kopf und versuche, nicht zu schreien.

Ich bin überzogen mit den Narben, die Jonas, Noah und David mir zugefügt haben, und in einen anderen verliebt. Betäube mich mit diesem Rausch. Ich will es nicht, kann aber nichts dagegen tun, es fühlt sich so unverhofft gut an. Andere Augen betrachten mich. Der Erste ist nicht immer der Richtige, aber wieso sollte ich nicht auf den zweiten, dritten, vierten Blick Glück haben? Ich lasse die Zweifel fallen, sehe ihn an und weiß, dass ich keine Angst mehr haben muss. Dann ändert sich sein Gesicht, wieder, noch mal, die Haare verfärben sich und ein ganz anderer steht zum Schluss vor mir. Seine braunen Augen sind so warm, sein rotes, etwas ungeordnetes Haar bewegt sich leicht mit dem Wind. Wir sind allein, fernab von den Autos und anderen Geräuschen der Nacht. Nur wir zwei. Er nimmt meine Hand, als wäre es selbstverständlich, gibt mir zu verstehen, dass er mich so sehr begehrt wie ich ihn, und dann küsst er mich und alles wird auf einmal ganz leicht. Vollkommen. Die Straßenlaternen dimmen ihr Licht, die Sterne über unseren Köpfen leuchten so stark wie nie zuvor und ich spüre seine Lippen auf meinen, so perfekt im Einklang miteinander. Wir stehen ewig so da, hören auf zu denken und spüren mit jeder Faser unserer Körper, wie sehr wir einander wollen, dass ich ihm verfallen bin und ich ihn meinerseits um den Verstand bringe. Endlich bin ich angekommen. Dann zieht er sein Handy aus der Tasche, dreht mich um und beugt mich nach vorne. Ich bin erstarrt und wehre mich nicht. *Du bist ein gutes Mädchen*, flüstert er und die Stimme gehört nicht zu dem Mann, dem ich eben noch in die Augen gesehen habe.

Wieso wird es mir immer erst zu spät bewusst?

Ich schlucke, atme tief ein und aus und versuche, mich zu beruhigen und nicht daran zu denken, dass mir schlecht ist. Nicht daran denken, die Geschwindigkeit meiner Gedanken verlangsamen, die den Schwindel auslösen, die Stimmen auf ein Flüstern reduzieren, die auf mich einreden, und trotzdem haben sie alle recht mit dem, was sie sagen.

Ich ziehe mein Handy aus der Tasche, denke nicht mehr, wähle die Kurzwahl 1 und halte es an mein Ohr. Ich will raus aus dieser Hölle und mich dazu zwingen, ihm zu glauben. Ihn dazu bringen, alles Vergangene als unwichtig zu betrachten. Das Freizeichen kommt, es klingelt zweimal. Dann nimmt er ab.

»Hallo?«

Ich sage nichts und lausche nur dem Klang seiner Stimme. Gott, wie ich sie vermisse.

»Hallo? Wer ist da?«

Etwas zu laut atme ich aus. Er hört es. Natürlich hört er es und er weiß, dass ich es bin. Mir wird immer klarer, was ich gemacht habe, und in diesen seltenen Momenten, in denen diese Erkenntnis in den vordersten Bereich meines Bewusstseins katapultiert wird, raste ich aus. Tränen schießen hervor, bilden den Regen, der aus den eisgrauen Wolken fällt, und ein Nebel kriecht in meinen Kopf hinein, um das Ganze schnellstmöglich zu beenden.

»Bist du es?«

Ich kann ihm nicht antworten und gebe mir die beste Mühe, die Schluchzer zu unterdrücken, die sich ihm mitteilen wollen.

»Wo bist du?«

Kein Wort. Meine Kehle ist vor Angst wie zugeschnürt.

»Vio, was …«

Ich lege auf, bevor er weiterreden kann.

Ich hätte das nicht machen dürfen. Immerhin hatte ich meine Nummer unterdrückt, er kann nicht zurückrufen.

Ich erinnere mich an seine Worte, die er flüsterte, als alles anfing. Jetzt ganz besonders, weil es nur Sekunden her ist, dass ich seine Stimme hörte. Die Seufzer, mein eigener Name, der seinem Mund entfuhr, dass er mich liebt und er sich nicht mehr zurückhalten will. Allein die Vorstellung davon, dass seine Haut meine an jeder nur erdenklichen Stelle berührte, lässt mich erzittern. Die Gewissheit, ihn verloren zu haben, und die nur uns gehörende Erinnerung noch mehr.

Er hat wirklich lange gewartet und dann habe ich ihn vor den Kopf gestoßen und uns das genommen, was wir doch beide wollten. *Ich* war es, und ihn jetzt darum zu bitten, dass er mir das verzeiht, wäre so selbstsüchtig. Ich liebe ihn und will nur das Beste für ihn, und das bin ich nicht. Selbst wenn es mir das Herz zerreißt. Ach verdammt, wieso habe ich ihn wieder angerufen?

Ich muss hier raus, sonst kommt Astrid wirklich noch, und wenn ich ihre Stimme, ihre vor Arroganz triefenden Vorwürfe jetzt höre, dann habe ich keine Ahnung mehr, was das in mir auslösen könnte.

Ich betätige die Spülung, obwohl das gar nicht nötig ist, wische mir die Tränen aus dem Gesicht und atme die stehende Luft ein. Mir ist schlecht, schwindelig und eigentlich müsste ich Miss Aber-nur-kurz' Angebot annehmen und nach Hause gehen, doch das gönne ich ihr nicht. Ich muss weitermachen, egal wie schwer es ist, den Kopf mit aller Macht über Wasser halten und um mein Leben schwimmen.

»Kannst du dich das nächste Mal bitte etwas beeilen? Du warst schon zu spät, ich habe auf die Uhr geguckt, und eben war voll viel los.«

Ich war nicht zu spät, aber die Diskussion ist sinnlos.

»Ja«, sage ich.

Doch noch nie war mir etwas so egal.

KAPITEL 20

ER

Um zehn Uhr klingelte mein Wecker und ich schaltete ihn aus. Etwa zwanzig Minuten später klingelte mein Handy erneut, ich dachte, ich hätte den Alarm vielleicht doppelt eingestellt und es bloß vergessen. Doch es war ein Anruf, die Nummer unterdrückt, und ich ging ran.

Laute Atemzüge, kein Wort und kurz darauf hörte ich sie weinen. Augenblicklich machte sich eine merkwürdige Spannung in mir breit, war sie doch nur eine Leitung weit von mir entfernt und mein Denken setzte aus.

Ich fragte sie, wo sie sei, und wollte wissen, was passiert war, doch da brach die Verbindung ab, ohne dass ich auch nur ein Wort von ihr vernommen hatte.

Jetzt sitze ich aufrecht im Bett, mit dem Rücken an die Wand gelehnt, das Handy in meiner Hand und weiß gar nichts mit diesem Gespräch, wenn man es denn so nennen kann, anzufangen.

Vielleicht arbeitet sie. Um zwölf muss ich in der Uni sein, ich hätte also genug Zeit. Ich könnte jetzt losfahren und wäre in fünfzehn Minuten da, um mir sicher zu sein, doch ich tue es nicht. Irgendetwas hält mich zurück. Vielleicht ist es der Entzug, den ich begonnen habe, und es ist zu früh, diesen jetzt schon zu beenden.

Seit einer Woche habe ich nichts mehr geraucht, weder Gras noch Zigaretten, und den Alkohol habe ich weggekippt. Ich bin so nüchtern, wie man nach solchen Exzessen, die die vergangenen Tage mein Leben bestimmt haben, nur sein kann. Ich bin aufgewacht und nachher, wenn ich von der Uni wieder nach Hause komme, werde ich mich in meinen Wagen setzen, losfahren und unterwegs bei irgendeinem Blumenladen anhalten und mir den schönsten Strauß aussuchen, den ich meiner Mutter aufs Grab legen will. Irgendwo muss ich beginnen und ich muss mich zuallererst bei ihr entschuldigen.

Vielleicht besuche ich auch meinen Dad, das entscheide ich dann, aber ich kannte ihn ja kaum. Ich war noch viel zu klein, als er starb, und habe zu ihm keinen richtigen Bezug, jedenfalls nicht in dem Maße, wie er bei mir und meiner Mutter besteht. Ich habe Justus eine Nachricht geschickt, doch er wird nicht mitkommen, hat zu tun, doch ich soll sie von ihm grüßen. Das alles ist ein Anfang und der Entzug ist schwer, doch ich halte durch.

Nach wie vor starre ich mein Handy an. Was soll ich damit anfangen? Sie ist nicht zu beschreiben, die Worte, die ich kenne, reichen nicht aus und die Widersprüche, die mich so faszinierten, mir nun jedoch noch stärkere Kopfschmerzen bescheren, sind endlos.

Man kennt doch dieses Gefühl, wenn man ein Bild anstarrt, sich voll darauf konzentriert und sich auf einmal in diesem Moment wiederfindet und ihn erneut durchlebt. Ich habe viele Bilder, solche, die in meinem Kopf abgespeichert sind, und ich sehe sie an und entdecke immer mehr kunstvoll verzierte Fehler, die schöner nicht sein könnten.

Nun, da ich diese Bilder schon eine Weile betrachte,

glaube ich nicht, dass ich noch einmal mit ihr über alles reden werde. Um alles in der Welt hatte ich wissen wollen, was los war, doch jetzt wünschte ich, ich hätte nie was davon gehört. Hätte sie es mir von sich aus gesagt? Ich habe diese Zeit, in der ich am Durchdrehen war, irgendwie ohne sie überstehen müssen, und gleichzeitig war sie mit Luke zusammen. Ich hätte das nie gekonnt. Und paradoxerweise verstehe ich es noch weniger, dass sie dazu fähig war, gerade weil sie doch diese Vorgeschichte hat, deren Erinnerung mir immer noch den Magen umdreht.

Wäre es anders, wenn ich nie was davon erfahren hätte? Ich kann diese verdammten Gefühle einfach nicht abstellen. Mit ihr bin ich wie eine Boje im Sturm, die sich losgerissen hat und willkürlich von den Wellen hin und her geschleudert wird, und es ist unmöglich, ihren Fängen zu entkommen. Ich muss nach vorne sehen und kann nicht weiter diesem Licht hinterherjagen.

Ich sehe die Bilder vor meinem inneren Auge so deutlich, wie keine Aufnahme sie je zeigen könnte. Sie tauchen in unregelmäßigen Abständen auf, die Auswahl wechselt ständig und ich durchschaue sie mal mehr, mal weniger und meistens stimmt es mich traurig, wenn ich es tue. Niemand möchte die Wahrheit um jeden Preis erfahren, wir wollen nur, dass das, was in unserer Vorstellung existiert, auch der Wahrheit entspricht.

Ich wünsche mir diese Scheinwelt zurück, in der ich alles herausfinden will, und würde mir gerne durch die Vergangenheit zurufen, dass ich nichts daran verändern soll, sie nicht mit zu mir nach Hause nehmen kann, weil ich mir damit diese Traumwelt nehme. Verdammt, und ich kann es doch nicht bereuen, es ist wie verhext.

Bild eins: *Wir treffen uns in der Innenstadt. Es ist Sommer, ein Gewitter ist aufgezogen, es grollt und regnet und anders als all die anderen Leute, die in die Europapassage oder ein anderes Gebäude flüchten, steht sie reglos am Wasser. Sie schaut zur Alsterfontäne und lässt sich vom Regen nicht beeindrucken. Es ist das Jahr, in dem wir unseren Abschluss machen, und das dritte oder vierte Treffen, das nichts mit der Schule zu tun hat. Hier sind wir alleine und keiner außer uns weiß, dass wir uns sehen. Sie senkt den Blick und betrachtet das Wasser.*

Es war merkwürdig, sie so kennenzulernen, in einem ganz anderen Kontext, und als ich sie da so stehen sah ... ich denke, da verliebte ich mich in sie und wusste es noch nicht.

Jetzt frage ich mich, was in ihrem Kopf passierte, dass sie so davon eingenommen war und erst nach ein paar Minuten bemerkte, dass ich neben ihr stand. Alle anderen suchten sich einen Unterschlupf, nur sie war draußen, als hätte sie das Unwetter gar nicht mitbekommen. Hätte ich da schon merken müssen, dass etwas nicht in Ordnung ist? Aber nein. Und selbst wenn mir der Gedanke gekommen wäre: Hätte es eine Rolle gespielt? Ich ließ mich dazu hinreißen, es besonders zu finden und mit den Augen einer verträumten Seele zu betrachten. Später am Tag fragte sie mich, ob ich Noah kennen würde, sie habe sich jetzt ein paar Mal mit ihm getroffen und es werde sich wohl was entwickeln. Mein Unbehagen rührte von den Gerüchten über ihn her, aber ich war auch eifersüchtig. Ich hätte sie damals beschützen können, wenn ich mich mehr mit dem, was gesagt wurde, auseinandergesetzt hätte. Doch sie hätte es auch tun können. *Er ist ganz anders, wirklich.* Und ich vertraute ihrem Urteil und glaubte ihr.

Ein anderes Bild, das gar nichts mit dem vorigen zu tun hat und vor ziemlich genau einem Jahr entstanden ist. Zusammenhangslos taucht es auf, fügt sich nahtlos ans andere an und lässt meinen Kopf rauchen. Der Abend, an dem sie auf einmal vor meiner Tür stand:

Sie hat mit David Schluss gemacht und steht tränenüberströmt vor mir. So fertig habe ich sie bis dato kein einziges Mal erlebt, abgesehen davon kam sie vorher noch nie alleine zu mir, immer nur mit mir zusammen und auch nur bei Tageslicht.

Es ist nicht so, dass ich sie nie gefragt hätte, ob sie nicht einmal über Nacht bleiben wolle, zum Filmabend oder so oder nach einem Konzert, um noch ein bisschen zu reden. Doch sie lehnte es jedes Mal ab.

Dieses Detail treibt mir ein sorgenvolles Gefühl in den Magen, als sie mit der Dämmerung im Rücken im Türrahmen steht und sich auf mich stürzt, mich umklammert und mein Herz schneller schlägt. Vor ihrem Klingeln hatte ich noch emotionslos auf dem Boden gesessen und meine Zimmertür angestarrt. Wir legen uns auf mein Bett, ihr Kopf an meiner Schulter, und sie erzählt mir, wie schlecht es ihr geht, wie durchbohrt sie sich fühlt und wie froh sie ist, dass ich sie auffange. Ich frage sie, was passiert ist, doch sie schüttelt nur den Kopf. Sie habe sich einfach in ihm getäuscht, aber es sei nichts Schlimmes passiert, obwohl ihr Gesicht und ihr ganzer Körper etwas anderes zeigen. Sie beruhigt sich und ich stelle keine weiteren Fragen. Nach ein paar Stunden beherrscht die Stille plötzlich den Raum, der nur von der gedimmten Lampe auf meiner Fensterbank erhellt wird. Sie schaut mich an und sagt »Danke«. Ich blicke zurück in ihre wunderbaren, braunen Augen, leicht gerötet, und sie tut mir leid. Und gerade dieses Leiden bringt mich dazu, ihr von meiner Mutter erzählen zu wollen, weil sie vielleicht die Einzige ist, die diese Art von Schmerz je kennengelernt hat und es versteht, jedenfalls gut genug, dass ich immerhin dieses Jahr nicht allein damit klarkommen muss. Ich will mich auch in ihre Arme legen und mich von ihr trösten lassen, und ohne nachzudenken, berühre ich ihren Mund mit meinem.

Ich hielt sie fest, als der Himmel über ihr einstürzte, und wollte ihr Sicherheit geben, ebenso wie sie sie mir mit ihrer bloßen Anwesenheit andeutete und ich den Mut aufbringen konnte, es auszusprechen. Doch mit dem Kuss löste ich noch mehr Ängste in ihr aus, und das machte mir vieles danach unmöglich. Unser erster Kuss. Bei keinem der folgenden wenigen und dadurch noch kostbareren Küsse veränderte sich dieses Kribbeln und der Wunsch, ihr alles von mir sagen zu können. Doch ich schaffte es nicht.

Wenn ich ehrlich zu mir bin, und das kann ich jetzt sein, waren es keine freudige Erregung, keine aufsprudelnden Emotionen, die nach mehr verlangten, jedenfalls nicht nur. Jeder einzelne Kuss fühlte sich richtig an, in dem Moment, in dem er geschah, und von einer Sekunde auf die andere war ich unheilbar süchtig. Und als Süchtiger kann man Unsicherheit und Panik nicht unbedingt auseinanderhalten.

Eine andere Nacht, ein weiteres, wunderbares, verschwommenes Bild, an das ich sehr lange nicht dachte:

Wir sind zusammen auf dem Wutzrock-Festival. Es ist dunkel, wir sind am See und nicht bei der Menge, koppeln uns ab und sind, wie sollte es auch anders sein, allein. Wir trafen uns hier, sind nicht zusammen gekommen, und von sehr vielen bekannten Gesichtern, die mir auf dem Weg entgegengekommen sind, habe ich mich schon längst wieder verabschiedet. Es ist spät, wir sitzen da, sie hat eine Decke mitgenommen und sie uns um die Schultern gelegt, damit wir nicht frieren. Irgendwann steht sie plötzlich auf, ohne Vorankündigung. Ich folge ihren Bewegungen, sehe sie klar vor mir, und da fällt mir erst auf, wie einsam es um uns herum geworden ist. Es muss später sein, als ich angenommen habe, und ich sehe nur ihre Gestalt durch die Dunkelheit schweben, niemand sonst, der sie sehen kann. Mit Shorts und Shirt und ihrer Haut, so blass, geradezu weiß, wie makelloser Schnee, verleiht sie dieser Szene etwas Märchenhaftes. Ein Zauberwesen, das sie mir in diesen Sekunden präsentiert und wieder wegnimmt, als sie zurückkommt. Ihre Schuhe sind durchnässt, sie ist durchs Wasser gelaufen und lässt sich neben mir fallen. Ich lege den Arm um sie, sie nimmt meine Hand und trotzdem wissen wir beide, dass wir auf rein platonischer Ebene zusammen sind, die Angst der Dritte im Bunde, der uns nicht alleine lässt.

Sie verzauberte mich und verhinderte damit weiterhin, dass ich mir zu viele Gedanken machte oder gar etwas hinterfragte. Als sie so neben mir saß, ließ sie mich Raum und Zeit vergessen, sie als nicht mehr so wichtig ansehen, wenn ich beides mit ihr teilte. Verliebt war ich schon sehr lange, verzaubert erst da, gefangen von Anfang an. Sie ist ein Geheimnis in sich, reizvoll und attraktiv, schön, anziehend, das streite ich nicht ab, selbst jetzt nicht. Doch nun steht es in einem so viel traurigeren Kontext.

Am häufigsten denke ich an unsere Nacht zurück, die niemals auf ein Bild passen wird. Ich bekam, was ich mir schon so lange wünschte, und auch wenn es ihr ebenso ging, so sehe ich nun die leeren Augen, den Widerspruch darin, dass sie aufhören will, es muss und es doch nicht tun kann. Dass sie das mit mir danach beendet, muss ihr von vornherein klar gewesen sein, weswegen sie mir ohne Rücksicht auf Verluste alles gab, und ich nahm es, ohne es zu hinterfragen. Meine Augen waren die ganze Zeit über geschlossen. Und vielleicht würde ich es auch nicht anders haben wollen, wenn ich so darüber nachdenke …

Aufstehen, anziehen. Es ist wie ein Automatismus, der meinen Körper bewegt, und ich hebe den linken Arm und ziehe eine Schublade auf, um ein paar Klamotten herauszunehmen.

Es ergibt alles einen Sinn. Jetzt, da es vorbei ist, sehe ich die einzelnen Szenen in einem anderen Licht. Die Angst bestimmt ihr Leben und daran klammert sie sich. Sie treibt sie so weit, dass sie trotz ihrer Gefühle für mich mit jemand anderem schläft.

Ich sitze auf einmal, ohne zu wissen wie ich zurückgekommen bin, mit meinen Klamotten auf dem Schoß, hebe meinen rechten Arm, lasse ihn wieder fallen und will das Handy nicht mehr ansehen, das meine Hand seit ihrem Anruf nicht verlassen hat.

Halb elf. Um zwölf muss ich in der Vorlesung sein. Danach Blumen kaufen, zu Ma und Dad, Finn anrufen und mich hoffentlich noch mit ihm treffen. Ich muss ihm alles sagen, was eben durch meinen Kopf gejagt ist, damit er mir zustimmt oder mich für total bescheuert hält. Ich will zurück zu dem Menschen, der ich einmal war, der mit seinem Freund über seine Probleme spricht und sie löst. Ich muss aus diesem Teufelskreis ausbrechen, meinetwegen auch mit Gewalt.

Warum weint sie? Wie schlecht geht es ihr? Braucht sie mich? Das muss aufhören! Ich werde gegen mich handeln, koste es, was es wolle, standhaft bleiben und mich davon nicht abbringen lassen. Irgendwann wache ich auf und es fühlt sich ganz normal an. Dass meine Bilder von ihr dann verändert sein werden, ist unvermeidbar. Nichts auf der Welt wollte ich mehr als sie, genauso wenig wollte ich ihren Verlust erfahren, aber es ist beides passiert. Sie und ich, wir sind die

Definition von Widerspruch. Sie kann mir nicht vertrauen und ich ihr nicht verzeihen, genauso wenig wie mir.

Gut, dass ich gesagt habe, dass es aus ist, und dass sie aufgelegt hat. Im Kopf habe ich mit ihr abgeschlossen, doch wie heißt es so schön: Das Herz hat Gründe, die der Verstand nicht kennt. In einem anderen Leben sind wir vielleicht füreinander geschaffen, aber nicht in diesem. Trotz allem ist in mir immer noch das Bedürfnis, sie vor dem Bösen der Welt zu beschützen und der Ausgleich zu den ganzen Idioten zu sein, die nur mit ihr gespielt haben. Dieser Instinkt kämpft mit meiner verletzten Seele und sie kommen einfach nicht zur Ruhe.

Ich nehme meine Kleidung, verschwinde im Badezimmer und komme ein paar Minuten später gewaschen und angezogen zurück. Wo ist mein Handy? Ich schaue mich um, kann es jedoch nicht entdecken. Wo habe ich es hingetan?

Ach, vielleicht ist es besser so.

Ich ziehe meine Jacke über, in ihrer Tasche sind die Schlüssel, schnappe mir meinen Rucksack und lasse die Tür hinter mir ins Schloss fallen, als ich mich viel zu früh auf den Weg in die Uni mache. Kein Zurück, der Blick starr nach vorne.

Ich laufe die Treppenstufen hinunter, komme unten an und steige ins Auto. Der Motor brummt und ich trete aufs Gaspedal. Wenn es nötig ist, fahre ich auch weg und vor den Erinnerungen davon.

Ich kann das Klicken geradezu hören, als sich das nächste Bild wie ein Dia in meine Gedanken schiebt. Und auch diesmal komme ich nicht drum rum, es zu betrachten.

KAPITEL 21

SIE

Allein, ich bin wieder allein, immer. Meine Eltern sind gestern nach Hause gekommen, doch außer den Inhalt ihres Koffers zu wechseln und früh ins Bett zu gehen, um am nächsten Tag wieder fit zu sein, habe ich nicht viel davon mitbekommen. Heute Morgen haben sie sich auch schon wieder von mir verabschiedet, postum geht es auf Hochzeitsreise, fünfundzwanzig Jahre Zweisamkeit. Wie irreal es auf mich wirkt, dass man so viel Zeit an der Seite eines Menschen verbringen kann. Wie jedes Mal haben sie mir etwas Geld dagelassen und ganz bestimmt bringen sie mir wieder etwas Hübsches mit – einen Schlüsselanhänger, ein Halstuch oder einen neuen Rucksack vielleicht? Ich habe mittlerweile die Übersicht verloren, wo sie schon überall waren und wo es diesmal hingeht; Athen, Rom oder weiter weg, vielleicht nach Kapstadt? Wenn sie nicht beruflich unterwegs sind, halten sie sich mit ihren Urlaubsreisen von mir fern.

Ich bin ihnen egal. Und dabei bin nur ich noch da, seitdem meine Schwester vor vier Jahren nach Paris gezogen ist. Man sollte meinen, dass ich deswegen verwöhnt und umsorgt sein sollte, aber das Einzige, was ich von meiner reizenden Mutter und meinem liebenden Vater habe, ist Geld.

Es gleicht nichts aus, ersetzt nichts und lenkt auch nicht genügend ab.

Ping!

Mein Handy gibt einen Laut von sich. Ich hebe es vom Boden auf und lese die Nachricht.

Hey Viola, habe 'ne Zeit lang nichts von dir gehört. Ist alles okay? Melde dich mal!

Nelle. Was soll ich ihr antworten? Ich habe keine Formulierung im Kopf, die das hier nicht weniger traurig und deprimierend macht.

Ich werfe das Handy wieder zur Seite und greife nach meinem Block, den ich vor ein paar Minuten weggelegt habe, weil ich nicht wusste, wie ich anfangen soll. Mit müden Augen gehe ich meine Versuche erneut durch:

Ich weiß gar nicht, wo ich beginnen soll. Ich glaube, dass ich keine deiner Fragen beantworten kann. Hast du überhaupt Fragen oder bin ich dir inzwischen egal?

Nein, das klingt auch nach dem fünften Mal nicht besser. Zu stark ist der Vorwurf, dafür ist zu wenig Gefühl drin und ich komme nicht auf den Punkt. Also anders.

Ich würde gerne alles ungeschehen machen. Du bist es, warst es immer, und ich war zu blind, das zu sehen. Doch versprich mir, dass du nicht so bist, dass du nichts mit ihnen zu tun hast, bitte. Ich kann nicht noch mehr ertragen, und das mit Luke hat mich noch mehr kaputt gemacht …

Zu viel Selbstmitleid. Zwar habe ich nicht den Eindruck, als wäre auch nur ein Wort gelogen, aber ich denke auch nicht, dass ihn das umstimmen wird. Ich habe in seinen Augen gesehen, was in ihm vorging, als ich ihm Luke um die Ohren gehauen habe, und gleichzeitig ist auch in mir was zerbrochen. Ich kann das nicht benutzen, falls er es mir überhaupt verzeiht. Nummer drei vielleicht?

Es ist ganz einfach und ich will dich nicht mehr anlügen. Ich habe Angst, dass du der Vierte bist, der mir das Herz bricht, und habe gleichzeitig Angst, dich zu verlieren. Ich bin immer alleine und die Einsamkeit zerfrisst mich. Vielleicht ist deswegen auch das alles mit Jonas, Noah und David passiert, weil ich mich so vor der Leere gefürchtet habe und nicht nachdachte. Meine Eltern sind nie zu Hause, ich bin eine Enttäuschung für sie. Immer vergleichen sie mich mit meiner Schwester, die hübscher, gebildeter und in allem besser ist als ich, und dem Druck habe ich nie standhalten können. Meine Exfreunde haben mir das Herz herausgerissen und mich zerstört und ich war so mit mir selbst beschäftigt und das zu verdrängen, dass ich Angst davor hatte, dir näherzukommen, weil irgendetwas falsch sein musste. Es gibt so viele Verbindungen zwischen euch. Und dann ist es passiert und glaub mir, es war gut. Nur habe ich danach solche Panik bekommen, dass du in Wahrheit doch so bist wie sie. Ich liebe dich, in diesem Punkt habe ich dich nicht belogen, aber ich habe dich weggestoßen und damit muss ich jetzt leben. Und ich war mit Luke zusammen, obwohl ich bei dir hätte sein sollen. Es erstickt mich. Ich will mich nicht wieder in etwas stürzen und dann hinterher merken, dass ich es hätte besser wissen müssen. Ich will nicht, dass ich mich in dir getäuscht habe, doch das hätte ich auch bei den anderen nicht gedacht. Es ist aus. Oder auch nicht? Sehen wir uns wieder? Es tut mir so leid. Ich liebe dich.

Ja, das klingt gut, aber ich kann es so nicht abschicken. Was, wenn er mich auslacht und es für einen Witz hält? Kann er zwischen den Zeilen lesen, wie viel Überwindung es mich kostet?

Seufzend lege ich den Block zur Seite, lasse das rechte Bein fallen und ziehe das andere heran. Schon längst ist die Schallplatte verstummt und der Spieler hat sich ausgeschaltet. Handy, Schreibblock, Stift, Wein und für später meine Tabletten. Vielleicht schlafe ich auf dem Boden, das weiß ich noch nicht, aber wen sollte es stören? Es ist ja keiner da. Ich nehme nachher eine, nur eine, nicht mehr, auch wenn ich bereits darüber nachgedacht habe. Aber es ist nicht richtig. Es ist zu einfach, dem zu entfliehen, indem ich mir eine Überdosis verpasse. Nein, ich möchte nur mal eine Nacht durchschlafen und ich werde auch nur eine halbe und keine ganze nehmen, das sollte reichen.

Möglicherweise ist es nicht die beste Idee, sie mit Rotwein runterzuspülen, aber das werde ich wahrscheinlich tun, wenn bis dahin noch etwas davon übrig ist. Bisher habe ich es eigentlich gut durchgehalten, mich nicht betrunken und bin bei klarem Verstand geblieben, doch genau das ist der Punkt! Ich habe es noch nicht ausprobiert. Vielleicht zeigt es ja Wirkung und ich vergesse wie der Säufer aus *Der kleine Prinz*. Ich trinke, um zu vergessen, dass ich mich schäme, weil ich saufe. Nur, dass ich mich nicht schämen werde. Vor wem denn?

Ping!

Wieder eine Nachricht. Wer es wohl diesmal ist?

Hey Vioo, alles klar? Willst du heute mit auf den Kiez? Schreib mir einfach, love youu! <3

Julia. O Gott, kann sie mich nicht einfach in Ruhe lassen? Mir ist nicht nach feiern, was soll ich denn feiern?

Ping!

Mann, was wollen die denn alle von mir? Kann man nicht einmal ganz in Ruhe in seinem Zimmer auf dem Boden sitzen und über sein beschissenes Leben nachdenken? Ach verdammt, vielleicht war das mit dem Wein doch keine so gute Idee. Ich werde melancholisch, vielleicht würden einige sogar sagen, ich sei depressiv, aber ich glaube nicht, dass das der Fall ist. Ich habe ein paar falsche Entscheidungen getroffen, muss jetzt die Konsequenzen tragen und tue das in dem Rahmen, den ich für richtig halte. Hauptsache, ich vergesse für ein paar Minuten.

***

Ein bisschen Zeit ist vergangen, ich habe keine Ahnung, wie viel, aber ich merke, dass ich zur Toilette muss. Ich weiß nicht, wie viel ich schon getrunken habe, kann nicht durch den Karton gucken, aber dem Gewicht nach zu schätzen, vermute ich, dass etwa ein Drittel schon leer ist. Hätte ich besser vorher etwas essen sollen?

Ich stehe auf, stütze mich unbeholfen an den silbergrauen Schrankgriffen ab und bewege mich zur Tür. Ja, ich hätte auf jeden Fall etwas essen sollen, nun scheine ich mich nicht nur metaphorisch, sondern auch buchstäblich zu drehen, immer im Kreis herum und herum und ... Oh wow, ein herrliches Gefühl. Mir ist etwas schlecht, aber ich kann mich darauf konzentrieren und damit geht mein Plan fürs Erste auf. Wenigstens kann ich einen Vorteil daraus ziehen, sonst nie zu trinken, so zeigen selbst die kleinsten Mengen Wirkung und gehen mir direkt ins Blut über.

***

Wie bin ich zurückgekommen? Plötzlich sitze ich wieder auf dem Boden in meinem Zimmer und weiß nicht mehr, wie ich dort eigentlich hingekommen bin. Ich hebe den Karton kurz an. Etwa die Hälfte. Hatte ich nicht vorhin eine Nachricht bekommen? Wo ist noch mal mein Handy? Ah, ich sitz drauf. Schnell ziehe ich es unter meinem Hintern hervor und schaue nach, wer mich nun schon wieder behelligen will. Johanna.

> Hey du, wie geht's dir? Hast du mit Leon geredet? Alles okay bei dir? Kannst dich immer melden!

Ha, wieso sind es immer die Frauen, die wissen, was zu sagen ist? Und wieso weiß ich es nicht? Sie alle finden die perfekten Formulierungen, doch sie kommen von den Falschen. *Er* soll mir das schreiben und mir diese Fragen stellen. *Er* ist es, dessen Namen ich im Display sehen will und nicht den von Nelle, Johanna oder, Gott bewahre, Julia. Blöd nur, dass ich darauf lange warten kann, bis ich tot bin sogar, und selbst dann würde er nichts schreiben, wenn er es denn überhaupt mitbekäme, dafür habe ich schließlich gesorgt. Ich bin nicht mehr mit ihm zusammen, die Verbindung ist gekappt, anders als mit meinen Freunden oder denen, die es mal waren. Meine lieben Freundinnen. Ich habe sie satt, ich habe alles satt.

Kann ich noch tiefer sinken? Ich bin für alles verantwortlich und damit, dass ich mich in die Dunkelheit zurückziehe und mich in einen Rauschzustand versetze, schreibe ich nur eine weitere Last auf mein Blatt Papier. Die Fehler kuscheln sich aneinander wie meine engsten Vertrauten und ich verliere die Übersicht über den Haufen, der sich zu mir gesellt hat. Immerhin sind *sie* bei mir. Ein schwacher Trost und ich greife nach meinem Karton und nippe am Rotwein. Der Geschmack ist billig, so wie der Preis es auch war, doch das stört mich nicht, nehme weiter kleine Schlucke und leere ihn ein bisschen mehr.

In meinem Kopf ist mir klar, dass ich hier höchstens seit einer Stunde sitzen kann, so ein Zeitempfinden habe ich noch, dass ich zwischen Minuten und Stunden unterscheiden kann. Trotzdem fühlt sich mein Körper so an, als würde die Gravitation ihn schon länger festhalten, vor allem den Magen. Ich will mich etwas aufsetzen, stütze mich ab und streife mit der Hand meinen Schreibblock.

Als würde ich ihn zum ersten Mal sehen, nehme ich ihn und blättere die Seiten um, die ich beschrieben habe, reiße die ersten beiden heraus, knülle sie zusammen und ziele auf den Mülleimer. Eine Kugel geht rein, die andere daneben. Na immerhin. Die dritte Seite, die mit der guten, der besten Formulierung, behalte ich, auch wenn ich keine Ahnung habe, ob das überhaupt einen Sinn hat. Was waren die Entscheidungen, die mich herbrachten und die mich so haben werden lassen?

Ich bin eine Pusteblume im Wind, ich bin verbraucht und jetzt ist Winter. Meine Zeit ist vergangen, in der ich blühen konnte, und jetzt gehöre ich der Vergangenheit an, so wie alles, was mir wichtig war. So wie er, dem ich vielleicht mal etwas bedeutete. Ich weiß nicht, wann ich so einging, wann es anfing und ab wann es zu spät war. Müßig, sich damit auseinanderzusetzen, der kalte Wind hat mich eh erfrieren lassen.

Noch ein Schluck. Hm, was soll's? Ich kann ja mal fragen.

Wann habe ich angefangen, so zu vergehen? Warum?

Ich lache leise. Es ist doch verrückt.

Ich habe das Blatt Papier noch in der Hand und lese es erneut durch.

Tut mir leid, dass ich dir nicht gesagt habe, was wirklich passiert ist. Mit Jonas und … den anderen. Es bringt mich um.

Verdammt, eben kamen doch noch so viele Nachrichten und jetzt antwortet keiner. Können die sich mal entscheiden? Ich habe noch so viele Fragen. Noch ein Schluck, der Karton ist fast leer, aber den Rest will ich mir für später aufheben, für die Tablette. Verdammt, ich muss schon wieder pinkeln. Ich ziehe mich zum zweiten Mal an diesem Abend hoch, schwanke zur Tür und sitze wenig später auf der Toilette.

Ping!

Oh, habe ich doch glatt vergessen, das Handy aus der Hand zu legen, als ich mir meine Hose runterzog. Interessant. Mal sehen, vielleicht eine Antwort?

Was meinst du damit?

Ja, tatsächlich, da steht sie. Soll ich zurückschreiben? Ich denke nicht, es ist falsch, ich wollte es doch nicht tun und mich zurückhalten. Warum jemand anderen mit mir belasten?

Tut mir leid.

Abwischen, Hose hoch, Hände waschen, ach ja und spülen.

Ping!

Erneut gibt dieses Ding ein Geräusch von sich. Ich schaue auf die leuchtende Fläche und da steht wieder eine Nachricht. Ich schließe die Tür meines Zimmers, torkle zu meinem Schrank zurück und die Griffe bohren sich in meinen Rücken, als ich mich setze oder vielmehr fallen lasse. Nein, ich will noch nicht sitzen, ich muss das Lied hören, das mir plötzlich im Kopf rumschwirrt. Und ich brauche noch was zu trinken, der Karton ist leer und ich *fühle* und das will ich nicht.

Ich gehe in den Keller, überwinde auf dem Weg dahin zwei Treppen und klammere mich ans Geländer. Unten angekommen, ziehe ich eine Flasche aus dem Regal und mache mich wieder auf den Weg nach oben. Im Flur, der zwischen Erdgeschoss und erstem Stock liegt, fällt sie mir herunter. Verärgert gehe ich zurück in den Keller und nehme eine andere, die gleiche Prozedur noch mal. Diesmal schaffe ich es, sie unbeschadet zu dem leeren Karton zu stellen, und lasse die Scherben in ihrem Blut auf den Fliesen liegen. Vielleicht kümmere ich mich morgen um sie, aber sie könnten auch noch eine Woche so bleiben, ohne dass es jemandem außer mir auffiele. Ah, die Nachricht.

Also kommst du jetzt?

Sie nervt. Muss das sein? Ich will nicht auf den Kiez, jetzt nicht. Ist es nicht sowieso schon zu spät? Hat Julia noch was anderes zu tun, als die Nächte durchzumachen? Oder geht es nicht anders, weil Mark sie nicht flachlegt, wenn sie beide stocknüchtern sind? Deswegen trinke ich alleine, da kann mir so was nicht passieren. Einmal hat gereicht, um alles zu kippen.

Ich greife nach der Flasche, schraube sie auf und gucke hinein.

Ich wollte Liebe, trank und er war da und gab sie mir. Dann warf ich ihn weg und liebte weiter und jetzt schaue ich in die Flasche und suche darin nach ihm. Ich habe mich in ihm verloren. Wo ist alles nur hin? Gott, kann ich nicht einfach jemand anderes sein, der nicht so verkorkst ist? Lass mich doch die sein, die gut genug für ihn ist.

Ich will wissen, wie spät es ist, und gucke auf die Displayuhr. Mitternacht. Heute ist jetzt gestern und morgen ist heute. Verwirrend, oder?

Komm zu mir. Bitte komm. Nur einmal. Ich weiß, es ist spät. Ich brauche dich. Jetzt!

Schneller als ich denken kann, ist diese Nachricht eingetippt und abgeschickt. Meinen Standort mit meiner Öjendorfer Adresse sende ich gleich als Screenshot von Google Maps hinterher. Prompt kommt eine Antwort.

Ich habe keine Zeit. Es geht nicht, tut mir leid.

Ich brauche mehr Alkohol, setze die Flasche an meine Lippen und trinke, bis ich mich verschlucke. Eine Mischung aus Lachen, Weinen und Husten entfährt mir. Ich will das nicht mehr. Es versuchen, scheitern, um Hilfe bitten, abgewiesen werden, und das immer und immer wieder.

Es tut mir leid.

Es tut mir leid.

Ich schicke es doppelt ab, hoffe, dass irgendwer mich hört, zu mir kommt. Ich will gerettet werden. Diesmal wirklich.

Hilf mir. Es tut mir leid. Ich kann nicht mehr. Mein Kopf tut weh. Es tut mir so leid.

Nichts. Er antwortet mir nicht mehr. Was soll ich tun? Gut, ich kann nicht erwarten, dass ich Sekunden später schon eine Antwort bekomme, aber sie vergehen so langsam. Und warum sind meine Hände plötzlich nass und mein ganzes Gesicht? Wieso kann ich nicht aufhören? Es tut weh, es überflutet mich und ich schreie. Ich schreie, weil es brennt, und keiner hört mich. Ich verstumme, weine leise weiter und bin so allein, verloren und unbedeutend.

Ich will schlafen, ich muss. Tut mir leid, alles. Ich bin müde. Entschuldige. Ich kann nicht mehr.

Wie der Anruf, da habe ich auch nicht nachgedacht. Ich wollte doch nicht wieder angekrochen kommen und habe es jetzt doch getan. Gestern habe ich es getan, vor null Uhr und heute noch mal. Heute, das Morgen von Gestern.

In meinem Kopf dreht sich alles, ich muss zum Klo und kotzen. Schnell hin, alles raus, Deckel zu, spülen und schon bohren sich die Griffe noch tiefer in meinen Rücken. Verdammt, ich habe vergessen die Platte aufzulegen. Ich trinke weiter und vergesse.

Soll ich Nelle antworten? Oder Johanna oder Julia? Nein, ihr auf keinen Fall und den anderen auch nicht. Ich bin lieber alleine und stelle fest, dass der Alkohol mich betäubt und die Dosis nicht hoch genug ist. Das Gift pumpt durch meine Adern, Chemie wie Rauschgift, das überall hinströmt, und mir ist schlecht und ich kann nicht mehr. Ich nehme den Zettel, die Nachricht an ihn und halte sie fest. Wo waren die Tabletten? Ah, da sind sie, der leere Karton lag darauf. Eine halbe, ich schmeiße sie ein, spüle mit dem Wein nach und schlucke. Jetzt ist es besser, ich merke fast, wie sie sich in meinem Magen auflöst und mich schläfrig macht. Wenn ich nicht vergessen kann, dann will ich nichts mehr, nur schlafen und für ein paar Stunden mit dem Ort verschmelzen, der unbestimmt ist.

Bitte verzeih mir irgendwann. Ich wollte dir nie wehtun. Es tut mir leid. So leid.

Das muss ich ihm noch sagen, auch wenn ich mich wiederhole. Er kennt die Narben, die mein Herz verzieren, mein viel zu großes, pulsierendes Herz. Der Brief ist noch bei mir, nicht abgetippt oder in einem Briefumschlag eingeschlossen. Er wird ihn nie lesen, wie er auch den Zettel nie gelesen hat, weil ich ihn einfach nicht schreiben konnte.

***

Ich wache auf, doch es ist immer noch dunkel, als ich die Augen öffne. Halb eins, ich habe nicht einmal eine halbe Stunde geschlafen. Scheiße, vielleicht doch eine ganze nehmen? Eine, zwei, macht das einen Unterschied bei mir? Ich will doch nur, dass sie meine Gedanken vertreiben, nur für einen Augenblick, und meinen Kopf von all dem befreien! Verdammt, ich habe nur noch eine halbe – zum Teufel – und mein Kopf tut so weh.

Ich muss dieses Lied hören, ich weiß, dass es mich ablenkt, aber ich komme nicht an die Anlage ran. Mein iPod steht auf der Station, vielleicht komme ich an die weiße Fernbedienung heran, die neben meinem Bett liegt. Noch ein bisschen strecken und ... ja! Ich habe sie mit dem Fuß erreicht.

Ich habe ein schönes Bett, geschlossener Bettkasten, dunkles Laken und eine potthässliche Bettwäsche, schwarzweiß gestreift mit so 'nem kitschigen Blumenmuster. Egal, ich schlafe ja nicht darin, sondern habe den Boden. Meine Augen pulsieren, ich muss sie reiben, doch das tut nur noch mehr weh. Eine oder zwei? Ach, ich habe ja nur noch eine halbe, ich muss sie nehmen, aber erst die Musik, dann kann ich besser schlafen.

Es dauert eine Ewigkeit, bis ich es richtig eingestellt habe, doch dann höre ich diese wunderbaren Klänge, in denen ich mich wiederfinde. Genau so ist es. So endet es, ich spüre, wie die Chemikalien durch mich hindurchjagen. Ganz genau, Ed, so sieht es aus. Es ist ein beschissenes Leben, das wir führen. Warum kennen wir uns nicht? Über meine kaputte Seele könntest du mindestens zehn Nummer-eins-Alben schreiben.

Zum Teufel mit mir und mit all dem. Es ist nichts wert und diese Tablette wird auch nichts bewirken. Ich bin immun gegen alles Gute. Wo soll das noch hinführen?

Mehr Tränen, mehr Verzweiflung und ich zerbreche zum tausendsten Mal und mein Herz geht kaputt.

Ich will tot sein. Bitte, lass mich doch einfach tot sein. Alles schreit danach, ich spüre den Schmerz, so unerträglich, nicht auszuhalten. Ich werde diesen Stempel nie loswerden. Und ich habe nicht genug Tabletten ...

Möglicherweise ist noch eine zweite Packung im Spiegelschrank. Hatte ich nicht neulich nach der Arbeit noch welche gekauft? Es will mir einfach nicht einfallen. Ich rapple mich auf, schleppe mich ins Bad – diesmal nicht, um zu kotzen –, öffne den Schrank und schaue nach – tatsächlich. Hatte ich mich doch richtig erinnert. So ein Glück. Ich nehme sie, gehe in mein Zimmer und spiele mit dem selbstmörderischen Gedanken der Befreiung.

Es wäre so viel leichter, wenn es vorbei ist. Einfach fort mit mir und ich komme nicht wieder. Mir wird schummrig, ich schließe die Augen und treibe weg, weit weg, wo mich niemand findet. Jetzt schlafen, vergessen, verdrängen, einfach weglaufen. Weg, nur weg von hier. Ich schaffe es gerade noch so, die Musik auszustellen, dann ist es dunkel in mir und um mich herum und mein Herzschlag ist das einzige, leise Geräusch und scheint den ganzen Raum zu füllen. Blut rauscht in meinen Adern und ich drücke ein paar Pillen aus ihrer Verpackung.

Sturmklingeln.

Wie spät ist es? Ein Uhr? Wer will mich denn verarschen, jetzt noch zu klingeln? Gerade jetzt, wo ich doch schlafen will. Ich gehe einfach nicht runter. Wenn es meine Eltern sind, wissen sie, wo der Ersatzschlüssel liegt, ich habe es ihnen schließlich gesagt, in den fünf Minuten, die sie tatsächlich mit mir gesprochen haben. Und wenn sie es nicht sind, muss ich auch nicht aufmachen. Ich zähle sechsundsiebzig Sekunden, dann ist es endlich ruhig und ich kann mich meinem Mantra hingeben, das sich nach dem Abstellen der Musik in meinem Kopf festgekrallt hat.

All the voices in my mind, calling out across the line.

All the voices in my mind, calling out across the line.

Oh ja, wie recht sie haben. Sie wollen mich über die Grenze locken, weg von diesem Irrsinn, wo einem Liebe vorgegaukelt und drauf herumgetrampelt wird. Diese Illusion ist tot. Ich stimme den Stimmen zu, sie haben recht und ich komme. Kann ich es durchziehen? Meine Tränen sammeln sich in meiner Hand und ich warte so lange, bis die eine Tablette schon anfängt, sich zu zersetzen.

Wo bist du?, frage ich mich und halte es kaum noch aus. *Lass mich nicht alleine. Oder hast du mich doch belogen? Ich meine, wie sollst du mich denn lieben,* mich, *wenn ich doch gar nicht existiere?*

Ich schluchze laut und heftig, werfe die Pillen weg und bin plötzlich zu Tode erschrocken. Was ist nur los mit mir? Was ist passiert? Mein Kopf tut weh, meine Augen brennen, ich kann nicht mehr klar denken und er schafft es trotzdem noch, durch dieses Chaos hindurch ganz klar hervorzutreten. Egal, was ich getan habe, ich bin selbstsüchtig und will ihn bei mir haben. Wo ist er? Und wo zur Hölle soll das noch hinführen? Ich kann doch nicht ewig so weitermachen!

Ich ziehe meine Knie an und klammere mich an sie, starre auf meine hässliche Bettwäsche und weiß weder ein noch aus. Ein Poltern auf der Treppe. Diese scheiß Nachbarskinder machen schon wieder ein Wettrennen, so laut, dass ich es durch die Wände höre. Es ist zu laut, es hämmert in meinem Schädel und ich schluchze lauter denn je, weil auch dieser Schmerz nichts überspielen kann. Es tut so weh, es tut immer weh!

Plötzlich springt meine Zimmertür auf und ich zucke heftig zusammen. Wer ist das? Habe ich schon Halluzinationen? Ich wimmere und wage nicht aufzublicken. Vielleicht habe ich es mir auch nur eingebildet? Ich halte mir Augen und Ohren zu. *Geh weg*, denke ich, *geh einfach nur weg.*

Ein paar Sekunden nichts, Stille, und ich denke schon, dass ich es mir tatsächlich nur eingebildet habe, als eine Hand meinen Arm ergreift und ich reflexartig um mich schlage.

»Hey, beruhige dich!«

»LASS MICH LOS! BITTE NICHT! LASS MICH LOS!«

»Vio, mach doch die Augen auf!«

»GEH WEG! BITTE! ICH KANN NICHT …«

Ein Schlag trifft mich im Gesicht und lässt mich verstummen und meinen plötzlichen, hysterischen Anfall abebben.

Ich weiß gar nicht, wieso ich so ausgerastet bin.

Es ist doch niemand da, der mich hören könnte.

Ich wimmere leise und will nicht wissen, was dieser Mensch vorhat. Ich habe Angst.

»Hey, ich bin es doch. Mach die Augen auf.«

Meine Ohren werden empfänglicher und ich denke, dass ich träume.

»Du bist hier? Wieso bist du hier?«

Ich stürze nach vorne, ohne nachzudenken. Direkt in ihn hinein und er, der sich vor mich hingehockt hat, fällt mit mir um. Ich klammere mich an ihn, berühre sein Gesicht mit meinen Händen und komme nicht los.

»Setz dich hin, bitte, ich bekomme keine Luft mehr.«

Ich mache, was er sagt, und lehne mich an den Schrank, zurück in meine alte Position. Automatisch hebe ich meine Hand und hauche dagegen. Man riecht den Alkohol, aber es ist nicht so schlimm, wie ich dachte. Trotzdem muss ich einen furchtbaren Anblick bieten. Aber er ist hier.

Es ist still, was soll er sagen oder ich? Ich gucke ihn an, sehe in seine wundervollen Augen und versinke in ihnen. Selbst in dem spärlichen Licht von draußen sehe ich sie. Wie ich ihn vermisst habe. Sein Blick ruht auf mir und mustert mich. Ich kann ihn nicht ganz einschätzen. Er scheint besorgt und trotzdem will er weg. Er nimmt meine Hand, überlegt, was er sagen soll, und ich schüttle den Kopf.

»Es tut mir so leid, Leon.«

Seine Augen schauen auf den Boden. Er kann mich nicht ansehen, ich widere ihn an. Ich weine mehr, schluchze lauter und hoffe nur, dass er den Blick irgendwann wieder auf mich richtet. Er tut es wenig später und er sieht wütend aus.

»Sag mir, dass du das nicht getan hast.«

Er hält mir eine der Pillen vor die Augen. Hätte ich sie doch nicht nehmen sollen?

»Doch … ich hab …«

Noch bevor ich den Satz aussprechen kann, reißt er mich hoch, zieht mich in den kleinen, mit dunklem Teppich ausgelegten Flur und schaut hinter der ersten Tür nach, hinter der sich das nicht benutzte Schlafzimmer meiner Schwester befindet, dann hinter der zweiten Tür und findet das Badezimmer. Ich bekomme gar nicht mit, wie mir geschieht, da hat er meinen Kopf schon über die Schüssel gebeugt, meine Haare hinten zusammengefasst und mir seinen Finger in den Hals gesteckt. Ich würge, stoße ihn weg, und hätte ich mich in der Sekunde nicht übergeben, hätte ich ihn angeschrien, was zum Teufel er da macht.

Als ich mich umdrehe, ist er plötzlich verschwunden. Wo ist er? Ich spüle zum tausendsten Mal, gurgle kurz etwas Wasser, um diesen sauren Geschmack im Mund loszuwerden, verlasse das Badezimmer und gehe zurück in meins. Da hockt er und hat irgendetwas in der Hand. Ist das mein Brief? Oh nein, er sollte ihn doch nicht lesen.

»Leon, tu das nicht! Bitte!«

Er dreht sich um, Tränen glänzen in seinen Augen und zitternd steht er auf.

»Was ... was hattest du vor?«

»Schlafen«, antworte ich wahrheitsgemäß und gehe nicht auf das Schriftstück in seiner Hand ein.

Er lässt es fallen, fasst sich an den Kopf, fixiert mich dann und kommt auf mich zu. Ich will ihm entgegengehen, doch meine Beine versagen und ich knicke ein. Er kann mich noch auffangen, bevor ich den Boden erreiche, und zusammen sitzen wir plötzlich an meinem Lieblingsplatz und ich denke, dass ich nicht wach bin, sondern schlafe und den schönsten Traum der Welt habe.

Er hält mich an den Schultern, halb aufrecht, und ich

stütze mich unbeholfen auf seinen Oberschenkeln ab. Ich berühre ihn, allein das nehme ich wahr, und er mich.

»Bist du denn verrückt?«

Seine Stimme ist höher als normal, gebrochen und ein bisschen rauchig. Ich liebe sie, ich liebe ihn.

»Ja«, sage ich. *Verrückt nach dir, und das ist nicht mehr gesund.*

Seine Arme legen sich um mich und ich passe so perfekt an seine Brust. Er hat seine Jacke an. Wieso hat er sie nicht ausgezogen? Wieso haben wir überhaupt etwas an? Es ist zu viel, jede Schicht an Kleidung trennt uns und ich kann das nicht mehr.

Ich hebe meine Hände, lege sie an sein Gesicht, streiche darüber, auch über sein Haar, und höre, wie er weint.

»Warum weinst du?«, will ich wissen.

»Du tust mir weh«, erklärt er.

»Das wollte ich nicht. Wollte ich nie.«

Er löst sich von mir, hält mich nur ein paar Zentimeter auf Abstand, sodass er mich ansehen kann.

»Du darfst das nicht machen, okay?«

»Was denn?«

»Sterben! Verstehst du?«

»Aber …«

»Nein, nichts aber. Glaub mir, ich wollte dich nicht sehen, aber dann schreibst du mir solche Nachrichten …«

»Das war doch …«

»Und ich dachte, *ich* sterbe. Es ist die Hölle für mich, okay? Du bist schlecht für mich, hörst du? Du bist schlecht und ich kann nicht ohne dich.«

Ich will, dass er geht. Ich habe es schon wieder getan und jetzt ist er bei mir. Er hat doch recht, ich bin schlecht für ihn. Er muss gehen.

»Geh, Leon. Du solltest nicht hier sein«, flüstere ich.

Wir schauen uns an, ich versinke erneut in seinen Augen, merke seine Hände an meinem Gesicht, und auch wenn seins sich in eine schmerzverzerrte Maske verwandelt hat, finde ich es bildschön.

»Ich weiß«, haucht er völlig außer sich, und er scheint nicht zu wissen, was er tun soll, das Richtige oder das Falsche.

»Wieso du?«, fragt er und ich stelle mir die gleiche Frage.

»Ich weiß es nicht«, flüstere ich so leise, dass er es vielleicht gar nicht gehört hat.

»Ich kann es dir nicht sagen.«

KAPITEL 22

ER

Ich bin so wütend auf sie, brenne innerlich, will sie an den Schultern packen, schütteln, damit sie aufwacht, und gleichzeitig will ich, dass jemand mich aus diesem Albtraum heraushölt. Wie kann sie mir das antun? Wieso macht sie nicht das, was ihr die letzten Wochen so leichtgefallen ist, und bleibt unsichtbar? Aber sie kann es nicht lassen, hat sich etwas ganz Besonderes für ihr Höllenfinale aufgehoben und mich als ihren Spielpartner auserkoren, der selbstverständlich bereitsteht, wenn sie ruft.

Ich wollte nicht kommen, und das schrieb ich ihr auch. Mit eisernem Willen habe ich mich gegen meine Gefühle gestemmt und gegen die Nachrichten, die ich wochenlang *nicht* von ihr erhalten habe. Auf einmal hatte ich nur noch den Drang, sie sofort zu löschen, und empfand so etwas wie Stolz dabei, weil ich es schaffte. Doch die richtige Folge der falschen Worte und das Schloss war geknackt.

Der Klumpen, der einmal ein von Gefühlen durchtränktes Herz war, ist bei ihr angekommen und schmerzt noch stärker als je zuvor. Was soll ich denn denken, wenn sie mir schreibt, es tue ihr leid, sie hoffe, ich könne ihr irgendwann verzeihen und sie könne nicht mehr? Es ist so, als würde sie genau wissen, welche Fäden sie ziehen muss, um mich tanzen zu lassen, weil sie mich so gut kennt. Ich bin ein offenes Buch, sie eines mit sieben Siegeln. Verdammt schön, verflucht anziehend, entsetzlich wechselhaft, gefährlich zerstörerisch und vielleicht trotzdem die Liebe meines Lebens.

Wieso tut sie mir das an? Wir haben nie über meine Mutter gesprochen, okay, aber sie muss doch irgendetwas davon mitbekommen haben, oder nicht? Es spricht sich doch *immer* rum. Egal, ob man es will oder nicht, plötzlich ertönt es aus jeder Ecke. Woher hatte sie diese Tabletten und warum liegen sie hier herum? Ich habe Sturm geklingelt, niemand öffnete und einem unüberlegten, glücklichen Impuls folgend schaute ich unter der Fußmatte nach und fand den Schlüssel, der das Schloss öffnete und mir Zutritt verschaffte. Im Flur diese Scherben, Blut, ein starker Kontrast zu den weißen Fliesen, der mich in Panik versetzte.

Ohne einen weiteren Atemzug abzuwarten, sprintete ich die Stufen nach oben, hörte sie weinen und schluchzen und öffnete die Tür. Sie schrie und ich erwiderte irgendetwas, vollkommen aus der Puste. Es ist erst Minuten her, aber ich weiß nicht mehr, was es war, nur dass ich ihr ins Gesicht schlug, um ihre Schreie zu beenden. Ich wollte das nicht, aber da ist so viel Wut in mir und es soll einfach aufhören. Doch selbst diese Berührung, dieser Schlag setzte mich so unter Strom und dieser jagt jetzt durch meinen ganzen Körper.

Ich zerrte sie ins Bad, steckte ihr meinen Finger in den Hals, dachte nicht nach, sondern war diesem verzweifelten Drang ausgesetzt, ihr das beschissene Leben zu retten. Dann fand ich mich plötzlich in ihrem Zimmer wieder und sah ihren Abschiedsbrief auf dem Boden, der das alles noch einmal verschlimmerte. Noch wütender, kochend vor

Zorn, funkelte ich sie an und wollte nur hören, dass es nicht wahr ist, zitterte und war nicht fähig zu verhindern, dass meine Sicht verschwamm und sich die Tränen ihren Weg über mein Gesicht brannten. Das Blatt Papier glitt aus meinen Händen, und ich dachte, mein Kopf würde explodieren. Am liebsten hätte ich das Fenster geöffnet und wäre gesprungen.

Ich bin da schon einmal durch und ein zweites Mal überlebe ich es nicht, und das meine ich nicht metaphorisch oder um dem Ganzen noch mehr Drama beizumischen, nein, ich meine es so, wie ich es sage: Wenn ich ein zweites Mal in solch eine Situation geschleudert werde, will ich tot sein.

Genau da, als mir dieser Wunsch ins Gehirn schoss, fiel sie um, dieser schlanke, leichte Körper in meinen Armen, und plötzlich saßen wir auf dem Boden und wechselten Sätze, an die ich mich jetzt nicht mehr erinnere. Wieso ist es so schwer, sie zu lieben und mit ihr zusammen zu sein? Warum bereitet es mir diese Höllenqualen? Ich kann diese Sucht nicht kontrollieren, küsse sie schon wieder. Immer wieder. Höre nicht auf, muss sie schmecken, ihre weichen Lippen fühlen und meine Hände an ihr nasses Gesicht legen, um ihren Puls zu spüren. Dass sie am Leben ist. Sie ist schlecht für mich, aber ich gebe es auf. Gebe mich auf. Sterben werde ich so oder so, warum dann nicht auf ihre Weise?

Keuchend sitzen wir voreinander, meine Hände an ihren Wangen, ihre in meinem Nacken verschränkt. Die letzten Nächte, teilweise pechschwarz und schlaflos, sie alle endeten damit, dass ich alleine aufwachte und mich nach ihr sehnte. Diese toxische Verbindung ist tödlich, aber wie sagte Barbossa in *Fluch der Karibik* 3? Der Tod macht den Tag erst lebenswert.

Ich höre ihr Wimmern, öffne meine Augen und sehe, dass ihre geschlossen sind. Ich will sie sehen, ihren Blick festhalten, der leuchtet und mich anzieht wie das Licht die Motten. Mein kleines Glühwürmchen, ich muss ihr Leuchten sehen.

»Vio? Bitte guck mich an«, flüstere ich.

Das helle Braun ist verschwommen und das Weiß von feinen roten Äderchen durchzogen. Nie hat sie schöner ausgesehen, verletzter und ehrlicher als jetzt.

»Wieso hast du deine Jacke an?«, fragt sie leise.

Verwirrt schaue ich zu meiner Kleidung. Wann hätte ich sie denn ausziehen sollen? Meine Schuhe habe ich auch noch an. Jede Sekunde wäre zu viel gewesen, um sie mit dem Ausziehen dieser Sachen zu verschwenden. Vielleicht würde dann ihre leblose Hülle jetzt in meinen Armen liegen, anstatt ihres zitternden Körpers.

»Sonst wäre ich zu spät gekommen.«

Sie klammert sich an mich und ich merke, wie ihre Tränen mein Shirt tränken. Sie brennen wie Säure, und obwohl ich habe, was ich wollte, macht sich keine Erleichterung in mir breit. Der Gedanke, dass sie jetzt tot sein könnte, wäre ich nicht gekommen, verdrängt alles ins Nichts. Ich höre ihren leisen Atem, der die Stille durchbricht, und fühle ihren Puls. Sie lebt, nur das ist wichtig.

Mein Blick fällt auf die Flasche neben ihr und ich überlege, ob ich mich auch daraus bedienen sollte. Bei genauerer Betrachtung stelle ich zu meinem Bedauern jedoch fest, dass kaum mehr etwas übrig ist. Also bleibt mir nichts anderes übrig, als sie weiter zu halten, und ich könnte damit leben, das für den Rest meines Lebens zu tun. Egal wie falsch es ist, unbestreitbar falsch, die Definition davon, fühlt es sich jedoch in dieser Sekunde so richtig an.

Mir ist bewusst, dass ich die Waffe gerade selbst lade.

»Beruhige dich. Es wird alles gut, hörst du?«

Sie hebt ihren Kopf, schaut mich aus ihren großen geröteten Augen heraus an und ich muss lächeln, als dieser Blick mein Herz durchbohrt.

»Komm, du musst ins Bett. Ich helfe dir.«

Unbeholfen stehen wir auf. Im Bett ist sie besser aufgehoben, kann sich hinlegen und ausruhen und hat keine Gelegenheit dazu, sich eine dieser Pillen doch noch vom Boden zu schnappen und es zu Ende zu bringen. Wir gehen ein paar Schritte, ich stütze sie und langsam bekomme ich sie zu der Matratze und lege sie hin. Sie lässt mich nicht los und ich falle mit ihr aufs Bett. Sie stöhnt auf, als mein Gewicht für einen kurzen Augenblick auf ihr lastet, und schnell stütze ich mich ab und sehe ihr ins Gesicht. Sie hat aufgehört zu weinen, ihre Augen sind leer, fangen meinen Blick ein und dann schleicht sich die bekannte Angst in ihren Ausdruck, die ich mittlerweile benennen kann.

»Wieso hast du Angst vor mir?«, flüstere ich.

»Das habe ich nicht.«

»Doch, ich sehe es dir an. Du hattest schon immer Angst vor mir.«

Sie macht ihre wundervollen Augen zu und beißt sich auf ihre Unterlippe. Ich streiche ein paar Haarsträhnen aus ihrem Gesicht, betrachte ihre verzerrte Miene aufmerksam und lasse die Hand auf ihrer Wange liegen, streichle sie und ihre Haut fühlt sich so unfassbar weich an. Sie ist so blass und erschöpft, mein kleines, erloschenes Glühwürmchen.

»Ich … ich habe einfach … Angst.«

Ihre Lider heben sich, sie schaut mich an und es kostet sie so viel Überwindung weiterzusprechen.

»Ich … ich weiß es nicht, Leon. Ich verstehe doch auch nicht, was das hier ist … aber … ich habe Angst, dass ich es nicht schaffe.«

»Was meinst du?«

Ihr Blick huscht hin und her und sie zittert. Sie wird gleich von Neuem anfangen zu weinen. Ich senke den Kopf, küsse ihren Mund und versuche sie zu beruhigen.

»Sag es mir.«

Sie schüttelt den Kopf. Die ganzen letzten Wochen waren auch für sie nicht leicht, mit Sicherheit nicht, doch bestimmt war es einfacher als das jetzt. Es ist ein schmaler Grat, auf dem wir tanzen, doch es gibt keinen anderen Weg als diesen. Sie legt ihre Hände an mein Gesicht, hält es fest, doch schaut mich nicht an, sondern schließt die Lider, als sie sich überwindet und sich die Schlinge um den Hals legt, die ich einfach nur zuziehen müsste, um all dem ein Ende zu bereiten.

»Ich kann dir … nicht gerecht werden. Das mit Jonas … o Gott, ich bin es nicht wert. Ich habe doch irgendetwas an mir, dass ich … das verdiene, oder? Er hat es gesehen und Noah und David … zu mehr bin ich nicht gut genug. Ich bin bedeutungslos und ich weiß nicht, warum. Leon … für dich werde ich auch nicht gut genug sein.«

So sieht es also aus, wenn ein Glühwürmchen stirbt.

Ich weiche zurück und setze mich hin, rutsche nach hinten, bis ich die Wand im Rücken habe, und ziehe sie mit mir. Sie lässt es mit sich geschehen, ist vollkommen am Ende und kraftlos und auf mich angewiesen in diesem Moment, in dem sie ihr Innerstes nach außen stülpt. Mein Arm ist um ihre Schultern gelegt, ihr Kopf neben meinem und der verführerische Duft ihres Haars in meiner Nase. Regungslos liegen ihre Hände in ihrem Schoß, nur das Zittern ihres Körpers verrät, dass sie noch bei mir ist.

»Ich habe dir gesagt, dass du schlecht für mich bist, und ich habe dich nicht angelogen. Du ... hast mich durch die Hölle geschickt, weißt du das? Ich habe es am Anfang nicht so wahrgenommen, als du bei mir warst und wir miteinander geschlafen haben. Ich wollte dich. Ich war schon so lange in dich verliebt. Auf der Brücke ... du hast den Kuss erwidert und ich witterte meine Chance, endlich mit dir alles zu haben, was anderes wollte ich nicht, und dann bist du gegangen. Hast du mir überhaupt nur eine Sekunde geglaubt, dass es mir nicht nur um den Sex ging?«

Ich seufze und streiche ihr über den Kopf.

»Ich habe nicht sofort verstanden, warum ich das überhaupt mache, dir hinterherjage. Eigentlich hätte ich nach dem Abend auf dem Kiez, als du mich angeschrien hast, schon einsehen sollen, dass es zwecklos ist.«

Eine Pause entsteht und ich hole Luft. Was ich jetzt sage, wird mir nicht leicht über die Lippen kommen und ich brauche einen Moment, mich darauf vorzubereiten. Jetzt oder nie. Alles oder nichts. Und ich zähle von drei runter ...

»Meine Mutter ist vor vier Jahren gestorben. Sie hat sich das Leben genommen. Ein paar Tage, nachdem das mit uns passiert ist, war ihr Todestag, und ganz ehrlich, dein Timing hätte kaum beschissener sein können.«

Freudlos lache ich auf.

»Jedes Jahr war schlimm, aber noch nie so wie dieses. Auf einmal war es zu viel und ich erkannte mich selbst nicht wieder. Ich wollte mich mit Annika ablenken, habe getrunken, mir sonst was eingeworfen, war feiern, um irgendwie meinen Kopf frei zu bekommen. Stattdessen wurde mir immer stärker bewusst, dass es nichts gibt, das mich davon ablenken konnte.«

Ich schaue ihr in die Augen.

»Die Tage vorher waren schon eine Tortur, doch plötzlich war alles leichter, als wir zusammen waren. Dabei dachte ich, es würde sich niemals was an diesem Zustand ändern, und glaub mir, ich habe mir mehr als einmal Gedanken gemacht, ob ich mit dem Ganzen nicht einfach abschließen soll.«

Eine kurze Pause.

»Ich habe es vorher nicht geschafft, es dir zu erzählen, keine Ahnung wieso. Vielleicht dachte ich, dass es dich vertreibt, weil du es nicht verstehst. Dann wollte ich es dir sagen, es endlich aussprechen, weil du mir die ganze Angst genommen hattest, aber da warst du schon verschwunden.«

Sie schlingt einen Arm um meine Mitte, drückt sich fester an mich und ich vermute, dass sie den Atem anhält, weil ich das Geräusch nicht mehr hören kann.

»Ich habe wirklich alles versucht, niemanden mehr an mich heranzulassen. Meine Eltern sind beide tot, meinen Bruder sehe ein oder zwei Mal im Jahr und du stolpertest einfach in mein Leben und hast dich so darin eingewoben, dass ich dich nicht mehr herausbekomme. Das habe ich einsehen müssen, als ich mich noch schlimmer als die letzten Jahre in alles Mögliche gestürzt habe, um mich abzulenken. Du hast es geschafft, dass ich dich an mich herangelassen habe, seelisch, und den Bruch habe ich nicht ertragen. Dann habe ich beschlossen, mich notfalls auch gewaltsam von dir frei zu machen, weil mir alles zu viel wurde, aber …«

Ich schüttle den Kopf. Sie hebt den ihren und ich drehe meinen. Uns trennen nur Millimeter und ich spüre ihre Lippen, die meine ganz leicht streifen, als sie spricht. Ihre Worte sind ängstlich und ehrfürchtig und ihre Stimme zittert.

»Es tut mir so leid. Ich wollte dir nie so wehtun. Ich hatte keine Ahnung.«

Ich lege meine Stirn an ihre, ziehe den Arm von ihren Schultern und halte ihr Gesicht in meinen Händen. Mein Mund ist frei und ich kann meinen angefangenen Monolog zu Ende führen.

»Du bist es, Viola. Du hast mich verletzt, mir wehgetan, mich verlassen, mich beschimpft. Ich war nicht mehr ich selbst, kannte mich gar nicht in dieser Version und hasste dich dafür, dass du diesen Menschen aus mir gemacht hattest. Und jetzt weiß ich warum und ringe mit mir, dich zu verstehen, und gleichzeitig will ich dich nie wiedersehen, weil du bei Luke warst und nicht bei mir. Ich habe dich gebraucht. Und dann fällt mir wieder ein, dass ich dir nie von meiner Mutter erzählt habe. Du wusstest es nicht und trotzdem bin ich wütend.«

Ich zucke mit den Schultern.

»Wir haben uns beide nicht alles gesagt.«

Ich spüre, wie ihre Wangen anfangen zu zittern und sie sich zusammenreißen muss. Nur noch einen Augenblick Geduld. Ich bleibe ruhig und spreche zu Ende.

»Es ist jetzt etwa zwei Monate her, dass du mir alles weggenommen hast. Aber … du bist es einfach. Frag mich nicht wieso oder woher ich das weiß, aber es ist so. Nach allem, durch das wir durch sind, was ich erlebt habe und was mich davon hätte abschrecken müssen hierherzukommen. Es ist schon etwas her, dass ich dachte, ich sei angekommen und hätte etwas gefunden, für das es sich lohnt, weiterzumachen. Als wir die Nacht miteinander verbracht haben. Ich war dir in jeder Hinsicht so nahe und so verliebt in dich und dachte, es geht nicht mehr. Ich war befreit. Und ich fühle immer noch das Gleiche.«

Während ich das sage, schließe ich meine Augen. Dann ist es still. Ich warte darauf, dass sie antwortet. Sie hat aufgehört zu zittern und sich nicht von mir wegbewegt. Unsere Atem sind ruhig. Ihre Hand fährt durch mein Haar und ich mache die Augen auf, um sie sehen zu können. Ihr Blick begegnet meinem, unsicher, und sie traut sich lediglich zu flüstern, so leise, dass ich es kaum verstehe.

»Meinst du das ernst?«

Ich küsse sie, nur ganz leicht.

»Ja.«

Sie lächelt. Ja wirklich, ihre Mundwinkel ziehen sich nach oben und sie ist … glücklich? Es ist surreal, dass in dieses dunkelbunte Muster auch ein heller Streifen eingearbeitet sein soll, doch ich sehe ihn deutlich vor mir.

»Ich liebe dich, Leon.«

»Bist du noch betrunken?«

»Nein, ich war noch nie so nüchtern. Und ich liebe dich.«

Ihre kleinen Hände, ihre schlanken Finger mit der blassen, gespannten, weißen Haut, so weich und kalt, berühren mein Gesicht und ich fahre mit meinen Händen durch ihr Haar, das mich verrückt macht, wie alles an ihr mich verrückt macht. Sie lehnt sich nach vorne, überbrückt die wenigen Millimeter, die uns trennen, und besiegelt dieses Versprechen mit dem ersten Kuss, der keine Nervosität, keine Angst und keine Zweifel beinhaltet. Sie liebt mich und ich liebe sie. Ich verdränge, dass sie sich umbringen wollte, habe es geschafft, sie zu retten, und jetzt sind wir glücklich. Weg ist der Gedanke, dass sie mich früher oder später töten wird, aber das nehme ich so gerne in Kauf, denn alles, was ich will, ist diese süße, trügerische und nicht abwendbare Gewissheit zu erfahren, nach der ihre Küsse schmecken.

Sie streift mir die Jacke ab. Ich kenne das, so oder so ähnlich hat es schon einmal angefangen, aber jetzt ist es anders. Ich spüre es, sie ist bei mir und ich nehme mir nicht alles, was sie mir gibt, nein, ich gebe ihr das alles zurück und zeige ihr, dass ich es ernster nicht meinen könnte. Das kann man nicht beweisen, man weiß es oder eben nicht. Man ist sich nicht sicher, denkt nicht oder vermutet, nein, es ist die Wahrheit in ihrer reinsten Form, ohne Wenn und Aber: Sie ist es, so einfach ist das.

Ich küsse sie unaufhörlich, bin ein Junkie und will mehr von dieser Droge, will sie mit jeder Faser meines Körpers, das Mädchen, das nicht mehr weint, das mich verstanden hat und das ich liebe. Wir legen uns hin und die Jacke landet irgendwo raschelnd auf dem Boden. Ich bin sehr vorsichtig, berühre mit meinen Händen den Saum ihres Shirts und fahre darunter. Ihre Haut, egal wo ich sie berühre, schmiegt sich perfekt an meine.

Wir gehören zusammen.

Sie richtet sich etwas auf, sodass ich ihr das Shirt über den Kopf ziehen kann, und damit ich mich nicht zu oft von ihr lösen muss, ziehe ich meins gleich mit aus. Mund an Mund, Brust an Brust, Körper an Körper und Herz an Herz. Wir sind zusammen.

Ich verteile meine Küsse über ihren Hals, die Brüste, den Bauch hinab und ziehe ihre Hose mit nach unten, als ich bei ihren Füßen ankomme und sanft über sie streiche. Weg mit der Hose, weg mit meiner, sie stören nur und trennen uns und ich will nicht mehr von ihr getrennt sein, nie wieder, egal auf welche Art und Weise. Der Tanz ihrer Finger, den ich auswendig kenne, sie führt ihn endlich wieder auf meinem Rücken auf. Wir drehen uns in diesem schmalen Bett, das eigentlich nur für eine Person gemacht ist, doch wir sind eins und es ist unseres.

Sie liegt auf mir, ich öffne den Verschluss ihres BHs und streife ihn ab. Ohne eine trennende Schicht Stoff schlägt ihr Herz an meiner Brust, das Herz, das jetzt mir gehört, und meines schlägt so laut und so schnell, dass es mir herausspringt, rüber zu ihr, und dieses Mal nimmt sie es in ihre schützenden Hände. Ihre Lippen pressen sich an meinen Hals und ich halte für einen Moment inne, verharre mit einer Hand an ihrer Hüfte, die andere hebe ich und vergrabe sie in ihrem Haar. Ich will, dass sie mich ansieht, bevor wir noch weiter gehen.

»Ich will alles mit dir. Ich will, dass wir zusammen sind. Es geht mir nicht um das hier.«

Sie lächelt. Ich habe es so vermisst, sie lächeln zu sehen.

»Ich will es aber. Willst du es nicht?«

Ich drehe mich mit ihr, liege über ihr und betrachte sie für einen Moment, bevor ich ihr antworte.

»Ich will nur nicht, dass du morgen weg bist, wenn ich aufwache.«

Sie hebt ihre Hand, legt sie an meine Wange und sieht mich ernst an.

»Ich laufe nicht noch mal weg, das verspreche ich dir.«

Es wäre besser, wenn ich jetzt aufhören würde, doch ich kann mich nicht mehr von ihr trennen. Es gibt keinen Ausweg. Liebe tut weh, und wenn es nur auf diese Weise geht, ist es okay. Entweder bin ich bei ihr oder sie stirbt, und das lasse ich nicht zu.

Eine zweite Spur aus Küssen nach unten, ich lasse ihren Slip verschwinden und meine Shorts, sie spreizt ihre Beine und mich überkommt eine Woge der Wärme, als ich sie spüre. Ich merke, wie sie das Gift durch meine Adern pumpt, dass ich zu schwach bin, um mich von ihr fernzuhalten, und ich liebe sie so sehr, dass ich doch nicht bereuen kann, an ihr zu zerbrechen. Physikalisch, emotional und auf jede andere erdenkliche Weise.

Es ist Freitag, die Nacht vom siebzehnten April auf den achtzehnten, wir sind zusammen und ich weiß, dass ich noch nie im Leben glücklich war. Damit muss ich leben, sonst töte ich sie, und bevor ich das tue, jage ich mir lieber selbst die Kugeln durch den Kopf, atme durch und küsse ihre Lippen.

KAPITEL 23

SIE

Die Zeit vergeht wie im Flug. Wenn man glücklich ist, gehen die Tage schneller vorbei, und man vergisst, dass es so etwas wie einen Kalender überhaupt gibt. Nie im Leben hätte ich gedacht, dass es so endet und ich eines dieser Mädchen werden kann, das alles bekommt, was es sich je gewünscht hat. Wie kaputt es doch anfing, vor knapp drei Monaten, als ich alles von mir wegstieß. Ich hätte es da schon haben können, doch woher sollte ich wissen, dass Leon es ernst meint? Es gab so viel, das er nicht von mir wusste und vor dem ich mich fürchtete, es anzusprechen, aus Angst, er könnte es nicht verstehen, mir nicht verzeihen oder sich als Teil vier eines morbiden Plans herausstellen. Nichts dergleichen, ich habe mich geirrt. Ich dachte in dem Moment, als es passierte, dass es gut ist, richtig, intensiv, unvergleichbar, nicht genug, mehr, immer mehr, bis wir explodierten, er und ich gemeinsam. Dann war das Feuerwerk vorbei, die Rauchschwaden hingen in der Luft und es war plötzlich so dunkel um mich herum, dass ich dachte, es geht nicht. Sie verdeckten die Sterne, die das alles in das richtige Licht getaucht hätten, genau das, das ich sah, als wir uns liebten.

Mir war sehr lange gar nicht klar, was ich ihm zugemutet habe, und ich verfolgte nur mein Ziel, irgendwie unbeschadet aus der Sache herauszukommen. Ich wusste nicht, dass nicht nur ich ihn, sondern auch er mich braucht. Seine Mutter ist tot. Er hatte es zuvor mit keinem Wort erwähnt und ich fühle mich immer noch schrecklich deswegen. Wieso konnte er es mir nicht sagen? Allein die Vorstellung, dass er irgendwo zusammenbricht, während ich mit Luke … nein! Halt! Das hat hier nichts mehr zu suchen. Ich will mich nur noch auf ihn konzentrieren, auf uns, und ich muss endlich aufhören, alles tausendfach zu hinterfragen.

Leon und ich sind zusammen, endlich. Er ist der Anker, nach dem ich mich gesehnt habe und der mich hält, und ich tue alles, um wiedergutzumachen, was ich angerichtet habe. Ich will jetzt für ihn da sein, mehr denn je, und alles mit ihm zusammen durchstehen. Ich werde nicht mehr von seiner Seite weichen. Wir schaffen das, das weiß ich genau. Wieso ich mir da so sicher bin? Das verrate ich noch nicht.

Leon und ich haben viel miteinander geredet, aber vor allem gestritten. Er weiß alles und fängt immer wieder von vorne an, mit mir darüber reden zu wollen. Manchmal schaffen wir es, doch an schlechten Tagen blocke ich wieder ab und mache dicht, dann ist der Streit da. Es ist für uns beide nicht leicht, auch wenn wir uns alle Mühe geben. Für mich ist das Kapitel aber endgültig abgeschlossen, ähnlich wie bei der Sache mit Luke.

Manchmal habe ich den Eindruck, dass Leon das mehr verletzt hat, als meine Vergangenheit kennengelernt zu haben. Dabei hatte es rein gar nichts zu bedeuten.

Doch egal, wie oft ich es erkläre, er regt sich auf und macht sich dann selbst Vorwürfe, von denen ich ihn wieder abbringe. Ob ich Luke geliebt hätte? Nein. Dass er mir das nicht hätte antun können, wieso konnte ich es? Dass er das

Ganze ausgelöst hat und selbst schuld ist. Am Ende stehen wir nur vor der Tatsache, mit der wir nichts anzufangen wissen: Er brauchte mich und ich war nicht da. Ich wusste ES nicht, doch das macht es nicht besser. Es wird noch eine ganze Weile dauern, bis er mir das verziehen hat.

Vor zwei Wochen hat Luke sich in einen anderen Store versetzen lassen, weil er nicht mehr mit mir arbeiten will. Wir waren nur ein paar Wochen zusammen, redeten wenig und waren überwiegend nackt, wenn wir uns trafen, und für mich war von Anfang an klar, worum es ging. Nur um etwas Körperliches, mehr wollte ich von ihm nicht. Er war nur ein verzweifelter Versuch, mich abzulenken. Doch er sah das anscheinend ganz anders.

Ich hatte ihn wirklich gern, so ist es nicht, ich *mochte* ihn. Luke ist ein lieber Mensch, er bringt einen zum Lachen, sagt ehrlich heraus, was er denkt, und ich weiß, dass jede andere Frau sich glücklich schätzen würde, mit ihm zusammen zu sein. Welcher Typ sagt denn bitte *Es ist unmöglich, sich jetzt nicht in dich zu verlieben*? Das ist eine Formulierung, die doch gar nicht mehr existiert, und er bringt so etwas Ausgestorbenes in die heutige Zeit. Was ich nicht wusste, war, dass er die Worte ernst gemeint hatte. Er hatte sich tatsächlich in mich verliebt. Während ich mich auf ihn stürzte und diese Aussage von ihm, man könne es locker angehen, für bare Münze nahm, entwickelten sich bei ihm Gefühle, die ich niemals hätte erwidern können. Ich wusste nicht, aus welchem Grund, aber ich nahm an, er suchte genau die gleiche Flucht wie ich und dass es nicht nötig wäre, es unnötig zu definieren. Wir dachten vollkommen verschieden. Ich dachte vielleicht überhaupt nicht.

Ich hatte ihn noch nie traurig erlebt, doch als ich es ihm

sagte, verstand ich bei dem Blick in seine Augen, dass ich ihm gerade sein Herz brach.

Auch wenn es mir für ihn leidtut und ich die Zeit gerne zurückdrehen würde, denke ich nicht mehr wirklich oft an ihn. Seitdem Leon wieder da ist, kann ich frei atmen und genieße jeden Zug. Seine Hand liegt in meiner, sein Herz schlägt, dessen Puls mit meinem im Einklang ist, und es ist der schönste Rhythmus, den ich kenne. Jetzt liegt es an mir, ihn wieder aufzubauen, nach allem, was er durchgemacht hat, er sieht nämlich furchtbar aus.

Wir fuhren am Morgen nach unserer zweiten gemeinsamen Nacht zu ihm, noch ganz aufgewühlt, aber uns so bewusst dessen, was passiert war, und holten ein paar seiner Sachen. Seitdem ist er nicht mehr gegangen.

Er sagt zwar, er würde schlafen, doch so recht glaube ich ihm das nicht. Wir stehen morgens zusammen auf, er geht zur Uni und ich zur Arbeit und irgendwann nachmittags sehen wir uns wieder. Abends sind wir meistens zusammen und reden, schauen einen Film oder verbringen anders Zeit miteinander. Er wohnt praktisch bei mir, und so lange meine Eltern nicht da sind, wird sich wahrscheinlich auch nichts daran ändern.

Er lässt mich so gut wie nie aus den Augen und mir ist nicht entgangen, dass sich die dunklen Ringe unter seinen Augen von Tag zu Tag vertiefen. Ich habe ihn schon danach gefragt, ob er sich nicht etwas aus der Apotheke holen wolle, das ihm beim Einschlafen hilft, doch bei dem Vorschlag ist er zusammengezuckt und hat es konsequent abgelehnt. Er macht sich Sorgen um mich, aber das macht ihn kaputt. Ich hoffe, dass er mit der Zeit wieder Vertrauen zu mir fasst. Ich kann es nicht zulassen, ihn noch einmal zu verlieren.

Er hat mich von der Arbeit abgeholt und jetzt schlendern wir die Esplanade entlang zur Alster. Ich will die Alsterfontäne sehen. Es ist ein warmer Tag, der fünfte Mai. Er hält meine Hand in seiner, eine so leichte Sache, die mir enorm schwergefallen ist, bevor alles passierte.

Ich kann mich noch sehr gut daran erinnern, wie es war, als er in besagter Nacht meine Hand nahm, wie fremd das war, was für eine Angst ich hatte und dass ich trotzdem nichts anderes wollte. Er ist es und gerade davor hatte ich so eine Panik. Eine so simple Sache, wie seine Hand zu halten, löste schon so viel in mir aus, und hätte ich nichts getrunken an dem Abend, hätte ich ihm sie vielleicht auch entzogen und wäre nicht mit ihm über diese Brücke gegangen, wo ich seinen Kuss nervös erwiderte. Erst recht, also wahrscheinlich, wäre ich dann auch nicht mit in seine Wohnung gekommen, um mich dort komplett zu vergessen. Jetzt ist das Gröbste überstanden. Dieser Moment führte zu vielen anderen und brachte uns hierher.

Wir sind fast an der Alster angekommen und ich schaue zu ihm. Sein Blick ist nach vorne gerichtet. Ich bleibe stehen, warte, bis er sich mir zuwendet, und küsse ihn, ohne Angst zu haben, dass es ihm nicht dasselbe bedeutet wie mir. Es ist seltsam, glücklich zu sein, ich kannte diesen Zustand bisher nicht, dass wirklich alles passt, ich mir keine Sorgen machen muss und mich nicht alleine fühle.

Ich spüre den Kuss, so leicht und unbeschwert und bin mir bewusst, was ich tue. Er zieht mich an sich, wir versinken für ein paar Sekunden, bis er mich freigibt und anschaut. Ich genieße diesen Blick, auch wenn die Schatten unter seinen Augen deutlich zu erkennen sind. Ich streiche ihm über die Wange und er spielt mit einer meiner Haarsträhnen. Er liebt mein Haar, deswegen trage ich es offen. Er seufzt und ich umarme ihn.

»Ich liebe dich, weißt du das?«, sage ich, lasse ihn los und lächle ihn an.

Er hat seine Augen geschlossen und lässt die Worte auf sich wirken. Er schaut mich ein paar Sekunden später wieder an, ein leichtes Lächeln im Gesicht.

»Ich liebe dich auch, Vio.«

Ich habe schon oft gedacht zu lieben, als ich mit Jonas zusammen war, mit Noah und David, aber lernte nie, das auch so zu meinen. Leon hat das geschafft. Dank ihm weiß ich, wie es sich anfühlt, wie mein Herz jedes Mal euphorisch explodiert, wenn ich ihn sehe, und mir keine Zeit, keine Nähe genug ist, die ich mit ihm teile. Er wird es niemals ausnutzen.

Er ergreift meine Hand von Neuem und wir gehen weiter zur Alster, auf deren Oberfläche glitzernd das Sonnenlicht reflektiert wird. Es ist herrlich normal, mit ihm spazieren zu gehen, die Pärchen zu beobachten, die uns entgegenkommen, und zu wissen, dass wir genau das gleiche Bild abgeben.

Ein Fahrrad rauscht an uns vorbei. Ich merke den Luftzug und zittere leicht und eine Gänsehaut breitet sich augenblicklich auf meinen Armen aus. Ich merke, wie sein Daumen über meinen Handrücken kreist, und sofort wird mir wieder warm und der kalte Luftzug hat sich verzogen. Er kann mich so beeinflussen, mit den kleinsten Bewegungen. Ich kann es nur genießen. Er raubt mir immer noch den Atem, doch es fällt mir nicht mehr schwer, ich liebe es, wenn er mich wahnsinnig macht. Ich bekomme endlich Luft. Entweder das, oder ich habe gelernt unter Wasser zu atmen, doch das ist mir egal. Jetzt ist alles okay, mehr als das, wir kriegen das hin.

»Leon?«

Er sieht zu mir, sanfte Augen auf meinem von der Sonne gewärmten Gesicht.

»Ja?«

»Ich bin glücklich, dass du bei mir bist. Habe ich dir das schon gesagt?«

Er überlegt. Oh, ich wünsche mir manchmal, dass er die letzten Wochen nicht bei mir verbracht hätte. Er sieht einfach kaputt aus, so mitgenommen, gar nicht mehr mein Leon, der aber irgendwo da drinsteckt. Ich hake mich bei ihm unter und schmiege mich an ihn, während wir langsam neben dem glitzernden Wasser das Hier und Jetzt in uns aufsaugen. Ich bin verloren, aber er doch auch.

»Nein, hast du nicht. Schön, dass du das sagst«, erwidert er endlich.

Er lächelt mich an, ich verfalle ihm zum tausendsten Mal und muss ihn noch einmal küssen. Er legt den Arm um mich und wir gehen weiter. Es sind nur ein paar Worte, aber sie reichen aus.

Die Sonne strahlt in mein Gesicht, immer noch, und taucht die Promenade in ein helles, klares Licht. Ich blinzle, kuschle mich in Leons Arm und kann es fast nicht mehr abwarten, es ihm endlich zu sagen.

»Weißt du was?«

»Nein, was denn?«

Wir gehen weiter, bleiben nicht stehen und betreten den Jungfernstieg. Ich will hinter dem Alex am Wasser entlanglaufen, mich mit ihm auf eine der Bänke setzen, wo die Alsterdampfer anlegen, und es aussprechen.

»Ich kann es mir wirklich nicht mehr ohne dich vorstellen, nach allem, was passiert ist.«

»Du übertreibst.«

Ein seliges Lächeln im Gesicht schaut er zu mir, nimmt mich noch fester in den Arm, seufzt und betrachtet das Wasser.

»Nein, ich meine es so. Ich will dich nur wieder lachen sehen, so wie früher.«

Wir gehen über die Holzplanken, er bleibt stehen und streicht sich mit der freien Hand übers Gesicht.

»Hey, was ist los?«

Irgendetwas beschäftigt ihn und ich will wissen was. Oder weiß er es etwa schon? Aber woher? Ich habe es doch keinem erzählt, Nelle nicht und auch Johanna hat keine Ahnung. Keiner! Er muss es als Erster wissen, anders geht es nicht. Verdammt, ich bin so nervös.

»Es ist nichts. Ich bin nur müde.«

»Du bist immer müde.«

»Weil ich auf dich aufpassen muss.«

»Ich habe dir doch gesagt, dass du das nicht brauchst. Es geht mir gut. Aber du siehst so aus, als ginge dir irgendetwas durch den Kopf. Sag mir, was los ist.«

Mit einem traurigen, liebevollen Blick begegnet er meinem, intensiv, süchtig nach mir. Ich weiß es so genau, weil ich ihn auch so ansehe, oft in genau dieser Mischung. Jedes Mal, wenn ich in sein Gesicht schaue, erkenne ich die Schmerzen darin, empfinde sie nach und liebe ihn noch stärker. Wir brauchen einfach noch ein bisschen mehr Zeit, aber alles wird gut. *Hoffentlich.*

Ich lasse meine Tasche von der Schulter gleiten, gehe zu der schattigen Rückwand vom Alex, jenseits der zur Alster liegenden Fenster, lehne mich an den kalten Stein und muss mich kurz hinsetzen. Auf einmal ist mir wieder schwindelig, doch ich lächle bei dem Gedanken, dass mir vielleicht auch schlecht werden wird. Diesmal bin ich nicht alleine, habe Hunger und kann etwas essen, muss sogar, sonst kippe ich irgendwann noch um, und ich muss Leon endlich sagen, wie sehr ich ihn liebe. Er muss es hören, mein Geheimnis kennen, damit er es versteht. Ich hoffe, dass er nicht geht, ich ihn damit nicht vertreibe und er bei mir bleibt. Ich darf ihn nicht verlieren, allein schaffe ich das alles nicht.

»Hey, was ist los? Geht's dir nicht gut?«

Ich schaue auf. Er hat sich vor mich hingehockt und mustert mich sorgenvoll.

»Setz dich zu mir.«

Er folgt meiner Bitte, dreht sich und lässt sich neben mich fallen, und ich lehne mich an ihn.

»Vio?«

»Hmm?«

Ich schaue auf. Er ist mir so nahe und wieder der Blick, der mich verwirrt. Vielleicht muss ich jetzt *ihn* retten, nachdem er es bei mir doch so eindrucksvoll geschafft hat. Ich muss ihm einfach beweisen, dass wir es wert sind. Ich liebe ihn, er muss es verstehen, ich muss ihn davon überzeugen, dass ich nicht weglaufe und ihm noch mal so etwas antue. Ich bin geblieben, als wir am Morgen aufwachten, der Morgen, der der tatsächliche Anfang von uns war, und ich ihm und er mir verfiel, viel zu lange auf Entzug und von ungeahnten Emotionen geleitet. Kräfte, von denen keiner von uns etwas ahnte. Jetzt kann ich sie benennen.

Ich lege meine Hand an seine Wange, verschließe seinen Mund mit meinem und küsse ihn. Lange, innig. Nicht leidenschaftlich oder fordernd, sondern gebe ihm meine Liebe mit diesem Kuss, meine Nähe und genieße seine. Vorsichtig. Zärtlich. Ich bin so aufgeregt und fange leicht an zu zittern. Er merkt es und löst den Kuss und ich atme einmal tief durch.

»Was hast du denn? Du zitterst ja.«

Es stehlen sich tatsächlich ein paar Tränen aus meinen Augenwinkeln, so aufgewühlt bin ich plötzlich und schüttle den Kopf. Er schaut mich mitleidig an, ängstlich fast, schlägt die Augen nieder und seufzt. Er hat etwas auf dem Herzen, das merke ich, doch gleich ist es weg, jetzt sag ich ihm, was mit mir los ist, warum ich so durcheinander bin. Ich weiß es doch auch noch nicht lange, und bei allem, was ich in letzter Zeit getan habe, um jedes Gefühl aus meinem Körper zu verdrängen, gleicht es ohnehin einem Wunder. Hoffentlich ist alles okay. Ich könnte es nicht ertragen, wenn ich aus purer Dummheit auch noch die letzte Chance darauf kaputt gemacht hätte, mit Leon glücklich zu werden, doch ich muss mich gedulden. Der Arzt sagte, er werde sich melden, sobald alle Testergebnisse da seien. Trotzdem wird es mit jeder Stunde schwerer, die Angst und Panik zu unterdrücken. Die Nervosität. Die Ungewissheit.

Es darf nichts mit dem Baby sein.

Ich könnte es mir nie verzeihen.

Doch eins nach dem anderen.

Jetzt sind wir hier. Er nimmt mein Gesicht in seine Hände, schaut mir tief in die Augen und holt hörbar Luft, doch ich komme ihm zuvor. Wenn ich es jetzt nicht sage, bringe ich es nie fertig.

Meine Aufregung schießt in die Höhe und der Puls steigert sich in ein hörbares Klopfen. Ich greife mit meinen

Händen nach seinen und halte sie fest, als ich anfange zu sprechen. Er ist es, mein Seelenverwandter, der Mann, den ich liebe und der für mich durch die Hölle gegangen ist. Jederzeit würde ich dasselbe für ihn tun, ohne zweimal nachzudenken. Ich will ihn, ich brauche ihn. Er liebt mich und ich ihn.

Noch bevor das erste Wort meine Lippen verlässt, fällt die Angst von mir ab und ich bin ganz ruhig. Bruchteile von Sekunden, so ein wichtiger, unschätzbar wertvoller Moment in vertrauter Zweisamkeit.

»Ich bin schwanger.«

Seine Augen weiten sich, die Lippen bewegen sich, doch er bringt kein Wort heraus.

»Leon, ich bin schwanger«, sage ich noch mal und versuche zu lächeln.

»Ich habe einen Test gemacht und war gestern beim Arzt. Ich bin in der elften Woche.«

Dann liegen wir uns weinend in den Armen. Es ist raus. Ich höre sein überwältigendes Schluchzen und eine Gänsehaut zieht sich über meinen gesamten Körper und hinterlässt ein warmes Kribbeln in meinem Bauch.

Wir lösen uns voneinander, ein unbestimmter Ausdruck ist auf seinem Gesicht, er lacht und dann küsst er mich, vorsichtig, so als könnte ich zerbrechen.

»Ich liebe dich«, sagt er, schluchzt, legt den Arm um mich und zusammen schauen wir aufs Wasser, betrachten unsere verschränkten Hände und wissen ganz genau, dass wir zusammengehören. Ich bin verrückt nach ihm, das wird sich nie ändern, bin so verliebt, und bei allem, was uns hätte widerfahren können, haben wir es doch geschafft, es zu überstehen. Und alles, was noch auf uns zukommt, werden wir zusammen bewältigen. Für den Moment sind alle Sorgen, Ängste und die Panik auf ein Minimum reduziert und ich wünsche mir, dass er nicht endet. Was hat er nur mit mir angestellt?

»Ich liebe dich auch, Leon«, sage ich und er zieht mich fester an sich, weint stumme Tränen.

Stille, wir verfallen in Schweigen. Manchmal bedarf es keiner Worte mehr. Wie hat es nur angefangen und zu was hat es sich entwickelt? Wir haben uns ineinander verloren und finden uns nicht wieder. Er wird mich nicht verlassen, er kann es nicht, jetzt nicht mehr, und ich kann die Luft unbeschwert einatmen, weil ich seine Arme um mich immer noch spüre. Er ist hier und er wird sie mir nicht noch einmal rauben. Ich weiß, dass es keine Nachricht ist, die man mal eben aufnimmt und versteht, aber wenn er jetzt noch hier ist und die ersten Worte danach »Ich liebe dich« sind, dann brauche ich nicht mehr, um nach vorne zu blicken. So vieles wird sich ändern, doch mit ihm will ich mich vor keiner Veränderung mehr fürchten. Ein Problem weniger, achtundneunzig noch vor uns und er wird mich nicht alleine lassen. Jedes davon werden wir zusammen lösen. Liebe ist alles. Sie hat uns hierher gebracht. Und wir schaffen es nur gemeinsam.

KAPITEL 24

ER

Ich habe gar kein Zeitgefühl mehr. Ich denke, es sind Stunden vergangen, und dabei sind es bloß Minuten. Viel zu oft sehe ich auf meine Uhr und frage mich, wann der Tag endlich endet und ob ich am nächsten Morgen aufwache und feststelle, dass ich das alles nur geträumt habe. Eigentlich sollte ich glücklich sein, denn ich bin endlich mit ihr zusammen, und das wollte ich doch die ganze Zeit.

Wieso bin ich es dann nicht?

Ich liebe sie, doch ich kann nicht mehr.

Anfangs war es nicht so schlimm. Kaum bemerkbar schlich sich diese wunderbare Verführung an mich heran, überfiel mich und nahm sich alles, was mich ausmacht, Stück für Stück. Ich wehrte mich nicht, ließ es geschehen und genoss es sogar. Es fühlte sich eine Zeit lang wirklich gut an, es hätte ewig so weitergehen können. Doch dann war diese Illusion verschwunden. Ihre gesamte Vergangenheit zu erfahren, lud mir eine Schuld auf die Schultern, die ich kaum tragen kann, und als sie von der Sache mit Luke erzählte, erdrückte sie mich, so sehr hing ich im Widerspruch zwischen meiner Angst um und der Wut auf sie. Ich dachte, es vergeht mit der Zeit. Ich dachte, wir legen alles offen dar, ich erzähle ihr von meiner Mutter und wir können neu anfangen, weil wir alles voneinander wissen, doch ich habe mir etwas vorgemacht. Ich glaube, es gibt niemanden, der sich an so viel Schmerz gewöhnen kann.

Was habe ich falsch gemacht? *Sei der nette Kerl, immer ehrlich und aufrichtig.* Das habe ich doch immer beherzigt.

Ich denke nur daran zurück, wie wir zusammen waren, sich mein Körper an ihren presste, um die intensivste Erfahrung meines bisherigen Lebens zu machen. Nie fühlte oder spürte ich mehr und wahrscheinlich stand dieses Ende da schon fest. Vielleicht werde ich nie jemanden mehr lieben als sie, ich bin so gut wie sicher, dass das so ist, aber ich habe die Freude daran verloren und bin müde. Weinen tue ich nicht mehr. Möglicherweise ist das eine dieser Tatsachen, die mehr auffallen, wenn sie abwesend sind. Ich hatte gehofft, es verschafft mir Erleichterung, ein kleiner, einsamer Zusammenbruch und ich rapple mich wieder auf, doch sie hat Narben auf mir hinterlassen, die niemand ergänzt.

Nie wollte ich sie verlassen, wenn ich noch einmal eine Chance bei ihr bekäme, das kam mir gar nicht in den Sinn, und doch gehe ich hier entlang, umfasse ihre Hand mit meiner und wünsche mir nichts mehr, als dass es unser letzter Tag ist. Danach will ich sie nicht mehr sehen. Ein warmer Tag, der den Sommer ankündigt und an dem ich mich noch einmal der Schönheit hingebe, mir vorstelle, dass wir glücklich sind, beide, und eines dieser ganz normalen Paare darstellen, die den Nachmittag zusammen in der Hamburger Innenstadt verbringen und die Sonne genießen. Irgendwo ist es auch schön zu wissen, dass es der letzte ist. Über diesen kann ich mich zumindest ein bisschen freuen.

Um sie mache ich mir Sorgen, wenn auch die Angst, sie könnte sich etwas antun, verschwunden ist. Es geht ihr besser, sie isst mehr und schläft durch, lacht immer öfter und scheint auf einmal ein ganz anderer Mensch zu sein. Der, den ich immer in ihr sehen wollte. Sie wird damit klarkommen, wenn ich nicht mehr da bin, um sie zu beschützen. Nächtelang bin ich wach geblieben, während ich die letzten Wochen bei ihr verbrachte, vier, manchmal fünf Stunden Schlaf, dazu die Uni, und ich müsste viel mehr lernen und schaffe es gerade so durch die Seminare und Vorlesungen, und wenn ich nach Hause komme, ist der Tag noch nicht zu Ende. Wach bleiben, sicherstellen, dass sie atmet, und ihre Nähe suchen, damit ich den Puls unter ihrer Haut spüren kann. Vielleicht ist es falsch, aber schlechter kann es mir kaum mehr gehen. Ich bin ausgelaugt und habe nicht die Kraft, noch länger bei ihr zu bleiben. Die Angst ist abgeflaut, doch ein winziger Rest wird immer bleiben und ich werde lernen müssen, damit klarzukommen.

Jonas habe ich lange nicht mehr gesehen, es ist mir auch egal. Wenn es etwas Gutes an dem Ganzen gibt, dann, dass ich mich wirklich von denen gelöst habe, die ich nicht mehr in meinem Leben brauche. Jonas, Nico und wer noch alles auf dieser Liste steht, sie halten mir Türen offen, die für mich besser verschlossen bleiben. Finn brauche ich, meine moralische Stütze, so auch Justus, und vielleicht werde ich mich mal bei Annika melden und mit ihr reden. Wir werden mit Sicherheit keine Freunde mehr werden, aber mein altes Ich hätte es getan und so muss ich mich einfach überwinden.

Wenn es vorbei ist und ich es ihr gesagt habe … wie sich das wohl anfühlen wird?

Ich habe sie von der Arbeit abgeholt und wir gehen Hand in Hand die Esplanade entlang. Ich kann die Alster schon sehen, auf deren Oberfläche sich das Sonnenlicht spiegelt. Ein schöner letzter Tag, als wollte das Wetter uns noch einmal die Wärme schenken, die wir hätten haben können, und uns gleichzeitig daran erinnern, warum wir nicht zusammenbleiben sollten.

Ich habe alle möglichen Szenarien in meinem Kopf durchgespielt und bin auf alles vorbereitet. Sie wird mich nicht mit irgendeiner Reaktion überraschen können, die mich umstimmt. Am heutigen Abend werde ich Single sein, und das wahrscheinlich für eine sehr lange Zeit.

Wir sind fast an der Alster angekommen und ich betrachte die Muster auf dem Wasser, so wie sie es bei einem unserer ersten Treffen tat, und verstehe nun, was sie da empfand. Es ist beruhigend, es anzuschauen und sich so darauf zu konzentrieren, dass man den Kopf plötzlich frei hat. Die Wellen übertragen sich auf die Gedanken und ich sehe sie mit den Augen und spüre sie in meinem Kopf ganz sachte gleiten.

Ich merke, dass sie stehen geblieben ist, ihre Hand zieht mich zurück und ich drehe mich zu ihr, bevor wir die Straße überqueren. Ich kenne niemanden, der es mit ihrer Schönheit aufnehmen kann. Sie ist atemberaubend. Doch ich muss wieder unbeschwert atmen können, deswegen genieße ich diesen Anblick nur kurz und behalte im Hinterkopf, dass ich mich von diesem leuchtenden Gesicht verabschieden werde, schon in ein paar Minuten.

Sie stellt sich auf die Zehenspitzen, neigt ihren Kopf meinem entgegen und küsst mich. Ich spüre ihre Lippen, die wie selbstverständlich auf meine gehören, und für ein paar Sekunden verfalle ich diesem Rausch, dem sie mich aussetzt. Ich ziehe sie näher zu mir, denke daran, dass es vielleicht unser letzter Kuss ist, und versinke in dieser schmerzhaften Erleichterung. Ich beende den Kuss, bevor er mich doch noch um den Verstand bringt, und schaue sie stattdessen mit meinen vom Schlafentzug gezeichneten Augen an. Sie lächelt nicht, hat aber einen so aufrichtigen Ausdruck, dass es ein Lächeln nur kaputt machen würde. Sie legt ihre Hand an meine Wange, streicht darüber, und da ich nicht weiß, wie ich darauf reagieren soll, ohne sofort mit der sprichwörtlichen Tür ins Haus zu fallen, spiele ich mit einer Strähne ihres Haars, präge mir ein, wie es sich anfühlt, und erinnere mich pausenlos daran, rechtzeitig die Notbremse zu ziehen. Ich seufze. Mir war noch nie so schwer ums Herz.

Sie umarmt mich, eine tröstende Geste, die mir wesentlich leichter fällt, weil ich dabei meine Augen schließen kann und sie nicht sehen muss. Ich sauge ihren Duft ein, packe ihn vorsichtig in eines meiner schwarzen U-Boote und sehe zu, wie es extrem langsam, jedoch stetig gen Boden sinkt.

»Ich liebe dich, weißt du das?«, fragt sie, lässt mich los und ich muss feststellen, dass ich mich geirrt habe, als ich meinte, ein Lächeln könnte ihrer Ausstrahlung etwas abtun.

Bei mir spielt es wahrscheinlich eh keine Rolle, was sie macht oder welche Reaktion über ihr Gesicht flackert, ich sammle sie alle, vergleiche sie mit anderen und stelle immer wieder fest, dass sie jedes Mal die schönste Frau ist, die ich kenne. Ich muss meine Augen schließen, damit sie mich nicht überwältigt, und lasse ihre Worte auf mich wirken. Sie liebt mich. Und es lindert den Schmerz in keinster Weise.

»Ich liebe dich auch, Vio.«

Ich sehe ihr in die Augen, deute ein Lächeln an, ergreife ihre Hand und wir setzen unseren Spaziergang fort und überqueren die Straße. Nun schlendern wir am Geländer entlang, das uns davon abhält in die Alster zu springen. Viele Paare kommen uns entgegen und ich beneide jedes von ihnen. Sie sind so normal und glücklich verliebt und wirken so sorglos auf mich. Das ist ein Zustand, den ich wieder erfahren will. Wenn ich von meiner Freundin rede, will ich das Gefühl haben, rot im Gesicht zu werden, weil es so neu ist und unheimlich schön, dass man es gar nicht teilen möchte und gleichzeitig von den Dächern rufen will. Diese Mischung aus Aufregung und freudiger Nervosität, die will ich zurück.

Ein Fahrrad rauscht schnell an uns vorbei und ist verschwunden, bevor ich es wirklich wahrgenommen habe. Ob sie etwas von meinen Gedanken ahnt, oder ist es nur der leichte Lufthauch, der sie zittern lässt?

Langsam kreise ich mit dem Daumen über ihren Handrücken. Trennungen sind *nie* angenehm, das ist mir bewusst, ich bin kein Idiot, aber dieser Mainachmittag soll ein Neuanfang sein: Control-Alt-Deleted, wie in *Perfect World* von Billy Talent.

Ich achte auf meine Atmung und spüre, wie die Luft in meine Lungen strömt und wieder hinausgleitet. Ich frage mich, ob ich endlich diese herrliche Erleichterung merken werde, wenn mir diese schwierigen Worte über die Lippen gekommen sind. Ich habe noch keine Formulierung im Kopf und werde improvisieren müssen, weil es mir so schon schwer genug fällt. Wenn ich sie ansehe und zu dem finalen Showdown einläute, würden mir die vorgefertigten Sätze ohnehin mit größter Wahrscheinlichkeit entgleiten und dann wäre mein Kopf leer.

Ich lasse mich kurz in dieser Idee fallen, wenn es überstanden ist, und bin überwältigt von der Freiheit, die mich plötzlich und nur für einen Wimpernschlag erfüllt. So wird es sein? So sorglos und unbeschwert kann ich mich wieder fühlen? Es ist wirklich komisch, das zu denken, während sie direkt neben mir ist und ich ihre Hand halte. Doch ich brauche Zeit, um zu heilen.

»Leon?«

Ihre Stimme holt mich aus meinem Kopf zurück. Ich sehe sie an, in ihr von der Sonne beschienenes, hübsches Gesicht.

»Ich bin glücklich, dass du bei mir bist. Habe ich dir das schon gesagt?«

Sie ist glücklich ...

Es tut mir leid. Es ist nicht einfach, die Hoffnung für uns aufzugeben, für die ich so lange gekämpft habe.

»Nein, hast du nicht. Schön, dass du das sagst«, entschließe ich mich zu antworten und lächle sie an. Sie wird auch ohne mich glücklich sein.

Sie küsst mich wieder, nur kurz, aber es ist schön. So leicht sollte es immer sein, doch ich kenne uns besser. Ich lege einen Arm um ihre Schultern und ziehe sie an mich. Mir wird auch klar, daran habe ich bisher noch gar nicht gedacht, dass wir ein paar Abende zuvor unser letztes Mal zusammen hatten und ich es da noch nicht gewusst habe.

Wir hatten gerade eine Pizza gegessen und saßen auf dem Sofa. Sie hatte sich irgendeinen Film ausgesucht und in den Player gelegt, ich habe den Titel leider vergessen. Die meiste Zeit über sah ich sie an, verfolgte jede ihrer Reaktionen mit größter Neugierde und Vorsicht. Draußen wurde es dunkel, aber wir schalteten das Licht nicht ein, sondern ließen es so, mit uns auf dem Sofa, wo wir wie ein ganz normales Paar wirkten. Irgendwann war der Film zu Ende, sie schaltete den Fernseher und den Player aus und stand auf.

Ich folgte ihr in den Flur, wo die zerbrochene Flasche Rotwein gelegen hatte – wie sich herausstellte, war es nicht ihr Blut –, die Treppe hoch und in ihr Zimmer, in dem wir beide irgendwie wohnten. Sie war dabei, sich umzuziehen, zog sich das Shirt aus und suchte im Bett nach ihrem Top, das sie zum Schlafen anziehen wollte. Ich neckte sie, die Pizza würde man ihr ansehen und sie lachte gespielt beleidigt. Den Rücken mir zugewandt, schlug sie die Decke zurück und ich ging zu ihr, strich über ihre Schulter und öffnete mit der anderen Hand ihren BH. Mit hochgezogener Augenbraue drehte sie sich zu mir um, überlegte, ob sie diese Entwicklung zulassen sollte, und schlang dann ihre Arme um meinen Hals.

Plötzlich waren wir nackt, verschlungen ineinander und ich so verrückt nach ihren Küssen, verteilte meinerseits so viele auf ihrer Haut, vor allem auf ihren Lippen, von denen ich mich nicht lösen wollte. Das letzte Mal vielleicht, dass ich diese Intensität zwischen uns erleben sollte.

In diesem Moment spüre ich noch den Tanz ihrer Finger auf meinem Rücken, die Gänsehaut, die meinen ganzen Körper überzog, das Kribbeln, das durch jede Faser jagte, mehr wollte, sie lauthals brüllend verlangte und sie bekam. Ich gab ihr alles von mir und sie mir alles von sich, bedingungslos, und wir liebten uns in der wahrsten und richtigsten Form dieses Ausdrucks.

Der Gedanke daran stimmt mich traurig.

»Weißt du was?«, fragt sie.

»Nein, was denn?«

Wir betreten den Jungfernstieg, hin zur Alster, und steuern den Weg an, der hinter dem Alex liegt, direkt am Wasser. Ich denke, ich werde mich mit ihr auf eine der Bänke setzen und es sagen. Vielleicht gehe ich dann und lasse sie alleine, vielleicht bleibe ich sitzen und sie geht oder vielleicht gehen wir beide und jeder in eine andere Richtung. Oder bleiben wir sitzen, ich nehme sie in den Arm und tröste sie? Vielleicht.

»Ich kann es mir wirklich nicht mehr ohne dich vorstellen, nach allem, was passiert ist.«

So etwas will ich nicht hören.

»Du übertreibst«, versuche ich es herunterzuspielen.

Ich nehme sie fester in den Arm, stelle mich innerlich schon darauf ein, dass gleich die Stunde der Wahrheit gekommen ist, seufze schwer und betrachte wieder das Wasser.

»Nein, ich meine es so. Ich will dich nur wieder lachen sehen, so wie früher.«

Der Moment ist gekommen, mit der Sprache herauszurücken. Wir bleiben stehen. Ich traue mich fast nicht, sie anzusehen, und streiche mir mit der Hand übers Gesicht.

»Hey, was ist los?«, fragt sie.

Ich muss es jetzt tun. Wieso ist es nur so verflucht schwer? Ich brauche noch etwas Zeit. Ich will nichts Falsches sagen, direkt, aber nicht verletzend. Ich will ihr Herz nicht brechen, weil es meins auch brechen wird und die zweite Hälfte immer mehr wehtut.

»Es ist nichts. Ich bin nur müde«, weiche ich aus. Die Spontaneität meint es nicht gut mit mir.

»Du bist immer müde«, stellt sie fest.

»Weil ich auf dich aufpassen muss«, leite ich das Thema vorsichtig ein.

Es ist ein Anfang und vielleicht geht sie darauf ein und hilft mir dabei, es auszusprechen.

»Ich habe dir doch gesagt, dass du das nicht brauchst. Es geht mir gut. Aber du siehst so aus, als ginge dir irgendetwas durch den Kopf. Sag mir, was los ist.«

Es frisst mich auf, das Schlagen meines pochenden Herzens zerreißt mich und ich denke an all die schönen und schrecklichen Momente gleichzeitig. Ich empfinde Mitleid und Wut und liebe sie, habe Angst und merke, wie das Zittern sich in meinem Körper ankündigt. Ich werde nicht stark genug sein, es zu beherrschen, wenn es mich erst eingenommen hat. Ich habe keine Energie mehr für irgendwas.

Ich bin traurig und bin mir dessen bewusst, was ich jetzt tun werde. Mit großen Augen schaut sie mich an und ihr Blick brennt sich in meine Netzhaut ein. Ich warte – vielleicht eine Sekunde zu lange und verpasse den Moment.

Auf einmal wendet sie sich von mir ab und lässt ihre Tasche von der Schulter gleiten. So ein Mist. Es muss endlich raus! Warum ist es nur so verflucht schwer, das Richtige zu tun?

Sie geht zu der schattigen Rückwand des Alex, fernab der Fenster, die den Blick auf die Alster freigeben, und lehnt sich an die Mauer. Ist ihr schwindelig? Langsam setzt sie sich hin. Ich folge jeder ihrer Bewegungen mit größter Aufmerksamkeit und gezwungener, emotionaler Distanz. Ich gehe zu ihr und hocke mich vor sie hin.

»Hey, was ist los? Geht's dir nicht gut?«, frage ich.

Ach Scheiße, es hätte doch alles nicht so kommen müssen.

»Setz dich zu mir«, bittet sie mich.

Ich glaube, sie ahnt etwas, und ich folge ihrer Bitte. Es ist etwas leichter in dem Glauben, dass sie darauf vorbereitet ist. Ich sammle meinen Mut und beginne. Jetzt oder nie. Erst einmal muss sie mir zuhören.

»Vio?«

»Hmm?«

Sie sieht mich an, ich habe ihre Aufmerksamkeit und in trauriger, gewisser Verliebtheit fängt mein Herz an zu brechen. Sie legt ihre Hand an mein Gesicht, wirkt auf einmal so aufgeregt, und ich bin mir fast sicher, dass sie meine Gedanken lesen kann. Ich lasse es zu, dass sie mich küsst, ein letztes Mal, lang und innig, nicht fordernd und leidenschaftlich, und zeige ihr, dass ich sie aufrichtig geliebt habe. Vorsichtig. Zärtlich. Ihre ganze Vergangenheit hätte so unwichtig sein können und meine erträglich mit ihr. Ich bin nervös, weil ich es sagen muss, wenn dieser Kuss endet. Ich merke, wie sie anfängt zu zittern, und es schmerzt geradezu, als sich unsere Lippen trennen, und ich muss mich zusammenreißen, es nicht noch einmal zu tun.

»Was hast du denn? Du zitterst ja«, frage ich und finde mich in einem jämmerlichen Versuch wieder, sie vorsorglich zu trösten.

Tränen laufen über ihr Gesicht. Es tut weh. *Das habe ich doch nicht gewollt!* Nein, ich darf nicht zurückweichen, es ist besser für uns beide. Ein glatter Bruch. Manchmal hat man keine andere Wahl mehr, als zu gehen.

Ich lege meine Hände an ihr Gesicht, schaue mit größter, liebevollster Aufrichtigkeit in ihre Augen und hole tief Luft, um es in einem Zug über die Lippen zu bekommen, und ich weiß, dass mein Herz noch nie so laut geschlagen hat.

Bis es plötzlich stehen bleibt.

»Ich bin schwanger.«

... Was?

»Leon, ich bin schwanger«, sagt sie und lächelt mich an.

Ich verstehe das nicht. Ich meine, ich verstehe es schon, aber … nein. Warum macht sie das? Immer wieder macht sie das und zerrt mich aus meinem Leben rein in ihres. Ich bin gerade mal zwanzig und sie … sie ist schwanger?

»Ich habe einen Test gemacht und war gestern beim Arzt. Ich bin in der elften Woche.«

Es ist meins.

Nicht mal eine Sekunde brauche ich, um zu wissen, dass es meins ist. Vor knapp drei Monaten, als alles anfing, da war es schon meins. Als wir getrennt waren, sie mit Luke zusammen war, mit ihm Sex hatte, ich die Hölle durchmachte und zu ihr zurückkam, da war es meins. Als sie sich betrunken hat und diese Tabletten nehmen wollte. Und damit hätte sie nicht nur sich selbst getötet. Kam ich noch rechtzeitig, um das Schlimmste zu verhindern? Es ist meins.

Jeder Idiot weiß, dass nach den drei Monaten, die das erste Trimenon bilden, eine Abtreibung nicht mehr legal wäre. Wie konnte sie nicht merken, dass sie schwanger ist? Oder hat sie es die ganze Zeit gewusst? Wollte sie sich deswegen umbringen? Hat sie sich nur das eine Mal betrunken oder öfter? Ich weiß, was diese Giftstoffe einem ungeborenen Kind antun, welche Schäden sie verursachen, und auch wenn sie nichts davon wusste, tauchen diese Bilder augenblicklich in meinem Kopf auf.

Mir dreht sich der Magen um und auf schmerzhafte, unerträgliche Weise zieht sich mein Herz zusammen. Und sie lächelt mich immer noch an. Ängstlich. Hoffnungsvoll. Ich ziehe sie in eine Umarmung und will, dass sie mir sagt, dass es nicht wahr ist. Überrollt von dieser Nachricht habe ich mich nicht mehr im Griff und weine, ebenso wie sie es plötzlich tut. Ich lasse sie los, starre sie an, küsse sie, um irgendetwas zu fühlen, will aufwachen, weil ich von ihr träumte und mich die Sucht nach ihr in diesen Albtraum gelockt hat. Doch ich spüre ihre Lippen auf meinen, nicht zu leugnen, dass sie es tatsächlich ist, und löse diesen unbestimmten, undeutlichen Kuss.

»Ich liebe dich«, sage ich.

So etwas sagt man doch, oder? Was habe ich denn für eine Wahl? Sie hat sie mir gerade genommen. Sie bekommt ein ... ein Baby. Ein Baby. Mein Baby. Ich verstehe es nicht. Ich werde Vater? Nein, das geht doch nicht. Sie kann doch nicht plötzlich ... Unser Kind ... und sie ist gerade mal zwanzig. Wir sind gerade mal zwanzig. Und ich habe noch nicht mal eine Ahnung davon, was ich mit meinem eigenen Leben anfangen soll. Die Türen zu tausend verschiedenen Möglichkeiten schließen sich mit ihren Worten – übrig bleibt nur der Hall dessen, was hätte sein können. Einfach *alles* wird sich ändern und ich kann rein gar nichts tun, mich nicht dagegen entscheiden, selbst wenn ich es wollte. Wie zur Hölle soll ich es schaffen, mich von ihr zu trennen und zu mir selbst zurückzufinden, wenn sie ... schwanger ist? Soll ich es trotzdem tun und mich verpissen und zum Vierten in der Reihe derer werden, die sie zerstört haben – schon wieder –, und nicht für sie da sein? Ich habe plötzlich eine ungeheure Angst vor dem, was als Nächstes kommt.

Nur ein paar Minuten zuvor hatte ich die Ahnung von Erleichterung erlebt, die jetzt unendlich weit weg ist. Heute wollte ich damit beginnen, mein Leben wieder auf die Reihe zu kriegen, und mich von dem lösen, was mich kaputt gemacht hat, egal wie sehr es mir wehtun würde.

Ich war so weit gekommen, es tatsächlich durchzuziehen.

Alles aus.

Niemals würde ich sie in so einer Situation alleine lassen. Würde ich sie nicht gerade im Arm halten, hätte ich wütend auf irgendetwas eingeschlagen, um die verzweifelte Ausweglosigkeit aus meinem Körper zu prügeln. Mein Herz bricht, laut, quälend langsam, und mir bleibt die Luft weg. Ich kann nicht mehr. Aber ich muss.

Ich sehe mich plötzlich wieder an der Bushaltestelle in Boberg. Sie sitzt da, alleine und wunderschön, nass vom Regen. Wo wäre ich jetzt, wenn ich einfach weitergegangen wäre?

Ich kann nicht mehr mit ihr Schluss machen.

Ich hätte einfach nur weitergehen müssen …

Sei ein guter Junge. Was habe ich falsch gemacht, Ma?

Mit großen Augen schaut sie mich an und weiß so genau, was sie gerade gesagt hat und was es bedeutet. Ich starre zurück, hasse sie auf die beste Art, wie man jemanden hassen kann, und liebe sie wie ein geisteskranker Engel den Teufel.

»Ich liebe dich auch«, sagt sie und lächelt immer noch.

Ich liebe dich auch.